文春文庫

暗殺の年輪

藤沢周平

JN264272

文藝春秋

目次

＊本作品には今日からすると差別的表現ととられかねない箇所がありますが、それは作品に描かれた時代が反映された表現であり、その時代を描く表現としてある程度許容せざるをえないものと考えます。作者には差別を助長する意図はなく、作者は故人であります。読者諸賢が本作品を注意深い態度でお読み下さるようお願いする次第です。

文春文庫編集部

暗殺の年輪

黒い縄

一

庭の奥で、木鋏の音がしている。

金属の、硬い乾いた音が、時おりおしののぼんやりした物思いを切り裂き、そのたびにおしのは縫物の手をとめ、眼が醒めたような顔で庭をみた。整った顔立ちの中で、眼がやや細めで、それがおしのの表情に、僅かに愁いのような翳《かげ》をつけ加えている。眼を瞠《みは》って庭をみるとき、おしのの顔はその愁いのいろが不意に消え、凄艶な感じになった。

夏の終りを告げる日の光が、庭を盈《み》たしている。枝を刈り調えられた躑躅《つつじ》や、満天星《どうだん》などの庭樹、置石の平たい面まで染めている光が、油のように濃く重いのは、時刻がすでに四ツ（午前十時）を廻ったことを示していた。庭石の裾に、鳳仙花の一叢《むら》がある。その可憐な花の聚《あつ》まりも、濃い光の中では、もの憂い彩りにみえた。

暑くはない。庭を吹き抜けて行く風があって、風は乾き、冷ややかな秋の気配を含んでいた。（今日も来なかった）とおしのは思った。眼の裏に、別れた夫の房吉の顔がある。一度は訪ねて来るだろうという確信があった。上総《かずさ》屋からは、居られないような仕打ちを受けて出た。しかし房吉とは嫌いで別れたのではない。一度会って話したいことがあった。

だが晩夏の光をみながら、あれから半年経つ、と思った。待つのは徒労かも知れなかった。確信がゆらぐと、房吉に見捨てられたような、みじめな気分が募った。重い気分をふり払うように、おしのは縫物を取上げた。

「地兵衛さん、そろそろしまって下さいな」

廊下を距てた茶の間で、不意に母のおさわの声がした。鋏の音が止み、時間がそこで断ち切られたような静けさの中に、へい、ありがとう存じますという声と、老人らしい空咳《からぜき》が響いた。

「お茶が入りました。しのちゃんもどうだい。こちらに来ないかい」

おさわは、おしのにも声をかけてきた。

「あたしはいい」

「おいで。そんなに根をつめることはないよ」

おさわは、やや押しつけがましく言った。おさわは、離縁されて戻った娘が、それから半年も経つのに、はかばかしく口もきかず、部屋に閉じこもりがちなのに苛立っている。おしのは、お茶は嫌いでないが、地兵衛という顔見知りの老人に会うのが厭だった。だが黙っていれば、おさわが部屋までやって来そうな気がした。それも煩わしい気がして、おしのは立上った。

地兵衛は、濡れ縁の前に立って、腰の莨入《たばこい》れを探っていたが、おしのをみると、

「おや、いらしたんですかい。鋏がやかましか、ありませんかい」

と言って微笑した。

その微笑に、労《いたわ》るようないろがあって、おしのは首を振って笑いを返しながら、やはり気が滅入った。出戻りで、肩身狭く暮している娘に対する労りだけでなく、上総屋を離縁されたいきさつを知っている者の憐れみが、地兵衛の眼にある。

地兵衛は、もと岡っ引だった。

長い間岡っ引で、その間には名の知られた大捕物にも加わり、凄腕の岡っ引として江戸の闇に潜むものたちに恐れられてきたが、二年ほど前仕事をやめた。いまは深川元町に住んで、そこで息子がやっている植木屋を手伝っている。六十を過ぎているが、頰の豊かな円顔は艶があって、表情は商人のようにもの柔かである。そういう顔で、地兵衛は四十年もの間、兇悪な犯罪者と渡り合ってきたのだった。

おしのの家――三好町の材木商下田屋と地兵衛とのつき合いは古い。昔下田屋で手代の巳之蔵という男が、莫大な費い込みを出した。しかもそのことが外に洩れて、店から縄つきが出ようとした時に、あるきっかけから縄張り違いの地兵衛が奔走して、話を内内で済ませた。おしのが生まれる前の話である。それ以来おしのの父の儀左衛門が地兵衛を信用し、取引や金の問題が縺《もつ》れると、呼んで相談したり、裏で始末をつけてもらったりしてきた。そういう仲だった。

八年前に儀左衛門が死に、おしのの兄の辰之助が下田屋を継いだが、地兵衛との関係はそのまま続き、岡っ引をやめると、今度は地兵衛は植木職として下田屋に出入りしているのだった。

「地兵衛さんのところは、今度は三人目ですか」

とおさわが言った。

「さいでございます」

「もう近いんでしょ？　生まれるのは」

「九月の末とか、言ってましたな」

「羨ましいこと。うちなんか、孫の顔みるのはいつのことやら。これがこの通りでしょう。それに辰之助がねえ。そろそろ三十だというのに、まだ嫁の話になると身が入らなくてねえ」

「若旦那は商売熱心だから」

地兵衛は昔の癖で、まだ辰之助を若旦那と呼んでいる。

「違うんですよ、地兵衛さん。辰之助は、嫁をもらえば遊べなくなる、それだけですよ。親不孝ですよ」

「おっかさん」

「わかったよ。愚痴は聞き倦《あ》きたって言うんだろ。だけど、親から言えば、辰之助もお前も気にいらないよ」

「なに、そのうちいい話もございますよ」

地兵衛がとりなすように言った。

「お嬢さんは、なんたってこの界隈《かいわい》がいまも自慢する器量だ。まだ若いし、いくらもやり直しが利きまさあ」

「やり直しなんかできるもんですか、おじさん」

おしのは言った。

そう言ったとき、おしのは不意に宗次郎を思い出した。唐突に、あの人はもうかみさん持ちだろうか、と思ったのである。

「おっかさん、こないだ珍しい人に会った」

「誰だい」

「宗次郎さん。憶えてないかしら、よくうちに遊びに来たけど。うちの長屋にいて、母親がいなくて、おとっつぁんがうちの材木置場で働いていた」

「ああ、鉄《かね》さんのことかい。そういえば男の子がいたね。お前より三つ、四つ上の。

鉄さんはうちを罷《や》めて、石原の方に越したんだよ」

「あたしが十ぐらいのときかしら。十年ぶりね」

「それでよくわかったね」

「あたしははじめからわからなかったの。向うが憶えていたわ」

「お嬢さん、その宗次郎という男は……」

思いがけなく、地兵衛が口をはさんだ。

「浅草の馬道で、錺《かざり》職をしてた人ですかい」

「さあ、それは聞かなかったけど」

「こう、背が高く痩せ形で、きりっとした顔で」

「そうね、ちょっと男前の感じかしら」

おしのは、思わず出戻りらしいはすっぱな口をきいてから、自分の言葉に顔を赤らめた。

「でも、どうしてあの人を知ってるの？」

地兵衛はおしのから眼を逸《そ》らし、日陰の濃い庭を眺めながら、莨の煙を吐き出した。短い沈黙のあとで、地兵衛は冷たく突き放す口調で言った。

「その男なら、いま江戸にいねえ筈です」

「……………」

おしのは、おさわと顔を見合わせた。おさわの顔には怯えがある。娘の顔をまじまじとみた。地兵衛の冷ややかな口調は、宗次郎がかつて何かよくないことで、地兵衛と係わりがあったことを示している。

「さてと、片付けちまいましょう。どうもご馳走さま」

地兵衛は、冷えた茶を飲み干して立上ったが、思いついたようにおしのをふり向いて言った。

「宗次郎は、いまどこに住んでいるか言ってましたかい」

「いいえ」

おしのはいそいで首を振った。

「ほんのひと言、ふた言立ち話しただけだから」

「そうですかい」

地兵衛は、なおもじっとおしのの眼をみつめた。地兵衛の眼に、おしのは奥深い心の襞《ひだ》を覗きこまれた気がし、心が冷えた。立ち話には違いないが、実際はもっと長く話している。あのとき、宗次郎が待っていたあの男が来なかったら、話はもっと続いたろう。

だが、本能的に、地兵衛にこれ以上宗次郎のことを話してはいけないという気がした。おしののその心の動きを、地兵衛の視線は、執拗に追ってくるように思えた。地兵衛の眼は細められ、ほとんど瞬かない。それは植木職のものでなく、やはり岡っ引の眼だった。

息苦しい視線から遁《のが》れるように、おしのは言った。

「でもあのひと、地兵衛さんの言ってるひとと違うかも知れませんよ」

「……………」

地兵衛は答えなかった。おしのから視線をはずし、微かに苦笑したのが答だった。顔は笑いを刻んでいたが、地兵衛の眼は笑っていない。それは視野に獲物を入れた、猟師の眼だった。獲物は遠くにいて、視られていることにまだ気付いていなかった。そのことを一瞬の間に測り終った残忍な光を、おしのはその眼にみた気がした。

地兵衛はゆっくりした動作で莨入れをしまうと、不意に足音もなく庭の隅に去った。

「しのちゃん、あんた」

おさわは、茶道具を片付けながら囁いた。

「係わり合いにならないように、気をつけなさいよ、その宗次郎という人に。もしやお尋ね者なんかだったら大変だよ」

おさわの浅黒い勝気そうな顔は、まだ怯えを残している。おしのは無言で立上った。胸に高い動悸が鳴った。おしのも母親と同じことを考えていたのである。

だが、胸は別の不安でとどろいていた。もしおさわが言うように、宗次郎がお尋ね者だったら、地兵衛に今日話したことから、何か取返しのつかないことが起りそうな不安が、胸を満たしたのである。いまこちらに背を向けている老人に、その不安を確かめることは出来ない。

いますぐにでも、宗次郎に会いたいと思った。だが、おしのは、宗次郎の居所を知らなかった。

二

宗次郎に出遭ったのは、十日ばかり前である。暑い日だった。

そのときおしのは取乱していた。躰《からだ》の内側を、怯えと屈辱が交互に灼《や》いて、広徳寺の門内に駆け込んだのも、半ば夢中だったのである。姑《しゅうとめ》のたつが、いまにも追いついて来そうな気がし、広い境内を小走りに駆けぬけた。さらに本堂に沿って裏手に廻る。うろたえながらも、頭の隅に裏門口を抜けようというつもりがあった。

裏門に向かったおしのの背に、誰かが不意に、

「もし、そこは通れませんぜ」

と声をかけてきた。

おしのは立竦《たちすく》んだ。みると裏門は閂《かんぬき》がおり、黒い錠が錆びてぶら下っている。

声の主は、本堂の高い濡れ縁を支える柱に、倚《よ》りかかるようにして立っていた。藍《あい》の浴衣に、きりっと三尺を締めた若い男である。男は背が高く痩せた頰をもち、鋭い眼つきをしていた。その眼が、咎めるようにこちらを見守っているのを、おしのはみた。寺の者のようではなかった。

男の乾いた鋭い視線は、おしのを新しい怯えに誘った。おしのは、口の中ですみませんと呟き、追い返されたように慌しく足を返した。本堂の横を抜けようとしたとき、後で、

「ちょっと」

とさっきの声が呼んだ。ふり向くと男が本堂の角のところに立っていた。おしのは逃げ腰になった。境内には蟬《せみ》の声がするばかりで、人影はない。だが男は近寄る様子はなく、その場所から声を続けた。

「お嬢さんじゃござんせんか」

おしのは眼を瞠った。だが男の顔に見覚えはなかった。誰かに間違えられたと思い、微笑して首を振った。軽く頭をさげて背を向けようとしたとき、

「もし、下田屋のお嬢さんじゃござんせんか。あっしは宗次郎ですが」

と男が言った。

立ち戻ってくる記憶があった。だがその名前は、あまりに遠いところから呼びかけてきたので、おしのの記憶は裂けたままで、名前とそこに立っている男の姿が、すぐには繋《つな》がらなかった。男の顔をみつめながらゆっくり引き返し、その前に立ったとき、男が眼の光を消して微笑した。

その微笑で、男の輪郭が鮮明になった。

「あら」

おしのは小さく叫んだ。

「思い出して頂けましたかい」

と宗次郎は言った。どこか翳のある痩せた顔は、微笑しても暗さを残している。着ているものもかなり水をくぐった痕がみえ、いい暮しをしていないように思われたが、おしのから警戒心は脱け落ちていた。

「懐かしいこと。何年ぶりかしら」

「さあ、もう十年以上になりましょう。餓鬼の時期が過ぎれば、めった会うことも

なくなりやすからね」

「ごめんなさい。名前を言われても、すぐにはわからなかったのよ」

「無理もございません。あっしも半信半疑でしたから。あんまり綺麗な娘さんになっちまったものだから」

「いやねえ」

不意に、心が華やぐのをおしのは感じた。知っている男がそばにいる安堵が、一ときおしのの気持から、たつに対する怯えを消している。

「そんな風に言われると、昔はずいぶんひどかったように聞えるじゃないの」

「……」

宗次郎は眼だけで笑った。

「それに、もう娘じゃないのよ」

「あ、そうでしたかい」

宗次郎の眼を、一瞬動揺が通り過ぎたようだった。その眼を瞬いて、宗次郎は明るい声で詠嘆するように言った。

「その筈でさあ。もうとっくに、いいところの嫁さんの筈でさあ」

おしのは首を振った。

「ところが、いまは出戻りなのよ。それはもう哀れな女なの」

おしのは少しふざけて言った。だがそう言ったとき、おしのの胸に屈辱が生生しく甦ってきた。

おしのは今日、嫁《とつ》ぎ先の上総屋に行ってきたのである。半年前に離縁されたその家を、訪ねて行ったわけではない。上総屋の近くをうろつき、揚句は姑のたつに見咎められて、喧嘩に負けた犬のように逃げ帰ったのである。

上総屋は広徳寺門前町の中で、筆墨から紙一切を商い、寺院の多い下谷から上野にかけて、名前を知られた老舗《しにせ》だった。夫の房吉は、やや気の弱いところがあるが、商いは熱心で、女遊びも賭けごとも知らない堅人《かたじん》だといった仲人の口に間違いはなかった。家同士も釣合い、いい縁組みだと思われた。

だが、嫁いで半年も経たないうちに、おしのは姑のたつの異常な嫉妬深さに気付かされた。

ある夜、小用に立ったおしのは、障子を開けて、そこにたつが立っているのにぶつかった。おしのにみられても、たつはうろたえるふうもなく、鼻先で笑うとゆっくり自分の部屋に戻って行った。一瞬のことだったが、部屋の中の有明行燈《あんどん》に照らされたたつの眼が、はっきりと憎悪に光っていたのを、おしのはみてしまったのだった。おしのは倒れこむように布団に戻った。躰が顫《ふる》え、顫えはいつまでも止まらなかった。夫と交した乱れた息遣い、喉を滑った小さな声をすべて聞かれたと思うと、羞恥よりは恐怖が募ったのである。

それが始まりだった。

家の中にいて、夫と内緒話も出来ない日が続いた。うっかり二人だけで笑ったりすると、遠くからたつが尖った声で房吉を呼んだ。間もなく、夜は地獄になった。たつは隣座敷に床を運んで寝るようになり、深夜も目覚めていると解らせるような、空咳をひびかせたりした。そういうとき、房吉は絡《から》んでいた足を気弱く解いて、自分の布団に戻って行くのだった。たつの部屋がひっそりしていれば、それはそれで薄気味悪かった。

房吉の態度はひどく曖昧《あいまい》だった。おしのが訴えても、そのうち何とかなる、という言い方だった。そのくせ、たつの眼を盗んで、おしのの躰を貪ることには熱心だった。初めはそれが、とに角夫が自分を愛している証しに思えて、束の間の愛撫にも応えようと努めた。房吉は小さいとき父を失い、女手ひとつで育てられている。そのためか、母親には口答えひとつ出来ないのだった。そんな夫を哀れに思う心も働いた。

しかしそういう日が積重なると、上総屋の屋根の下に漂っている狂気のようなものが、静かにおしのを侵しはじめていた。おしのは、深夜わずかの物音に目覚め、破れるほど胸がとどろいたり、夫がそばに寄ってくると、耐え難い嫌悪感のために躰が顫えたりした。

三カ月いて、おしのは上総屋を出た。買物に出て、そのまま戻らなかったのである。

三好町の実家に戻ったときおしのは、頬の肉が落ち、細い眼が大きくなり、紙のように生気のない顔色で、おさわや辰之助を愕《おどろ》かせた。おしのが理由を話さないために、母や兄は上総屋にどう挨拶するかに悩んだが、その間に仲人を通して離縁話が伝えられたのだった。

それから半年も経った今日、離縁された家を覗きに行ったのは、一度房吉に会いたいという気持が募って、耐え難くなったからである。上総屋の嫁という座に未練はない。二度と戻る気はなかった。だがそれとは別に、房吉に一度は会いたかった。実家に戻ってから今日まで、おしのは房吉が訪ねてくるのを待ち続けてきた。

意気地のない男だったが、房吉はおしのが初めて肌を許した男だった。上総屋の記憶は悲惨だったが、姑の眼を盗んで、共犯者のように肌を温め合った記憶は、異常なだけに、かえって鮮明におしのの中に刻まれている。

会って、どうするということではなかった。ただおしのは確かめたかったのだ。房吉が自分を愛しながら、どうにもならず別れたのだということを。房吉の口からその言葉を聞き、その嘆きを聞きたかった。それを聞けば、おしのの心は癒《いや》され、上総屋との縁はそれだけのものだったと諦められる気がした。

おしのは今日、上総屋の人の出入りが見える場所に竚《た》ち、房吉の姿を待ったのである。だが、たつに見つかった。店を出て、無言で道を横切って来たたつの顔に、おしのは絵草紙でみる鬼女の貌《かお》をみた。

「少し狂ってるんだわ。あたし」

たつの顔に怯え、逃げ奔《はし》った自分を思い出し、おしのは小さく呟いた。が、宗次郎には聞えなかったようだった。首をかしげ、意外そうな表情で言った。

「お嬢さんのような人にも、苦労というものはあるんでござんすかねえ」

「やめましょ、その話は。それより宗次郎さんは、いまどこに住んでいるのかしら」

「あっしは……」

宗次郎は答えようとしたが、ふと表情を硬くし、耳を傾けた。本堂の横手に、こちらに近づく足音がした。

「済みませんがお嬢さん、いずれ後で。待ち合わせたものが来たようで」

「あら、邪魔して悪かったわ」

「顔をみられないようにしておくんなさい。いい奴じゃありませんから」

慌しく囁くと、宗次郎はおしのに背を向けた。尖った肩だった。

本堂の角で、男がひとり擦れ違った。

おしのは宗次郎に言われたように、顔を伏せて通り過ぎたが、男が尻端折《しりばしょ》りした浴衣の裾と、そこから突き出した毛深い脛《すね》が、視野の端を掠《かす》めた。

「あの女は何でえ、兄貴」

後に声がした。がさつな大声だった。

「知らねえな。墓参りか何かだろ」

「ふうん、えれえ別嬪だったぜ」

「それはいいが、神田はどうだった？」

それに答える声は、もうおしのには届かなかった。門を出るとおしのは左右を視、ふたつの姿が見えないのを確かめてから人通りに混った。

あの人は、なぜあんなところにいたんだろう。宗次郎を、ふと訝《いぶか》しんだのは、車坂を抜けて上野山下あたりまで来てからだった。

三

宗次郎はあそこに隠れていたのだ、と考えるようになったのは、地兵衛と話してからである。やはり地兵衛の前で、あの人のことを喋ったのはまずかったのだと悔まれた。男の居所を糺《ただ》したときの地兵衛の眼の光を思い出すと、おしのはそれを宗次郎に伝える手段がない焦りで、息苦しくなるほどだった。

だがおしのの焦りにもかかわらず、宗次郎から何かおとずれがある可能性は、全く考えられなかった。男はあの日、偶然におしのの前に顔をつき出したにすぎない。そしてまた、尖った肩を傾け、自分の世界に戻って行ったのだ。その黒い背を追って、おしのは幾度も眼を凝らしたが、そこには測り知れない暗さが満ちているばかりで、網膜は何も映さなかった。

あの人は、江戸にいられないようなことを何かし、いまも江戸にいてはならないのだ、とおしのは気付いている。宗次郎がまとっていた暗い印象を思い出すと、その考えは謬《あやま》りないと思えた。鋭い眼、削《そ》げた頰、声を立てない笑いが、あの男がいま棲《す》んでいる世界が、どういうものであるかを示していた、と思う。

宗次郎が何をしたかは知らない。だが何をしたにしろ、自分が喋ったために、ある日突然に、何も気付いていない宗次郎の背を、捕縄を手にした地兵衛が襲うのを見たくなかった。その想像は、おしのを耐え難くする。

縫物を捨てて、おしのは立上った。地兵衛の店に行ってみようと思ったのである。行けば、あるいは地兵衛が、予感しているように宗次郎を追いはじめているかどうかが解るかも知れない。もし何も解らなくとも、家の中にじっとして、悪い想像にくたくたに疲れているよりはいい。

足の裏に濡れ縁の板が冷たい。おしのは昂ぶった気持を鎮めるように、立止って庭を見おろした。庭の奥の細長い池をはさんで、黄楊《つげ》、榧《かや》、松などが、昼過ぎの日射しに、針のような葉を光らせている。皮肉なことに、地兵衛はあの日仕事を終って、その後は姿を見せていない。

裏手の材木置場で、さっきから人足たちの唱うような単調な懸声が続いている。新しい荷が入って、辰之助も置場につきっきりのようだった。時時人足たちを指図する、甲高いその声が聞えてくる。

おしのは店を出た。帳場に手代の菊蔵がいて、お出かけですかと声をかけたが、おしのはふり向かなかった。三十を過ぎているのに、若い者のように柄の派手な着物を着たり、常磐津《ときわず》に凝ったりする菊蔵を、おしのは嫌っている。菊蔵は二年前女房に死に別れ、男やもめだった。男の子がひとりいる。そんな菊蔵を気の毒に思ったこともあったが、離縁されて実家に戻ったときから、菊蔵が特別な眼で自分をみていることに気づくと、同情は醒めた。

菊蔵がおしのをみる眼は、中年男の半ば習慣的に女を眺める視線というのではなく、時おり欲望をむき出しに絡んでくる。不潔で、恐ろしかった。いまも背後から腰のあたりを、粘るような視線でなぶられた不快感が残った。それを忘れるために、おしのは道を急いだ。

明るい日射しが道に溢れていたが、光はすでに地上を灼く激しさを失っていた。澄んだ温和な空気の中に、木と水の匂いが漂い、水は微かに潮の香を含んでいた。

日射しは、道に沿って走る十間川の水の上にも、向う岸の吉永町の材木置場、その上に黒く頭を突き出している人家の屋根にも、降りそそぐように光っている。

その光の中で、弥そうが焚火をしているのがみえた。

弥そうは町抱えの掃除人で、おしのが子供の頃から、いま焚火をしている富島橋の橋袂の小屋に住んでいた。表通りを掃いたり、夜分は路地を見廻ったりするのが、弥そうの仕事である。弥そうは無口で、綺麗好きで、よく焚火をした。寒い日の朝など、おしのたち三好町の子供は、橋を渡って弥そうの焚火に集まったのである。

澄んだ光の中に、真直ぐ立ちのぼる焚火の煙をみると、あの頃から十数年も時が過ぎ去ったと思えないほど、風景は昔に似ていた。だが、それが事実であることを示すように、弥そうの上を通り過ぎた歳月は、焚火のそばに佇んでいる弥そうの背を弓のように曲げ、黒かった髪を白髪に変えていた。

島崎町の角を曲り、亥《い》の堀《ほり》の川沿いの道をいそぐと、小名木川にかかる新高橋に出る。橋を下りたところが行徳街道だった。街道を左に、阿部内膳正下屋敷のくねった塀を曲ると、地兵衛の店がある深川元町まで、真直ぐの道だった。

通りまで日除の葭簀《よしず》を張り出した店先には、きれいに水を打った植木鉢が段段に並び、店の横手の空地には、小ぶりな松、杉、檜《ひのき》の類から、椿、満天星、梅、桃などの苗木がびっしり植えてある。空地には、苗木を物色しているらしい人影も五、六人いて、店は繁昌しているようだった。

地兵衛はいなかった。

おときという、地兵衛の息子の嫁が応対した。おときは、下田屋に花を届けてきたりして顔馴染みである。円い顔に飛び出したような大きな眼をし、お喋りだった。大きな腹をかかえて、大儀そうに躰を動かした。

「朝出たっきりなんですよ。なにか、いそぎのご用でしたかしら」

「いいえ、ここを通りかかったものだから」

答えながら、おしのは動悸が昂ぶるのを感じた。悪い予感がした。地兵衛の不在は、やはり宗次郎に結びつくのだろうか。それを確かめたかった。

「草花の鉢でも頂こうかしら」

「ありがとう存じます。いつもいつも下田屋さんには、ご贔屓《ひいき》にしていただきましてね。お花は、なにがよろしゅうございます?」

白粉花《おしろいばな》の鉢を包ませながら、おしのは地兵衛は仕事に出たのか、と訊いた。

「そうじゃないんですよ。なにか知りませんけど、自分の用があるらしくて、ここのところずーっと。朝から出かけて、帰りは夜遅いしね」

張り出した腹の上に指を組んで、おときは首をかしげた。

「おかしな話ね。まさか、ぶらぶら遊んでいるわけもないでしょ。ああいう固い人なんだから」

「うちの人ともそんなことを話したんですよ。おばあちゃんに死なれて、長い間独りだったから、どっかに茶飲み友達でも出来たかな、なんて」

おときは、粒の大きい前歯を剝き出して笑った。

「でもそれだっていいんですよ。仕事といっても隠居仕事のつもりで、うちの人は当てにしていませんから。ほんとに小遣い稼ぎのつもりで、気儘《きまま》にしてもらっているんですよ」

「地兵衛さんは、何も言わないの」

「言うもんですか。あの通り無口な人だもの」

「昔の仕事を手伝っているのかしらね」

「いいえお嬢さん」

おときは腹をつきつけるようにして、断定的に言った。

「あれはもう、久我様に手札も十手もお返しして、きっぱり縁が切れてますよ。ええ」

お待ちどおさま、と言っておときは鉢をさし出したが、眼は道を視て「あら」と言った。

「噂をすれば影って、ほんとだよう」

店の入口に地兵衛が立っていた。背に日射しをしょって、その姿は黒い影にみえた。おしのがふり向くと、地兵衛は近寄ってきて、いらっしゃいと言ったが、おしのの横を通りすぎて店の横の空地に出た。

その後におしのは蹤《つ》いて行った。自分でも思いがけない行動だったが、宗次郎のことを聞くのは、いましかないという気がしたのである。地兵衛は蹲《うずくま》って、そこに植えてある松の苗木をのぞいたが、おしのが近寄るのをみると、そのままの姿勢で言った。

「何かご用ですかい、お嬢さん」

顔は微かに笑いを浮べていたが、地兵衛の声は冷たく聞えた。

「沢山の苗ね」

おしのは言ったが、地兵衛が答えないで、じっと次の言葉を待っている気配を覚ると、ひき込まれたように、

「宗次郎さんを捜してるんですか」

と言った。

地兵衛は首を傾けるようにして、おしのを視た。微笑は消えて、視線が硬くなったようだった。

「何か、お嬢さんにたよりでもありましたかい」

「いいえ」

おしのは激しく首を振った。

「そんなことあるわけはないでしょ。行きずりにみただけの人だもの」

「……」

「あの人、一体何をしたんですか」

「そういうことは、お嬢さんは知らない方がようござんすよ」

「知りたいの」

おしのは、自分で愕いたほど、烈しい口調で言った。地兵衛は視線をはずした。そうして膝を抱いて蹲っていると、地兵衛は一人の年老いた職人にみえる。

「三年前に、下谷山伏町でおゆきという女が殺されましてね。人の妾《めかけ》だったが、まだ若い娘だった。殺したのが、宗次郎でさ」

重いものが、鈍くおしのの胸を叩いた。その衝撃でおしのは胸が詰ったが、辛うじて問い返した。

「さあ」

「宗次郎さんが殺したというのは、間違いないんですか」

「奴は、おゆきの情夫だったんでさ」

不意に地兵衛が立上った。声は静かだったが、その声に含まれているほとんど憎しみにちかい響きがおしのを怯えさせた。地兵衛の眼は底光りしておしのを見つめている。

「あたしが調べたが、ほかに疑わしいのはいなかった。だが、まんまと逃げられましてね。危ねえ奴ですから、近付かないほうがよござんすぜ、お嬢さん」

鉢を提《さ》げ、ふさいだ気持を抱いて、おしのは三好町に戻った。家を出た時の、張りつめた気持は嘘のようにしぼんでいる。地兵衛が宗次郎を追っていることは、もう間違いなかったが、それを宗次郎に知らせたいという焦燥は、おしのの気持から失われている。かわりに淡い悲しみが、気持の底に溜っていた。

きれいな娘さんになっちまったもんだから……、すぐには解らなかった、と言って声を立てないで笑った宗次郎の顔が、昨日のことのようにはっきり眼の裏に泛《うか》んでくる。あれが人を殺した者の顔だろうか。あれが、人を殺した人間の顔なのだ。

おしのの心は粉粉に砕かれ、疲れていた。

裏通りから勝手口に廻った。菊蔵の煩わしい眼を嫌ったのである。潜り戸を開けようとした時、後から嗄《しやが》れた男の声で呼ばれた。

「ちょいと、姐《ねえ》ちゃん」

男は、道を距てた材木置場から立上ってきていた。置場は夥《おびただ》しい丸太材が、隙間なく丸い背を並べているだけで、男のほかに人影はない。赤味を帯びた日の光が、斜めに材木の肌を染めている。

近寄ってきたのは、無精髭《ひげ》がまばらな、丸顔の五十近い男だった。小肥りで、背は低い。酒好きらしい丸い赭《あか》ら顔に、見覚えは全くなかったが、おしのの眼は、波に千鳥を染めた尻からげの浴衣と、そこから突き出ている毛深い脛に釘づけになった。宗次郎が、いいやつでないと言ったあの男に違いなかった。

「おっと、遁《に》げることはねえよ。怪しいもんじゃねえ。俺《おい》ら宗次郎のだちだ」

男は、おしのが本能的に潜り戸を開けて隠れようとするのを、慌ててとめた。

「宗次郎の相棒でよ。雁六というもんだ。あんたおしのさんだろう？　言伝《ことづ》てを持ってきたぜ」

おしのはふり向いて男をみた。遥かな闇に、合図する小さな灯をみたように思った。恐怖はなく、おしのの胸は僅かに湿った。宗次郎は、いまごろ何を合図しようとしているのだろうか。殺人者だと解っても、宗次郎にあのことを知らせるべきだろうか。

「そうよ、遁げることはねえやな。それにしてもきれいな姐ちゃんだぜ、こりゃ。

はてな、このきれいな姐ちゃんには、どっかで会ってるぜ。ええーと」

「言伝てというのを、早く聞かせて頂戴な」

「おっと、解ってらあな。口上はこうだ。今夜五ツ（午後八時）に三ノ橋まで出てくれろ。兄貴はそう言ってなさるぜ。お前さんによ、なにかしんみりした話があるそうだ。へ、へ」

「………」

「どうしたい、姐ちゃんよ」

「あの人が、人を殺したというのは、ほんとなの？」

雁六の顔が険悪に歪んだ。一歩足を退いて、掬《すく》い上げるようにおしのをみると、嗄れた声を低めて言った。

「誰に聞いた？」

「誰でもいいでしょ」

おしのは投げやりに言った。

「ただ、人殺しには会いたくないわ。たといどんな事情があったとしても。あの人にそう言って頂戴」

「それは違うぜ」

雁六は、今度は逆に一歩近寄ってきて言った。声はほとんど囁くようだった。

「兄貴は、人なんぞ殺してやしねえ」

「何が違うの？」

「………」

おしのは眼を瞠った。疑うように髭面をしみじみとみた。

「濡れ衣だ。ほんとだぜ。なぜっておめえ、あの女が殺されたってえ夜は、兄貴は俺たちと一晩中これをやってた」

雁六は壺を振る手つきを真似た。

「じゃ、どうして……」

おしのは叫んだ。

「どうしてそれを、お上《かみ》に言わないの？」

「しッ！　そんな声を出さねえでくれ。それにしても、ねんねだぜ、姐ちゃんは」

雁六は、憐れむようにおしのをみた。

「お上がよ、俺《おら》っちのいうことを取上げるかね、え？　それによ、一緒に博奕《ばくち》してましたとは、いくら厚かましくたって、おめえ……」

おしのは、男の言葉を聞いていなかった。胸の底から、膨れあがる喜びがある。地兵衛の言ったことは、おしのの記憶から、ほとんど摺《す》り落ちようとしていた。早口に囁いた。

「わかったわ。必ず行くと言って」

「そうかい」

「それで、あの人いまどこにいるの？」

「そいつは姐ちゃんにも言えねえな。なにしろ兄貴はいま追われているんでね」

雁六はこともなげに言ったが、おしのは顔から血の気がひくのを感じた。

「逃げまわって、あの人は何をしてるの？　どうして江戸を出ないのかしら」

「仕事があるのだ、兄貴には。俺も少少手伝ってるがね」

雁六はにやりと笑った。すると髭面の底にある人の好い感じがちらと覗いた。

「……」

「人を探してる。つまりほんとうにあの女を殺した奴をな。おゆきというあの女は、昔掏摸《すり》をやっていた。まわりには、いい、くさい奴がわんさといるのさ」

「危ないことをしてるわ」

おしのは地兵衛の底冷たい視線を思い出し、ぞっとして呟いた。

「わかってるな」

潜り戸を入るおしのの背に、雁六は騒騒しい嗄れ声を張りあげた。

「三ノ橋に、五ツだぜ。それからよ、誰にも内緒だぜ。いいな」

四

細い片目が開いたような月が、江戸の南の夜空にある。その僅かな光が足もとに漂っていたが、おしのは馴れない夜道にときどき躓《つまず》いた。

橋に近づくと、おしのは頭巾の中から眼を瞠って、宗次郎の姿を探した。人影はなかった。後から歩いてきていた男二人連れが、そこで立止ったおしのを怪しむように、提灯で照らし視ながら通りすぎると、あとはひっそりした。

時刻は五ツを少しまわっている。家の者に気付かれないで抜け出すのに手間どって、おしのは五ツの鐘を途中の川べりで聞いたのだった。その遅れが気になり出したとき、足音がした。

「お嬢さん」

耳の後を、宗次郎の声が囁いて通り過ぎた。

「そのまま、蹤《つ》いてきておくんなさい」

振り返ると、尖った肩が、闇を遠ざかるところだった。三ノ橋の袂をすぐ右に折れると、宗次郎は土堤を橋下にもぐるように降りて行く。そこに小舟が一艘繋《つな》がれていた。身軽に舟に乗り移ると、宗次郎は手を伸ばして、抱きとるようにおしのを舟に移した。

「すみません。夜分こんな場所に呼び出して。寒かありませんかい」

と宗次郎は言った。

おしのは頭巾を脱ぐと、黙って首を振った。一瞬男に抱かれた姿勢になり、宗次郎の体温を感じたことが、おしのを無口にしている。深入りし過ぎた微かな不安がないわけではない。だがそれよりも、もう一度宗次郎に会えた安堵の方が大きかった。長い間音沙汰なかった不実な恋人を、ようやく探しあてたような、苛立たしく甘い気分がおしのの胸にある。ずいぶんあたしを心配させたのだ、この人は。

「今晩来て頂いたのは、実はお聞きしてえことがあったものですから」

「え？」

宗次郎の固い口調が、おしのを現実にひき戻した。

「広徳寺であっしに会ったことを、お嬢さんは誰かにお話しなさってますかい」

「……」

「思い出して下さい。誰かに話している筈です。というのは、実はあっしが江戸にいることは、わけがあって二、三人しか知っちゃいません。ところがこの頃、あっしの知らねえ奴が、跡を蹤けてきている気がしてならねえものですから」

「話すわ、みんな。そうよ、あの人なのよ」

「あの人てえのは？」

「その前に言って」

おしのは眼を挙げて、おぼろな闇に宗次郎の眼を探した。

「おゆきさんという人を、あなたは殺したの？　それとも濡れ衣なの？　隠さないで言ってね」

宗次郎は沈黙した。沈黙の長さが、おしのを不安にした。

「どうしたの？」

「そこまで知っておいでだったんで」

宗次郎の乾いた声がした。

「それを、誰から聞きなすったんです？」

「地兵衛さんよ。知ってるでしょ？　あなたを捕まえそこなったと言ってたわ」

宗次郎が躰を硬くした気配がした。やがて低い声で言った。

「今戸の岡っ引だな。そうか、あいつだったんですかい」

「ごめんなさい、宗次郎さん。あなたがそんなふうだとはあたし知らなかったし、それに地兵衛さんも岡っ引を廃《や》めて、いまは植木屋で家に出入りしているの。あなたのことを、母と茶飲み話にしたのを、あの人に聞かれてしまった」

「解りましたお嬢さん。何も謝って頂くようなことじゃござんせんです。それにしても」

宗次郎は舌打ちした。

「もっと早く気がついてよかったんだ。これで合点がいきました」

「それでどうなの？」

おしのは言った。

「あたしが訊いたことに、まだ返事してないわ」

「人殺しですか」

宗次郎はきっぱりした声で言った。

「あっしは人なんぞ殺していませんよ。人殺しだったら、第一広徳寺でお嬢さんを見かけたとき、声をかけたりしません」

「ありがとう、宗次郎さん」

おしのは思わず宗次郎の手を探し、慌ててその掌を引込めた。宗次郎の言葉を、おしのは信じた。

「雁六さんも濡れ衣だと言ってたけど、それでもいまあなたの口から聞くまでは半信半疑だったの。ごめんなさいね、ちょっとでも疑ぐったりして。あなたが、人殺しでなくて、ほんとに嬉しい」

「雁六か、お喋り野郎め」

「そんなふうに言うもんじゃないわ。あの人にそう言われるまでは、あたしすっかりふさいでいたもの。あなたのことを地兵衛さんに知られたのが心配で、居ても立ってもいられない思いをしたのに、あなたが人を殺したと聞いたでしょ。裏切られたようで、がっかりしてたのよ」

「済みませんでした。お嬢さんにすっかり余計な心配をかけちまいました」

「あら、それこそあなたが謝ることなどないわ。悪いのはあたしだもの」

おしのはいそいで言った。頬が火照《ほて》っているのがわかる。侘びしい話題なのに、おしのの気持は小さく弾んでいた。すぐそばに寄りそってきている宗次郎の気持を、おしのは感じている。

「地兵衛から、あっしのことを聞いたんですね」

不意に宗次郎が言った。弾んだ気持に、水を浴びたようにおしのは思った。あの人を、忘れていた――。

「あなたが殺したと思ってるわ、あの人」

「ほかに、何か言ってませんでしたかい？」

「間違いないと言ったわ。ほかに疑わしいのはいなかったって」

「そう言ってましたか」

宗次郎は、小首をかしげるような言い方をした。そのまま固く躰を縮めるようにして動かなくなった。

風もないのに、竪川《たてかわ》の岸には絶えまなく囁くような水の音がした。眼がおぼろな闇に馴れ、暗い水路に、星の光が砕けるのが見えた。糸のような月は、ここからは見えない。右岸に、遠く赤い灯のいろがちらつくのは、菊川町の屋並みの間から、辻番所の高張提灯がのぞくのだろう。

「おゆきさんて、どんな人だったの？」

ふとおしのは言った。地兵衛は、宗次郎をその女の情夫だと言ったのだ。宗次郎はその人を深く愛したのだろうか。それだから、本当に殺した人間を、いまも探しているのだろうか。

「おゆき、ですかい」

「あなたを好いていたんでしょ、その人」

おしのは言った。

「可哀そうな女でしたよ。ただ可哀そうなだけの女でした」

宗次郎は、やはり躰を小さく縮めるようにしたまま、呟くように言った。

五

三年前、宗次郎は腕のいい錺職人だった。浅草北馬道の端《はず》れに仕事場をもち、一人立ちして仕事をしていた。

そうなる前は時時ぐれて、住み込んでいた田原町の親方の家を飛び出し、地回りとつき合ったり、賭場に出入りした時期があった。だが大工の下職をしていた父親の鉄吉が中風で寝こんだとき、無頼な暮しときっぱり縁を切った。そのころ放埒《ほうらつ》な暮しに倦いてもいた。修業に仕上げをかけ、ひとり立ちの職人になると、石原町から浅草に移って、父親を養っていたのである。

あるとき一人の女を識《し》った。おゆきという十八の女で、人の囲い者だった。おゆきが、芝居見物の帰りに宗次郎の仕事場をみかけ、簪《かんざし》を注文したのが識り合った初めだった。しかし簪を届けに、山伏町の長屋を訪ねたときから、おゆきは宗次郎にとって、忘れ難い女になった。

その長屋に、おゆきはひとりで住んでいた。親も兄弟もなく、孤独だった。夜しか来ないというおゆきの旦那の眼を盗んで、宗次郎はおゆきと逢瀬《おうせ》を重ねた。骰子《さいころ》は弄《いじ》ったが、女遊びの経験はない。宗次郎にとって、おゆきは初めての女だった。

その甘美な経験の中で、宗次郎はもう引き返すことができなくなっている自分を感じた。

女の肌に触れた後で、宗次郎は幾度となく、男と別れろ、とおゆきに迫った。しかしそのことになると、なぜかおゆきは頑なに返事を拒み、問いつめられると、いまのままでいいと言った。激昂して、宗次郎はおゆきを殴り、長屋を飛び出したこともある。そういうときは、二度と会うまいと思った。おゆきの愛情が信じられなくなり、心の中で淫売に過ぎないと罵った。しかし二日も過ぎれば、おゆきの滑らかな肌が、宗次郎を山伏町に走らせるのだった。

そんな日が半年も続いた頃、ある日おゆきがぽつりと言った。

「今夜、話すわ」

「……」

「別れて、あんたと一緒になる」

「決心がついたのか」

宗次郎は狂喜した。いつも慌《あわただ》しい逢瀬だった。ただ肌をあわせ、ひととき心を灼くだけの結びつきだった。その時も、おゆきは手ばやく身繕いを済ませ、鏡に向って、情事の痕跡を顔の上から拭き取ろうとしていたのである。

手を伸ばして宗次郎が引き寄せると、おゆきは、髪がまた駄目になるじゃないの、と囁いた。しかし抗《あらが》おうとした手の動きをとめ、宗次郎の胸に凭《もた》れると、深い吐息を洩らして眼を閉じた。

宗次郎は、柔かく持ち重りのする躰を、深く抱きなおすと、性急に唇を吸った。

「その旦那てえのは、いったい何者だい」

「それは聞かない約束でしょ」

おゆきは、閉じていた眼を不意に開けて言った。睫《まつげ》が顫え、上気した顔が急に蒼ざめたようにみえた。おゆきの躰は固くなり、宗次郎の胸から離れると、閉じてある襖《ふすま》の方をみた。その表情に、瞭《あき》らかな怯えがあるのが、宗次郎には気になる。これまでも、そういう表情をみなかったわけではない。だがそれを旦那の眼を盗んで男を引き入れている、女の怯えと受けとっていた。

しかしいま、宗次郎が気にしたのは、いつもとは異質の怯えが、おゆきを捉えている感じが強くしたためである。初めて、宗次郎はおゆきの背後にいる男の影を気にした。その男は、年頃も背恰好も身分も不明な、影だった。おゆきが何も言わないからである。だがいまはその影が、確かに実在する感触が、宗次郎を圧迫した。

「おい、何だったら俺が話をつけようか。その旦那によ。おめえが怖いんだったらさ」

「やめて」

おゆきはふり向くと、ほとんど叫ぶような口調で言った。顔をこわばらせているのは、やはり怯えの表情だった。おゆきは何かを恐れていた。だがその何かが旦那だとしたら、おゆきの怯えかたは異様である。

妙な女だ、と宗次郎は思った。バレたわけでもねえのに——。

「いいの」

不意におゆきは膝でにじり寄ると、激しく宗次郎に躰をぶつけてきた。

「もう一度、きつく抱いて、ね。いいの、あんたは心配しなくとも。今夜あの人が来たら、きっぱり話をつけるわ。そしてあんたのかみさんにしてもらうんだわ」

おゆきは、感情の動きが敏感に皮膚にあらわれる性質《たち》だった。もも色に上気した頬をし、眼のふちは赤らみ、泣き出すように濡れた黒眸《くろめ》が、宗次郎を下から見上げた。

「もう一日でも、あんたと離れて住むのはいや。明日は昼過ぎにきて頂戴。万事うまくいくわ」

だが、おゆきの可憐に上気したその顔が、見納めになった。次の日の八ッ（午後二時）頃、長屋に行った宗次郎は、その朝おゆきが死体で発見されたことを、長屋の入口を埋めた群衆の背後で聞いたのだった。

「それっきりでござんした。あっしは間もなく、江戸を遁げ出したんですよ」

「宗次郎さんが……」

おしのはちょっと口籠った。

「その女の人と会ってたことが、解ったのね」

「多分そうでしょう。あっしもうまくやったつもりですが、それでも二、三度は長屋の人たちと、まともに顔を合せたこともありましたから。今戸の地兵衛という岡っ引がやってきたのは、それから三日後の夜でした。手強《てごわ》い相手でした。遁げられたのは、運がよかったからでさ」

「それで今度帰ってきたのは？」

「誰があの女を殺したか、気になりましてね。ひょっとしたら、本当の犯人が捕まってるんじゃないかと思ったりもして」

「そうじゃなかったのね」

「犯人はあっしということで、そのままだそうです。それで昔の仲間を手伝わせて、こっそり調べてみたんですよ。というのは、あっしに少し当てがありました」

「まあ」

「あの女は、あの夜、別れ話を持ち出したから、旦那に殺されたんです。これは間違いありません。ひどく怯えていましたからね。黒い影のようでござんした、その男は。どこのどいつだと、たびたび聞いたんですが、あの女は何も教えやしませんでした。しつこく聞くと、怯えたり、怒ったりしました。おかしいと思いませんか」

「……」

「間男をして怯えているのとは違う感じでした。すると、おゆきは旦那だというその男を、心底怖がっていたのだと思いませんか。多分おゆきは、どういうわけから、その男に生き死にの綱を握られていたんでしょう。別れ話など持ち出すべきじゃなかった」

「こわい」

「考えてみれば、まるであっしが殺したようなものでさ。あっしと知り合わなきゃ何ということもなかったし、別れるなどと言い出さなきゃ、少なくとも殺されることはなかった。哀れな女でさ」

宗次郎の嘆きが、おしのにも真直ぐに伝わってきた。別れ話を持ち出したとき、恐らくおゆきは命を賭けたのだ。

「ところでおゆきの旦那、そいつがおゆきの命を、卵みたいに掌の中に握っていたとすると、これはあっしと知り合う前の、おゆきの暮しに関係がある。そんな見当であちこち調べてみたんですよ。仲間に長屋の方を調べてもらい、あっしはおゆきが山伏町にくる前のことを調べました。すると妙なことが解りました。あの女を何度も抱きながら」

宗次郎は溜息をついた。

「あっしは、何も知らなかったんでさあ」

「妙なことって、おゆきさんが掏摸だったってこと？」

「あ、聞いてたんですかい。ええ、かなり名前を知られた掏摸でした。棄て子で、神田銀町の兼蔵という掏摸の親分に拾われて育ったんです。あっしにその話をした花安という掏摸の男は、おゆきが五年前、仲間の前からふっつり姿を消したと言っていました。死んだか、堅気のかみさんにでもなったかと噂したそうです」

「旦那というのは、その親分と違うかしら」

「あっしもそう思いましたが、違っていました。兼蔵はおゆきが消える二年も前に、耄碌《もうろく》して死んでいます。時蔵という二代目がいますが、まだ三十そこそこで、これも違うようです」

「山伏町の方で手がかりは」

「それが手こずっているんです。その男はひどく用心深く、二年近くもおゆきを囲っていながら、その間長屋の者に顔をみせなかった。せいぜい背中を見かけたり、咳払いを聞いたりした程度です。背はそう高くなかった、肩幅があり、五十がらみだった。解ったのはそれぐらいのものです。その男は、いつも急ぎ足に歩いていたそうです」

　それが、影のようだと宗次郎が言った、殺人者の輪郭だった。殺人者には顔がなかった。黒い背だけみせ、急ぎ足に遠ざかる男の姿を、生生しくみた気がし、おしのは、思わず怯えた膝を宗次郎に擦り寄せた。舟が少し揺れた。

「これからどうするの？」

「銀町の一家で、まだ調べ残している頭株が三人程います。それに、山伏町の方も、あっしが調べなおしてみるつもりです。夜になってからきて、夜のうち帰ったといっても、二年という月日ですよ。一度ぐらいは顔をみられたことがありそうなものだ」

「でもあなたは追われているのよ、無理だわ」

　おしのは言ったが、ふと気落ちしたように呟いた。

「あたしが悪かったんだわ。あの時喋らなければ、なんともなかったのに」

「気にしないで下さい、お嬢さん」

　宗次郎は、むしろ慰めるように言った。

「同じことです。どっちみち人に隠れてしていることですよ」

　突然頭の上で、橋がみしみしと大きな音を立てた。三ノ橋全体が、闇の中で鳴った感じだった。おしのは思わず宗次郎の胸に縋《すが》った。宗次郎の手が、落ちついた動きでおしのの肩を抱いた。

「地震ですよ、小さな地震です」

ひとときき橋をきしませて、地震が過ぎ去ると、海の底のような静寂が残った。その中でおしのは躰の中を走る高い脈搏を恥じながら、宗次郎の胸に顔を伏せていた。男の胸は温かく、居心地よかった。宗次郎も黙って、おしのの肩を抱いたままだった。その居心地よさに遠い記憶がある。そのとき小さいおしのは怯えて泣き、宗次郎はいましているように、何かからおしのの躰を庇って肩を抱いていた。

ふとおしのは躰を離し、取乱した口調で言った。

「おゆきさんを、芯から好いていたのね」

声には、ほとんど嫉妬がこもっていた。

闇の中で、宗次郎の表情は瞭らかでなかった。当惑したように、微かに身じろいだ。すると舟が揺れ、待っていたように舟の腹に水の音が小さくくした。

「その男を捜しているのは、それだけじゃござんせん。あっしが逭げたために、間もなく親爺も野垂れ死にしちまいました」

「ごめんなさい」

おしのは男の手を探ると、自分の両掌で包んで謝った。

「つまらないことを言ったわ。でもあなたの話を聞いてるうちに、あなたがおゆきさんを好いていたことがよく解って、淋しくなったの。うらやましかったのかも知れない。あたしは、男の人にそんなふうに好かれたことがないもの」

別れが、そこに来ていた。言いたいだけのことを言ってしまった、とおしのは思った。そしてそれが、宗次郎の心をついに揺さぶらなかったことも感じていた。

「お願いだから、遁げて。今夜のうちにも。地兵衛さんはこわい人だわ。あなたが捕まるのは見たくない。遁げて頂戴」

言いながら、おしのは心の中を秋風が吹きぬけて行くような淋しさを感じていた。

六

おしのが家を出たとき、時刻は七ツ（午後四時）を過ぎていた。空には人工的な碧さが隅隅まで拡がり、その中で斜めに傾いた日が虚ろに炎《も》えている。道端の草に枯色が目立ち、水の色も淡い秋だった。

習慣的に、対岸の吉永町の川べりに眼を投げたが、弥そうの姿はみえなかった。おしのはふと顔を曇らせ、足の運びを落した。また地兵衛の店を覗くつもりで出てきたのだが、心の中に躊躇がある。

三ノ橋で宗次郎に会ってから、ひと月近く経っている。その後宗次郎からも、雁六という男からもふっつりと音沙汰がなかった。一度繋がった糸が、今度こそ断たれたような手懸りのなさが、おしのの心を不安にした。

宗次郎が江戸を出たとは思えなかった。おしのは、ほとんど懇願するようにそうすすめたのだが、宗次郎は最後まで、そうすると言わなかったのだ。あの人は捕まったのだろうか。その想像は、おしのの心を、火傷したように猛猛しい痛みで灼いた。だがそうだったら、雁六という男から知らせがあっていい筈だった。

だが考えようによっては、宗次郎とのいきさつは、三ノ橋の夜で終っている。男がそう思っているかも知れない可能性は十分にあった。そう考えることは辛かった。おしのは、心の中から、宗次郎の安否を気遣う気持を、いまも逐《お》い出すことが出来ないでいる。

思い直して、おしのは足をはやめた。

地兵衛は、依然として宗次郎に繋がる糸の端を握っている。そこに近づくことは危険だったが、ぼんやりと不安な日日を過すことに、おしのは耐えられなくなっていた。

男の声で名前を呼ばれた。おしのは立止り、眼を挙げた。

「わたしだよ」

房吉が橋の上で笑っていた。島崎町とその続町をつなぐ橋の欄干の陰から立上っ

たのだった。おしのに近づくと、房吉は、

「ここは目立つね。少し歩こうか」

と言った。

「何のご用なの」

おしのは、房吉が歩み寄ってくるだけの距離を空けるように後に退った。それは男を警戒する動作だったが、おしのはそれを不思議に思わなかった。いきなり肌を擦り寄せて来たような、男の言い方が不快だった。

「用があるんなら、ここで言って頂戴な」

「用といっても、おまえ」

房吉は立止って、当惑したような眼をした。だがその眼は、すぐに無遠慮におしのの躰の輪郭をなぞって光った。

「せんだって、さ」

房吉は日に焼けない性質の白い顔に、自信あり気な微笑を泛《うか》べた。

「うちへ来たそうじゃないか。おっかさんがそう言ってた」

「それで？」

おしのは、屈辱が熱く頭に甦るのを感じながら、房吉の笑いを冷たく突き放した。

「だから、あれからどうしてるかと思って、ちょっと覗きに来たのさ」

「それはご親切さまね。もしあたしが、毎日泣き暮しているようだったら、またお内儀《かみ》さんに戻してくれるつもりだったの？」

「そんなことは出来ないさ、お前」

房吉は狼狽して、眼を瞬いた。

「いきなりそんな厭味を言うものじゃないよ」

「あら、厭味かしら」

「そうさ。おっかさんがどういう人か、お前も知ってるだろ。わたしはただ……」

「ただどうしたのよ」

「お前の方がよければ、時時外で会ってもいいと思って、それを言いに来たんだ」

「お断わりだわ」

おしのは叫んだ。羞恥がどっとおしのを包みこんでいた。男の厚かましい思惑が恥ずかしかった。安く踏まれた自分が恥ずかしかった。それ以上に、男にそう思われても仕方がないことをした自分が恥ずかしかった。

人通りはなく、ひっそりした日射しが路上に降りているだけだった。それでも房吉は怯えたようにあたりを見廻した。

「大きな声を出すんじゃないよ」

声をひそめて房吉は言った。

「だけどお前は、わたしを好いているんだろ」

「やめて」

「だってわたしを好いてるから、うちを覗きに来たんだ。え、そうだろ」

「やめて、お願い」

憎悪をこめて、おしのは囁いた。羞恥はおしのの躰の隅隅まで染めて、なお行きどころがないままに、次第に憎しみに変質していた。

「房吉さん」

半年前に肌を合わせていた男を、そう呼ぶことに躊躇があったが、呼んでみると、眼の前の男が不意に遠く、他人になった。

「もう気を遣ってもらわなくてもいいの。あなたとはもう他人なんだし……、それに」

おしのは、眼の前の男の、厚い面の皮を一気にひんむく勢いで言った。

「出戻りでいいからと、貰ってくれる人が決ったもの」

「………」

房吉の役者のように色白な顔が、醜く歪むのをおしのはみた。白い額に汗が滲んで、日に光るのを、眼を逸らさずに眺めながら、おしのは残酷な気持になっていた。

「だから悪いけど、もうこの辺をうろついてもらいたくないの。妙な噂が立ったら、あの人に悪いから」

「それはどんな男だい」

歪んだ微笑をつくろって、房吉は必死に立ち直ろうとしていた。よろめいて立つその姿に、おしのは止めを刺すように言った。

「あなたには関係ないでしょ。ただその人、芯からあたしを好いてくれているの。おっかさんとか世間体は二の次なのよ」

そう言ったとき、おしのは、宗次郎がその男であるような、強い錯覚に戸惑った。宗次郎がそんなことを言うはずがない。だがその錯覚は、おしのを酔わせた。

「背ばかり高くて、痩せていて、柄が悪いの。でもその人はあたしだけを好いてくれてるの」

「わたしだって、お前が好きだ」

不意に房吉は、おしのの掌を摑んでいた。

「お前が忘れられなくて、気が狂いそうな日もあったんだ。今日だって我慢できなくて、こうやって来たのに、お前はひどいよ」

「そう」

おしのは、房吉の掌から巧みに指をはずしながら、そっ気なく言った。房吉のその言葉を、渇くように待った日もあったのに、何故かいまは、嫌悪感だけが皮膚を走り抜けた。

「それだったら、このままお家に連れて行ってもらおうかしら」

「………」

「あたしはそれでも構わないのよ。もともと夫婦だったんだから」

房吉はうなだれた。手を挙げて額の汗を拭い、気弱く瞬く眼でおしのをみた。

「できないのね」

哀れむように、おしのは言った。憎しみが緩やかになだめられ、侘びしい気持が残った。いっときの激しい昂ぶりが醒めれば、おしのも孤《ひと》りだった。

「もう、会わない方がいいわ」

房吉に背を向けて、また三好町に足を戻した。背後に、見送って佇《た》ちつくす男の気配が続いている。

もう房吉に会うことはないだろう、とおしのは思った。房吉との間は、このようなものだったのだ。

おしのは、宗次郎への愛情を貫いて死んだおゆきを、ふと妬ましいと思った。おゆきはもと掏摸で、宗次郎を愛したときは人の囲い者だった。日が射さない場所で、忍ぶような恋だったのだ。だが、その恋のために、闇は耀《かがや》く光を孕《はら》んでみえた。その眼眩《めくる》めく光にくらべると、房吉との間にあった、愛だと思ったものは、いかにもいかがわしく薄汚れ、虚偽で繕ったものに思えた。

三好町の角を曲るとき、おしのはふり返ってみたが、川沿いの道には少し濃さを増した日射しがあるだけで、房吉の姿はなかった。

七

「地兵衛さんが、お前に話があるそうだ」

濡れ縁を踏んで突っ立ったまま、辰之助は不機嫌に言った。

「その筋のことで、聞きたいことがあると言うんだ。お前、何か妙なことに関係してるんじゃないだろうな」

「そんなわけないでしょ」

「しかしだな、岡っ引が、なんでお前に用があるんだ。出戻りで、いい加減近所の評判を落したのに、今度は岡っ引だ。お前、このごろなにか俺に隠していないか」

「兄さんには、関係ないことよ。あたし行きますよ」

「待て。まあ坐れよ」

辰之助は、おしのが立とうとするのを押えると、肥った躰を部屋に入れて、胡坐《あぐら》をかいた。顔も肩も円く、相撲取りが坐ったようだった。

「関係ない？　関係ないことはないだろ。親爺が死んだあとは、俺が下田屋の主だ。隠しごとは許さんぞ」

「なにも隠してなんぞいませんよ」

「しかしおかしいな。この間は、夜出かけて帰りがひどく遅かったと、おっかさんに聞いたぞ。一体どこをうろついて来たんだ」

「菊川町のおはまちゃんのところに行ったと、おっかさんに言った筈よ」

「ふむ。まあいいだろ。ところで」

辰之助は、それまでおしのを見据えるようにしていた眼を逸らして、天井を見上げた。

「嫁の口が来てる。おっかさんに聞いたか」

「いいえ」

「あまり良くはない。それでおっかさんも言いそびれているんだろ。後妻の口だ」

「………」

「お前、すぐ膨《ふく》れ面をするけどな。たった三月でも、出戻りは出戻りだ。つまり傷ものだ。いいとこの若旦那などという口がある筈はないぜ」

辰之助は、懐から手拭いを出すと、しきりに肥った首を拭いた。汗っかきだった。

「兄さん、その話はいいわ。またにして。あたし行くわよ、地兵衛さんを待たしちゃ悪いもの」

「なに、岡っ引なんぞ待たしときゃいいんだ。それより、後妻の話だがな。先方さんは、実は加州屋の旦那だ。亀沢町の」

「いやだわ」

「まあ聞けよ。お前も知ってるように、加州屋さんは、もう十年も前に内儀さんに死なれている。子供が大きいから、後は貰わないつもりだったんだが、年を考えると、心細くなってきたんだな。この間仲間の寄合いの席で、お前にその気があればと言われた」

加州屋は、亀沢町の材木商で、繁昌している老舗である。主の藤右衛門は如才のない、しかし脂ぎった五十男だった。長男はおしのより年が上の筈だった。

「気味が悪いわ、その話」

「考える余地なしというわけだな。だが、そうも言っていられなくなるぞ。そうそ、俺が直接聞いたわけじゃないが、菊蔵がお前を欲しがっているらしいな。女中たちが話しているのを、おっかさんが聞いたそうだ。あれも子持ちのやもめだ。子供はまだ小さいし、年は釣合いがとれているな」

「兄さん、お願いだからやめて」

おしのは思わずぞっとして言った。家の中での、自分の立場が解った寒気でもあった。

「解ってるわ、兄さんの考えは。どこでもいいから、厄介な出戻りを早く片付けてしまいたいのよ」

「馬鹿なことを言うんじゃない。俺はお前のためを思って言ってる」

「うそ！」

おしのは叫んだ。心の中に、泣き出したいような苛立ちがある。地兵衛は何の用があるのだろう。悪い報せのような気がした。宗次郎が捕まったのだ。老練な猟師のような、あの老人の手から遁げられる筈がない。あれほど、早く遁げろと言ったのに。

「出戻りがいつまでも家にいては、兄さんがお嫁を貰うのに邪魔ですものね。兄さんも、おっかさんも、それしか考えてないのよ」

「呆れたな、そんなひがんだ口をきいて。なんだな、やっぱり出戻りでひがみっぽくなったたな。昔はこんなふうじゃなかった」

「出戻り出戻りと言わないでよ」

おしのは辰之助を睨んだ。

「菊蔵の話なんか、あたしはそんな気全然ありませんから。兄さんからちゃんと言っといて。あの人気味が悪い。この間なんか、この部屋に来たのよ。雛形が届きましたって。あんなもの、おひろに持たせればいいのに」

「なに、菊蔵がここに来たと。そいつは怪しからん」

辰之助は、まるく肥った腕を高く組んで、額に皺《しわ》をつくった。

「すぐ帰ればまだいいのに、坐り込んで世間話など始めるんですもの」

「妙な男だ。よし、俺から厳重に言っとく。怪しからん奴だ。縁談なぞもっての外だ」

辰之助が部屋を出たあと、おしのは鏡をのぞいた。鏡の中には、兄との言い合いで、少し眼が吊上った紅潮した顔があった。唇にうすく紅をのばしながら、おしのはどこまでも落ちこんで行くような、沈んだ気分になっていた。見廻しても、どこにも希望はなかった。

地兵衛は、店の上り框《かまち》に腰をおろしていた。髪は真白で、その後姿は小さくみえた。ひとりだった。

おしのが出てきた気配を、背中で感じとったように、地兵衛はすばやく立上って迎えたが、おしのは帳場にいる菊蔵を気にして、

「外へ出ましょうか」

と誘った。地兵衛はうなずいて先に店を出た。菊蔵が、また粘りつくような視線を送ってきたが、おしのは無視した。

店の端れの、立てかけた柱材の前で、地兵衛は煙管《きせる》に火を移していた。時刻は六ツ（午後六時）に近かったが、外はまだ明るかった。

「済みませんな、お嬢さん」

近づいたおしのに、地兵衛はいつもの柔かい微笑をつくった。

「お待たせして悪かったわ。兄とこみ入った話をしていたものだから」

「なあに、待つのはいっこうに気になりませんのさ」

「あれから、やっぱり宗次郎さんを捜していらっしゃるの？」

「さあ、どうですか」

地兵衛は、莨の煙を吐き出して、じっとおしのをみた。宗次郎が捕まったわけではなかった、とおしのは思った。

「ところでお嬢さん、こないだ宗次郎とお会いになったらしいですね」

「こないだと言うと」

「ごまかしちゃいけません」

地兵衛は、珍しく苛立ったように、掌に煙管をはたきつけ、火を落した。

「雁六という小悪党が手に入りましてね。いろいろ吐かせました。お嬢さんも、その男をご存じの筈ですよ」

あの髭！　おしのは心の中で鋭く罵った。同時に、あの男は何を喋ったのだろうと思った。その懸念で、にわかに胸が喘《あえ》ぎ、貧血の前触れのように、頰が冷たくなるのを感じた。

「叩けばいくらも埃が出てくるという男ですよ。その男は、宗次郎に金を貰って、何か妙なことを探っていた。掏摸の、まあ親分のような男で、神田銀町に時蔵という男がいるのだが、この時蔵のまわりを嗅《か》ぎ廻ったりして、とんと御用聞の真似ですよ」

地兵衛は苦笑してみせた。だがすぐにその笑いを消して、おしのの眼をのぞきこんだ。

「では、宗次郎がどこに住んでいるか、聞かせてもらいましょうか」

「あたしは知りません」

「この前も、そう言いなすった」

地兵衛は、視線をおしのの眼に繫いだまま言った。言葉は丁寧だったが、その眼は、容赦のない光を宿して乾いていた。深川元町の植木屋の隠居ではなく、岡っ引今戸の地兵衛が、眼の前に黒黒と立ちはだかっているのを、おしのは感じた。

「しかし今度はいけませんや。お嬢さんは宗次郎と会って、夜遅くまで話し込んだそうだ。雁六は、その時犬のように見張りに立っていたんだが、話はずいぶん長かったと言ってますよ。それほど昵懇《じっこん》な間で、居場所も知らせない筈はありませんや」

「聞いてないんですよ、ほんとに」

「あの男を庇うと、後でぐあい悪いことになりますぜ」

「嘘は言ってませんよ、地兵衛さん。あの人も言わなかったけど、あたしも聞かなかったんですよ」

「ではそんな長い間、何を話しなさった？」

「江戸を遁げるようにすすめたんですよ。ひょっとしたら、あの人もう江戸にいないかも知れませんよ」

「せっかくのお嬢さんのすすめも、奴には利き目がなかったようですな。宗次郎は、まだ江戸にいますよ」

おしのは眼をふせた。不意に心の底に動いた喜びを、地兵衛の眼から隠したのである。

「雁六という人に聞いて下さいな」

「それがどう叩いても言いませんのでね。隠してるのかと思ったら、そうじゃなくて知らされていなかった。用心のいい奴ですよ、宗次郎というのは」

地兵衛は、ふっとおしのから眼を逸らして空を見上げた。日が傾き、家家の壁は、蜜柑《みかん》色に輝く部分と、薄暗い翳の部分に鮮明にわかれはじめていたが、空にはまだ、眩しい光が溢れていた。

気を取り直したように、地兵衛は言った。

「お嬢さんの、知らないというのも本音らしいですな。ま、いいでしょ。お騒がせしましたな」

「………」

「だが、今度もし奴に会ったら、こう言っといて下さいよ。必ず捜しあてる、と地兵衛が言ってたとね」

地兵衛は微笑した。だがその微笑には、どこか疲れたような翳があった。

「それから、あの人殺しに惚れなすっているんなら別だが、そうでなかったら、もう庇い立てはなさらないことです。下田屋さんの暖簾《のれん》に傷がつきますぜ」

もの静かに威嚇《いかく》すると、地兵衛はおしのに背を向けた。遠ざかる背がやや丸く、地兵衛の後姿は、白髪のただの老人にみえた。

深い吐息を、おしのはついた。その解き放された心の中に、すぐに新しい不安が入り込んできた。宗次郎は、まだおゆきを殺した男を探し続けているに違いなかった。だがおしのは、いまはそのすぐ後まで、地兵衛が忍び寄っているのを感じたのである。

八

四ツ（午後十時）の鐘を聞くと、おしのは縫物をまとめ、壁ぎわに行燈《あんどん》を寄せた。眼が冴え、少しも睡くなかったが、いつまでもひとりだけ起きているわけにもいかなかった。店の方のざわめきは、とっくに止んでいる。廊下を距てた茶の間で、さっきまで母と女中のおひろの話し声がしていたが、それもいつの間にか止み、家の中はひっそりしていた。

寝巻に着換えようとして、おしのはふと胸の膨らみを押えた。一度は男の掌にゆだねたことがある乳房が、いまは燃えることもなく、孤独な形に盛り上っている。若若しいその膨らみに、おしのはもう何の希望も抱いていなかった。宗次郎のことを考えると、いまも微かに胸が鳴ったが、一方ではもう宗次郎に会う日は来ないだろうという気もした。

地兵衛が来てから、また半月ほど経っている。その後は、地兵衛からも、宗次郎からも何のおとずれもなかった。宗次郎は、今度こそ江戸を遁げ出したかも知れなかった。その方がよかった。そう思うことは苦しかったが、宗次郎が追われていると考えるよりは、まだ救いがある。

寝巻だけでいると、肌寒かった。すでに秋は半ばだった。

雨戸が鳴ったのに気付いたのは、床に入って間もなくである。闇の中に眼を開いて、おしのはその音を確かめようとした。はじめは、風が雨戸を鳴らしたかと疑った。だがすぐにそれが、小さいが規則正しく外から叩いた音であることに気付いた。そう気付いたとき、光がはためくように、おしのの脳裏をはっきりした予感が走り抜けた。

起き上って廊下に出ると、雨戸に口をつけて囁いた。

「いま、開けます」

開いた戸の外に、ぼんやりした闇があり、闇の中に、肩の尖った宗次郎の長身が、影絵のように立上るのがみえた。

手探りで、行燈に灯を入れようとすると、部屋の隅の闇から、宗次郎が囁いた。

「灯はつけない方がよござんす。あっしはすぐにお暇《いとま》しますから」

「どうしてそんなことを言うの」

おしのは燧石《ひうち》を打つ手を休めずに、囁きかえした。

「あなたの顔をみたいもの」

闇がおしのを大胆にしていた。だがそう言ったあと、おしのは顔を赤らめ、灯がともったら、宗次郎の顔を見られない気がした。

しかしおしのの弾んだ気持は、宗次郎の顔をみたとき、たちまち萎《な》えた。宗次郎は蒼白な顔をし、頬はさらに痩せ、眼は虚ろにおしのを視た。宗次郎は旅支度をしていた。

にじり寄って手をとると、おしのは囁いた。男の異様な様子に、胸が顫えた。

「どうしたの？　何があったの？」

「あれを殺した奴が解りました」

おしのは息を呑んだ。

「それで、殺したのね」

宗次郎は首を振った。おしのを視る眼は、虚ろなままだった。

「あっしは人を殺したりしません」

「………」

「今夜江戸を離れますが、あっしが来たことは、誰にもおっしゃっちゃいけません」

「解らないわ」

おしのはもどかしく、せき込んで言った。

「どうしていまになって江戸を逼げるの？　一体誰がおゆきさんを殺したの？　どうしてその男を訴えて出ないの？」

宗次郎の頬が痙攣《けいれん》した。

「その男が、今戸の地兵衛だったらどうします？　訴えても無駄でさあ」

おしのは沈黙した。

巨大な重みが、彼女の舌を潰したようだった。白髪の、穏やかな風貌の地兵衛と、殺人者の影がうまく重ならなかった。温和な物腰の中に、幾度か酷薄な岡っ引の顔をかい間みたことはある。しかしそれと、鶏を絞めるように人の命を毟《むし》りとる行為とは、異質なものに思える。そう思いながら、おしのは軈《やが》て膚《はだ》がひややかに冷える感触に身顫いした。

ようやく、おしのは呟いた。

「どうして解ったの？」

「山伏町の長屋に、一人だけおゆきの旦那をみた者がいました」

おしまというその女は、浅草広小路そばの茶屋で酌婦をしていた。長屋に帰るのは、いつも夜更けになった。ある夜、おゆきの家を出てきた男とぶつかりそうになり、思わず顔を見合わせたのである。男はすぐに顔を背けて足早に立去ったが、一瞬月の光に晒《さら》された男の顔を、おしまははっきりみていた。

宗次郎はおしまに金を摑ませ、首実検をした。掏摸の藤吉と佐平、この二人に今戸の地兵衛を加えた三人の顔を確かめさせたのである。

藤吉と佐平は、銀町の時蔵の身内で、古株の藤吉はおじさんと呼ばれ、若い時蔵の後見人のような位置にいた。躰つきと年配が、長屋の者から聞いたおゆきの旦那に酷似していた。佐平は藤吉より若いが、やはり銀町の頭株で、おゆきを直接使っていた。女好きな五十男である。

宗次郎が地兵衛に疑いを抱いたのは、つい最近である。地兵衛の追跡してくる道筋を、宗次郎は絶えず逆に探っていた。雁六が捕まったことも、地兵衛が銀町に現われたことも知っている。地兵衛の動きが解っているうちは安全だった。

この危険な鬼ごっこの中で、宗次郎は、地兵衛が下っ引を使わず、単身で自分を追っていることに気付いたのだった。追跡は正確だったが、速度が遅いのはそのためだった。そのおかげで、二度ほど宗次郎は危機を遁《のが》れている。下っ引を使っていないとすると、地兵衛は、岡っ引の手札なしで追ってきていることも考えられた。その意図を、宗次郎は測りかねたのである。それは地兵衛にとって、危険なやり方の筈だった。

ちょうどその頃宗次郎は、おゆきが仲間の前から姿を消した時期と、今戸の地兵衛が精力的に市中の掏摸を洗っていた時期が重なることを突きとめたのである。その事実に、宗次郎は眼を瞠った。これまで無関係だった地兵衛とおゆきが、突然一本の糸で繋がったのを感じたのである。そして、奇妙なことが解った。殺されたおゆきが掏摸だったことを知らない筈はないのに、その時おゆきのまわりの掏摸仲間を、地兵衛は全く調べていないのだ。ほとんど真直ぐに宗次郎を目ざして来たと考えるほかなかった。

眼の眩《くら》むような疑惑が、宗次郎を襲ったのはその直後だった。地兵衛は自分を捕まえるためでなく消すために追ってきているのではないかと思ったのである。単独で追ってきていることも、執拗な追跡ぶりも、そう考えるとすべて納得できた。同時にもしそうだとすれば、地兵衛はその行動で、自分がおゆきを殺したと告白している。

だが冷静に考えてみれば、その疑惑にはまだ飛躍もある気がした。地兵衛は確かに、ある時期掏摸をあげるのに熱中したが、おゆきを捕まえたという確証はない。

しかし今日の夕方、深川元町裏の五間堀の岸に潜んでいた宗次郎に、戻ってきたおしまが無造作に言ったのだった。

「あの爺さんだよ。間違いないね」

おしまは、昨日のうちに藤吉と佐平をみて、首を振っていた。

「岡っ引が相手じゃ、勝目はありません。まごまごしてたら、消されちまいます」

宗次郎は、唇を歪めて笑おうとした。

「でも、どうして殺したりしたんでしょう」

「多分地兵衛は、おゆきの罪をネタに、恫《おど》して言うことを聞かせたんでしょう。別れ話を切り出されて、それが露見するのを恐れたのかも知れません。それとも……」

「………」

「おゆきに惚れていて、狂ったのかも知れません」

重い沈黙が訪れた。やがて宗次郎が呟くような声で言った。

「ここへ来るのはやめようかと、随分考えました。お嬢さんが迷惑なさるだろうと思いましてね。だがあっしも、これで二度と江戸に戻れねえかも知れない。そう思うと、やはりひと目会ってお別れしたかったもんで」

「勝手な言い方ね」

おしのは拗《す》ねたように言った。不意に訪れた悲しみに、萎えかかる気持をたて直そうとしたのである。男はいま、去って行こうとしていた。それを引きとめる口実が、なにひとつ見つからないのを、おしのは唇を嚙むようにして感じていた。

「ひとを散散心配させて。不意にお別れにきたなんて。気楽なもんだわ」

「おっしゃるとおりでさ」

宗次郎は眼を挙げると、眩しそうに微笑した。その微笑は、おしのの心に喰い込んだ。

「やはり黙って消える方が、分相応だったかも知れません」

黙って、とおしのは囁いた。手をあげて宗次郎から言葉を取りあげ、頸を傾けて店でしている話し声を聞き取ろうとした。

店の方で誰かの声がし、それはやがて異様に尖った遣り取りに変って、次第にこちらに近づいてくる気配がした。一人は辰之助だが、もうひとつの声が地兵衛だと気付くと、おしのは顔色を変えて宗次郎をみた。

一瞬に事情を悟った宗次郎が、立上って障子に走り寄ろうとするのを、おしのは縋りついて引き戻し、旅の荷物を奪うと二つに折り曲げた夜具を指さした。おしのの頰と唇は血の気を失い、火を噴くような眼で男をみた。僅かにためらった後で、宗次郎が夜具をのばしてもぐり込むと、おしのは押入れの下に荷物を入れ、行燈の火を吹き消した。

闇の中で床を手探り、おしのは男のそばに横になると、深い吐息をついた。

廊下を距てた茶の間で、辰之助の甲高い声がしている。その間に「地兵衛さん、お願いだから坐って話して下さいな」という、おさわの上ずった声が何度も混った。

「気違いだ、まるで。地兵衛さん、あんた酔っぱらってるのか」

「まともでさ、若旦那」

地兵衛の冷ややかな声がした。

「あたしは、この家の塀から人が入り込んだという訴えがあったから来ている。菊蔵さんがそう言いなすった」

「それならおしのが騒ぐでしょうが。おい、おしの、起きて来ないか」

「聞くまでもありません。お嬢さんの部屋に隠れていまさ。手を放しなせえ、探させてもらいますよ」

「おい、手札を出せ」

不意に辰之助の声が、悲鳴のような金切り声に変った。

「あんた、いつから岡っ引に戻ったんだ。夜中に、娘が寝ている部屋に踏み込むというんなら、手札をみせてもらいましょう」

「若旦那」

辰之助の昂ぶった声とは反対に、地兵衛の声は粘っこく、低かった。

「手札なんぞありませんのさ。しかし夜中にお宅を家探し出来るぐらいの、あんたに貸しがある筈だ。お忘れなら数えあげてもいいが、問屋の能登屋さんと組んで、お旗本の村瀬様の普請に杉材を納めた一件などは、恐れながらと出せば、間違いなくお縄ものですぜ。あたしが知らねえとでも思ってますかい」

深い沈黙が、下田屋の屋根の下を埋めつくした。凶凶《まがまが》しい巨大な翼が、下田屋をすっぽりと覆いかくし、静かに居坐ってしまったような、得体の知れない恐怖が拡がった。その下で圧し潰された、おさわの啜《すす》り泣きの声が続いている。

じっとりと汗ばんだ掌を開いて、おしのは床の中に男の肩を探り、縋りついた。絶え間なく躰が顫えつづけ、歯が鳴るのに耐えながら、おしのは待った。

静かに障子が開いた。おしのは床の中で、庇うように男の頭を胸に抱いた。燧石を鳴らす音が、闇を切り裂いたと思うと、やがてつむった瞼の裏が赤くなった。地兵衛は附木《つけぎ》のようなものに、火を移したようだった。硫黄の香が、すばやく鼻腔《びこう》を刺してきた。

部屋の入口に立ちはだかっている地兵衛と、廊下の天井まで、黒く歪んで這い上っている影がみえるようだった。それは殺人者の影だった。火を掲げ持ったまま、地兵衛はひと言も口をきかない。火が燃えつきるまで、時間は僅かだったのだろうが、おしのの中には、長い刻が音を立てて流れつづけた。それは耐え難い拷問のように、おしのの血管を締めあげた。

再び、叩かれたように眼の裏に闇が戻った。同時に静かに障子が閉まり、微かな跫音《あしおと》が遠ざかる気配がした。布団の下で、男の躰が石のような緊張を解くのがわかった。

遠くで、辰之助が何か言う声がした。

「行ったわ」

おしのは囁いた。

それから夜具の中で身を捩《ねじ》って、男の掌を胸の膨らみに導いた。昂ぶった気分の中で、おしのはひとつのことを思い詰めていた。男の手が、はじめはためらい気味に、やがて決心したようにおしのの躰を深深と抱いたとき、その胸に顔を埋めながら、おしのは呟くように言った。

「あたしも連れて行って、ね。どこへでも、あなたが行くところへ行くわ」

九

眼を開けると、男の眼があった。

雨戸の隙間から入りこんだ微かな光が、青白く障子を染め、そこに明け方が訪れたことを告げていた。ぼんやりした光の中で、宗次郎の眼は、やや悲しげな色を湛《たた》えて、おしのを見つめていた。

「行きましょう」

その眼にほほえみかけて、おしのは起き上ろうとしたが、たちまち顔を赤らめて躰を縮めた。裸身のままだった。昨夜のことが、甘美な夢のように記憶に甦り、頬が火照った。昨夜あれから、怯え続けるおさわを寝かせたあと、おしのは旅の支度をした。台所に忍んで食物まで用意したのである。支度したものを枕もとに置き、床に戻った。宗次郎の動きは、おしのを労るように始められたが、軈《やが》ておしのを嵐の中に連れて行った。嵐は幾度もおしのを襲い、その中を狂おしく漂い流されながら、おしのは時おり鋭い痛みのように、房吉と共有した夜との違いを感じたのだった。いつ裸にされたか、おしのは知らない。

宗次郎も、起き上って身支度をした。その背におしのは甘く囁きかけた。

「あなたは眠らなかったのね」

男の背が、ふと硬くなった。

「眠れるわけがありません」

「どうして？」

「………」

「ご免なさい。心配なのね。これから先が」

「お嬢さん」

宗次郎はふり向くと、おしのの手を取った。

「いやねえ、お嬢さんなんて言い方」

「もう一度、ようく考えておくんなさい。あっしは、笑うかも知れないが、餓鬼の時分から、お嬢さんを好いていました」

おしのは微笑して男の言葉を聞いた。砂が水を吸い取るように、男の言葉が信じられた。闇の中で、男の愛撫は、どんな高まりの中でも優しさを失わなかったのだ。

「だがあっしは、もう江戸に戻れない躰です。それにいまはただの博奕打《ばくち》でさ。旅の空で苦労するのは眼にみえていまさ」

「でも、ここにいても何の希望もないもの。あたしは、旅で野垂れ死にしてもいいの。その時あなたがそばにいてくれれば」

「お聞きなさい」

宗次郎は性急に囁いたが、ふと諦めたように硬い表情を解き、おしのをみた。

「苦労しますぜ」

潜り戸を開けて外に出た二人を、いきなり部厚い霧が包んだ。その霧のために、地上はまだ仄暗《ほのぐら》かった。

歩き出してから、おしのは家をふり返った。が、何の心残りもなかった。見知らぬ家のようにも見える。それは上総屋に嫁入ったとき、一度捨てた場所だったのだ。黒黒とした家の輪郭は、すぐに霧の中に消えた。

おしのは、頭を包んだ手拭いを深く被りなおし、宗次郎に寄り添った。そうすると、ゆうべ闇の中で、宗次郎の手で点けられた躰の奥の火が、残り火のように躰を火照らせた。あてのない旅に出る不安はなく、宗次郎がそばにいる手応えだけで、おしのは充ち足りていた。

霧は道の上を這い、十間川の水面を埋め、三間ほど先は、ものの影が瞭らかでなかった。富島橋は途中で霧に呑まれ、弥そうの小屋はみえなかった。

島崎町続きの角を曲り、亥の堀川に沿って、二人は道を急いだ。いつの間にか、宗次郎がおしのの手をひいている。川の向う岸の末広町、石島町のあたりは、ぼんやりと薄墨色に黔《くろ》ずんでいるばかりだったが、岸に近い水面が鋼《はがね》のように蒼黒い光を沈めているのがみえた。

不意に宗次郎が足を停めた。

霧に包まれた新高橋が眼の前にあった。宗次郎が何で足を停めたかを理解したとき、おしのは顔いろを変えた。

高い橋の中ほどに、霧に滲んだ影のように、人が立っていた。二人をみて、ゆっくり身動きしたのは地兵衛だった。地兵衛はあれから一晩中ここで待伏せしていたのだろうか。そう思ったとき、おしのの躰を戦慄が襲った。初めて心が凍るような恐怖の眼で、地兵衛をみつめた。

地兵衛に眼を向けたまま、宗次郎が低い声で言った。

「ずっと離れていて下さい。奴はあっしを殺《や》るつもりだ」

「逃げられないの？」

答えずに、男の腕が静かにおしのを押しのけた。男の躰に、鋼のようにしなやかに張りつめたものが生まれるのをおしのはみた。男の脚は、むしろ軽やかに橋を上って行く。おしのは後退りした。悪寒がするように、歯が鳴り、足の爪先まで、気味が悪いほど顫え続けている。

白い霧の中で、二人の男が緩慢な足の運びで、近寄って行くのがみえた。「あ！」とおしのは口を開いた。叫んだつもりだったが、声にならなかった。宗次郎の右掌に、鈍く光るものが握られ、ほとんど同時に地兵衛が、老人と思えない素早い動きで、宗次郎の手もとに黒い縄を繰り出したのが見えたのである。

霧の中に、黒い蛇のようにうねって縄が躍り上り、それは宗次郎の躰のまわりで、弾けるような鋭い音を立てて、地兵衛の手に戻った。特殊な鉤縄《かぎなわ》のようだった。

宗次郎は懸命にその縄を避けている。一度は欄干に半身をのけぞるように乗せて、襲いかかる縄を辛うじて遁れたのを、おしのはみた。幾度か宗次郎は匕首《あいくち》を腰に構えて、地兵衛の手もとに入り込もうとして躰を沈めたが、地兵衛の縄は生きもののように、その動きを阻んで、鞭《むち》のように宗次郎の躰の上で鳴った。

ついに地兵衛の縄の先が、宗次郎の襟にからみつき、黒い縄がぐいと一本の線になったのをおしのはみた。次の瞬間、縄は丸い輪を描いて宗次郎の頸を襲い、同時に宗次郎が躰をまるめて地兵衛の手もとに飛び込むのをみて、おしのは両掌で眼を覆い、崩れるようにそこに蹲った。

跫音がした。跫音はゆっくり橋を降り、やがておしのの前で停った。眼を開けたくないとおしのは思った。眼を開けて宗次郎が仆《たお》れた姿をみたくなかった。

「お嬢さん」

宗次郎の声がした。

おしのは指をはずし、眼の前に立つ男をみた。歓喜が躰を貫いた。袖が千切れ、腕からも、顔からも血の条《すじ》を滴らせた宗次郎が立っていた。倒れかかるおしのを、胸で抱きとめると、宗次郎はポツリと言った。

「お家に帰って下さい」

「どうして？　地兵衛さんはどうしたの？」

「あそこにいます」

おしのは顔を挙げて、橋の方をみた。橋の中ほどに、俯《うつぶ》せに地兵衛が仆れているのがみえた。それがもう生きていないことは、仆れた躰が少しも動かず、呻き声も聞えないことで解った。

「殺したのね？」

「……………」

宗次郎は首をかしげた。眼に複雑ないろが動いた。

「あっしが刺したのは確かですが、あいつは二度目に自分から匕首に突き当ってきた」

「遁げましょう、早く」

「お嬢さん」

宗次郎は、ほとんど悲しそうな眼をして、おしのをみつめた。

「あっしは、たったいまから人殺しです。いずれ今戸の地兵衛を殺《や》った男だと知れれば、奴らはどこまでもあっしを追ってくるでしょう。お嬢さんを連れて遁げ廻ることは、とても無理でさ」

「では、どうすればいいの。あなたが帰るのを待てというの」

「忘れて下さることです。あっしになぞ、会わなかったと思って下さい」

「できない、とても」

そんなこと、できやしない、とおしのは心の中で狂おしく繰り返した。

「捕まってもいいの。人殺しの情婦でいいのよ。連れて行って、お願いよ」

「無理だ。あっしを苦しめないで下さい。こうしていても、あっしはもう追われる身だ。霧のあるうちに、少しでも遠く江戸を脱けなければならないんです。もう一度――、顔をみせて下さい」

宗次郎はおしのの躰を引き寄せると、不意に激情に衝き動かされたように、荒荒しく抱いた。男の血の匂いが肺を満たすのを感じながら、おしのはこのまま死にたいと希《ねが》った。

「おしのさん。あっしはあんたが好きだった。今朝も言ったように、餓鬼の時から好きでたまらなかった。それなのに、悲しいめに会わしてしまった。勘弁しておくんなさい。もう会えねえかも知れません」

「連れて行って」

呻くようにおしのは言った。悲しみが胸を潰し、声はか細くしか出なかった。その代りのように、じわりと眼に涙が溢れた。

「ごめんなすって」

不意に男の躰が離れ、よろめいておしのは残された。

霧の橋の上を、影のように男の姿が動き、やがてそれは白い霧に溶け込んだように見えなくなった。

おしのは、ゆっくり橋まで歩いた。四囲は少しずつ明るみを加え続けていたが、霧はむしろ白さを増し、地上を厚く塗り潰している。橋の中ほどに、地兵衛の骸《むくろ》が横たわっていたが、おしのはそれを見なかった。

眼を瞠って霧の奥を見つめた。だが新たな涙が滴る視野には、拡がる白い闇のような霧が、限りなく溢れるばかりだった。

（そうじろ……）

おしのは呟いたが、声にはならず、血の気のない唇がわなないただけだった。なおも眼を瞠りながら、おしのは掌をあげて頭を包んだ被りものを取った。

おしのの、短い旅は終っていた。

暗殺の年輪

一

貝沼金吾が近寄ってきた。

双肌《もろはだ》を脱いだままで、右手に濡れた手拭いを握っている。立止ると馨之介《けいのすけ》の顔はみないで、井戸の方を振向きながら、

「帰りに、俺のところに寄らんか」

と言った。

時刻は七ツ（午後四時）を廻った筈だが、道場の裏庭には、まだ昼の間の暑熱が溜っている。汲み上げ井戸の周りには十人余りの若もの達が、声高に談笑しながら水を使っていた。暑さに耐えて、手荒い稽古をやり終えた解放感が、男達の半裸の動きを放恣《ほうし》にしている。

馨之介は訝《いぶか》しむ眼で金吾をみた。長い間二人きりで話すということはなかったし、

向うから話しかけてくることはもうないものと、馨之介は考えていたのである。不仲というのではない。原因らしいものが何も思い当らないままに、なぜか金吾の方から遠ざかり、いつの間にかそう思うようになった。

金吾は馨之介と、十年以上も同門の仲である。町で、坂上の道場と呼ぶ室井道場で、二人は龍虎という呼び方をされたし、金吾が振る竹刀の癖も、眼の前にある浅黒い皮膚の下に、どのように鍛えられた筋肉が潜んでいるかも、馨之介は知っている。道場のつき合いだけでなく、お互いに家を訪ね合った間柄だったのである。距《へだ》てなくつき合って来た筈の仲が、いつ頃から冷えて行ったのか、馨之介にははっきり思い当らない。金吾の変り方が目立つものでなかったせいもある。いつとはなく馨之介を避ける様子が見えてきた。ただそれだけである。

勿論馨之介以外の同門の者に対しては、金吾の態度は少しも変りなかったし、また馨之介から話しかけたりすれば、受け応えを拒むわけでもなかった。だが、その場合にも、前のように明るく談笑するという風ではない。馨之介の視線を、さりげなく避け、口数も少なかった。

そうしたことに気づくと、馨之介の方でも金吾に対して口が重くなった。理由の解らない、冷ややかな壁のようなものが、二人の間にはさまったとしか考えられなかった。だがそれを詮索し、金吾の奥歯に物がはさまったような態度を難詰するつもりはなかった。そうすることをためらう気持が馨之介の内部にある。貝沼金吾とよく似た成行きで馨之介と交わりを断って行ったものは、ほかにもいたのである。（多分、あれが原因なのだ）と馨之介は漠然と思っている。

馨之介の父葛西源太夫は、馨之介が三つの時に死亡している。病死ではなく、藩内の政争に捲《ま》きこまれて、ある重臣を刺殺しようとしたが失敗し、腹を切ったと聞いていた。ある重臣というのが誰であるかも馨之介は知らない。十八年前のその事件は、何故か藩内に固く秘され、闇の中に凍ったまま、以後語る人もいないのである。

ある時期から、馨之介は周囲の人間の眼が時おり奇妙に粘って自分に注がれるのを感じた。それは親戚の者が集まった席上であったり、あるいは市中で名も知らない家中の侍と擦《す》れ違った時だったりしたが、その視線に共通して含まれているものが、次第に馨之介の気を重くした。

それは、愍笑《びんしょう》というようなものだったのである。

その笑いを理解しはじめた頃から、馨之介は寡黙になり、室井道場での剣の修行が激しくなって行った。眼の笑いの背後に父の非業な死を感じ、それを感じた以上耐えるしかなかったからである。

貝沼金吾がいつとはなく遠ざかって行く気配に気付いた時も、馨之介は、その背後に横死《おうし》した父を感じていた。あれが原因である以上、馨之介はそういう金吾を黙って見送るしかなかった。それが、誰も語らない事件の中で死んだ父に対するいたわりのようなものだと思っていた。

ほとんど一方的に築いた障壁の向うから、今日金吾は突然声をかけてきたのである。長い間無言で眼の前を歩いていた見知らぬ男が、不意に振向いたような、軽い驚きを馨之介は感じた。

馨之介が黙っていると、金吾ははじめて振返って、

「都合が悪いのか」

と言った。金吾は眩《まぶ》しそうな眼をした。その眼は、やはり馨之介を傷つけたが、表情は柔らいだ。

「何かあるのか」

「少し話がある。いや、改まって考えることはないだろう。前はよく来ていた」

それはそうだと思った。金吾の声は明るく、これまでのいきさつが、馨之介の思い過しでなかったかと思わせるほど、翳《かげり》のない言い方だった。だが、金吾が不意に真直ぐ馨之介をみた時、その眼に一瞬ゆらめいて消えた光が馨之介の胸を冷たくした。金吾の眼を素早く走り抜けたのは、冷ややかな笑いだった。

馨之介は静かに言った。

「解った」

「では、五ツ（午後八時）までに来てくれ。待っている」

金吾はちらと井戸端を振向いて、意外なことを付け加えた。

「連中にも、それから先生にも、このことは黙っていてくれんか」

丘というには幅が膨大な台地が、町の西方にひろがっていて、その緩慢な傾斜の途中が足軽屋敷が密集している町に入り、そこから七万石海坂《うなさか》藩の城下町がひろがっている。城は、町の真中を貫いて流れる五間川の西岸にあって、美しい五層の天守閣が町の四方から眺められる。

馨之介は、ゆっくり坂を降りて行った。帰りがけに、暑気中《あた》りで道場に出るのを休んでいる、道場主の室井藤兵衛を見舞ったので、ひとりだった。

足軽町を通り過ぎると、そこから道筋は町家で、左右に商家がならび、赤提灯を下げた居酒屋が交ったりして、人が混んでいる。

「若旦那」

女の声で不意に呼ばれた。呼んだのはお葉だと解っているが馨之介は振向かない。無礼な奴だ、といつも思うが腹は立たない。お葉が呼んでいるのは徳兵衛という居酒屋の店先で、そこは馨之介が十歳ぐらいの頃まで、葛西の家で下僕をしていた徳兵衛の店である。その頃まで、娘のお葉は時時家にきて、馨之介と遊んだこともある。が、成長してからは住む世界が違った。

「若旦那、たまにはお寄りなさいな」

お葉の声は華やかでよく透る。馨之介は少し足を早めた。全く無礼な奴だ、と思うがやはり腹は立たない。

お葉の声には、世間の波を一応潜《くぐ》ったあとの艶のようなものがあって、馨之介への呼びかけには、固い一方の侍勤めの人間を、軽くからかっているような余裕がある。

久しぶりにお葉に会ったのは、今年の春先だった。

夕方道場を出たあとで、霧のような雨が道を濡らしていることに気づいたが、そのまま歩き続けた。雨は、戻って傘を借りるほどの量ではなかった。道の端に、消え残った雪が僅かに残っていたが、雨はもう冷たくはなく、煙るように町並みを濡らしているだけだった。そのとき、

「若旦那、傘を」

背後に女の声を聞いた。自分のことではないと思って、馨之介はそのまま歩き続けたが、また「葛西様の若旦那」と呼ばれて振返った。そこにお葉が立っていたのである。いそいで追ってきたらしく、お葉は傘を差出しながら息を弾ませていた。

眩しい眼で馨之介は女をみた。

お葉だということはすぐに解った。自分を葛西の若旦那と呼び、臆した様子もなく見つめてくる女は、お葉しかいなかったし、眼に見憶えがある。お葉の眼は、軽い三白眼の感じで、そのためにややきつい感じになったり俯《うつむ》くとひどく淋しげな眼になったりするのである。

だが馨之介を眩しがらせたのは、お葉の熟《う》れた躰《からだ》つきだった。首筋から肩に、なだらかにおりる線は成熟した女のものだったし、走ってきた喘《あえ》ぎを隠そうともしない胸は、着物の上からも豊かな盛り上りを感じさせる。

馨之介が、バツ悪い視線を、往来の人に走らせ、早く離れたがっている様子なのを、お葉はむしろ楽しんでいるように、素早くお喋りをはさみ、五年の間秋田のご城下に奉公して、一月に戻ったばかりだと言った。

馨之介が背を向けると、お葉は飲み屋の女らしく、

「奥に座敷もあって、お侍様もいらっしゃいますよ。若旦那もお寄りなさいませ」

と呼びかけたのだった。

翌日、傘を返しに立寄ったが、それきりで馨之介は徳兵衛の店に寄ったことはない。足軽や在郷に帰る百姓たちが、猥雑に酒を飲んでいる店で、無役とはいえ、歴とした侍がその中に立混って飲むわけにはいかなかったし、酒はそう好きでもない。諦めたらしく、お葉の声はもう聞えなくなった。いつか、厳重に言ってやるべき

だな、と思ったが、それほど真剣に考えているわけでもなかった。道場からの帰り道を多少違えれば、徳兵衛の前を通らずに済むのである。それをしないのは、お葉のような若い女に声をかけられるのが、悪い気持はしないからである。

春先に立話をしたとき、お葉の躰から匂ってきた杏《あんず》の実のような香を、馨之介は思い出していた。そのとき、今夜訪ねる貝沼金吾の妹の菊乃の顔が、お葉の顔に重なった。

金吾の家を訪ねることがなくなってから、一年ほど経っている。その間菊乃と道で擦れ違うなどということもなく過ぎた。十九のお葉が果実なら、菊乃はまだ蕾《つぼみ》だった。つつましく、その美しさはまだ淡い苞《つと》のようなものにくるまれている。

今夜は菊乃にも会えるかも知れない、と思った。馨之介の胸が軽く騒いだ。

二

金吾が玄関まで出迎え、そのまま貝沼家の奥座敷に通された。茶の間を通るとき、明るい灯のいろが障子を染め、中で女の話し声がしたが、菊乃の声ではなかった。

座敷に通されると、三人の見知らぬ侍がいて、金吾の父で物頭《ものがしら》を勤めている貝沼市郎左衛門と向かいあって酒を飲んでいた。

市郎左衛門は、すぐに振返って、「ご足労かけたな。さ、こちらへ」と馨之介を手招きした。床の間を背にした三人の方は、馨之介には眼もくれず、低い声で話を続けている。

その三人にむかい合う位置に、馨之介と金吾が坐ると、市郎左衛門は「申し上げる」と言った。

「こちらがお話しした葛西の息子でござる」

すると、正面の三人の男は一斉に眼を挙げて馨之介を視《み》た。二人は白髪の老人で、左側の一人は、眼が大きく肥った中年の男だった。三人とも立派な身装《みなり》をしている。男たちの視線で、馨之介は三人が亡父の源太夫をよく知っていることを感じた。三人の凝視は長かった。

横で金吾が囁いた。

「真中がご家老の水尾様だ。右が組頭の首藤殿。左は野地殿、郡代《ぐんだい》だ」

言われれば名前は知っているが、逢うのは初めてだった。

馨之介たち無役の平侍は、月に一日だけ城内に勤めればよい。その時は、長井作左衛門という番頭《ばんがしら》の指図に従って、一昼夜藩主のご判物を納めてある長持の番をするのである。顔を知っている上士と言えば、番頭ほか二、三人しかいなかった。

馨之介が挨拶して顔を挙げると、三人はまだ馨之介を見つめていた。家老の水尾内蔵助は全く無表情だったが、組頭と郡代の眼には微かな笑いのようなものがある。それは好意的な笑いではなく、やはり慇笑のようないろを含んでいた。

馨之介は表情が強《こわ》ばるのを感じた。

やがて水尾家老が、歯をすってから「ふむ」と言った。何かの鑑定を終ったという感じだった。組頭の首藤彦太夫が、続いて空咳《からぜき》をし、眼から笑いを消した。無礼な凝視が、それで終ったようだった。

不意に野地勘十郎が、腕組みを解くと太い声で言った。

「これが、女の臀《しり》ひとつで命拾いしたという伜か。よう育った」

郡代！　鋭い声で市郎左衛門が遮《さえぎ》った。野地が言い放った言葉の前に、慌《あわ》てて立ち塞《ふさ》がった感じがあった。立ち塞がった市郎左衛門に庇われたのが自分であることを、馨之介は素早く感じとった。

野地という郡代が何を言ったのかは、明瞭でない。にもかかわらず、そのひと言が胸を貫いてきた感覚だけははっきりしている。すぐにも何かを投げ返すべきだった。だが何を投げ返したらいいのか、馨之介には解らなかった。

郡代を鋭く見返しながら、馨之介はやや右後に坐っている金吾に、声だけで詰《なじ》るように囁いた。

「どういう集まりか知らんが不愉快な連中だな。俺は帰らしてもらうぞ」

「待て、葛西」

金吾も囁き返し、これも詰る口調で「父上」と言った。

すると、市郎左衛門が口を開くより先に、水尾家老が言った。

「源太夫の息子だそうだな。こっちへ寄ってくれ。ちと相談がある」

しかし馨之介が動かないのをみると、首藤と野地が、自分の前の膳を片寄せて前に出てきた。家老を上座に置いて、細長い輪が出来た。

「おぬし、嶺岡を知っとるか。中老の嶺岡兵庫だ」

水尾家老は、歯が欠け、唇が薄い口を前に突き出すようにして言った。問いは自分に向けられている。ゆっくりしたもの言いだったが、家老の細い眼が厳しく自分に射込まれているのを馨之介は感じた。

「はあ、お名前は存じ上げております」

「どういう男か、知っとるか」

「は？」

嶺岡兵庫は、四十になるかならずで中老の位置に坐った切れ者で、以来二十数年その席に在って藩政を牛耳ってきた。

その間貧しい藩財政を建て直すために、荒地に疎水を通して新田を開き、実質十万石といわれる美田を領内に蓄え、藩校を興して敬学の風をひろめるなど、藩政の上の実績は数え切れない。先年の飢饉にも、他領から流れ込む飢民を救い、ついに海坂領から一人の餓死者も出さなかったと言われた。

藩の柱石と呼ばれて久しい。

馨之介も、勤番の日に二、三度恰幅《かっぷく》がよく長身のその姿を見かけたことがある。だが、ただこの人がそうかと思っただけである。藩政の中枢で、華華しく動いている人物に、微かな好奇心を刺戟されただけで、それが自分にかかわりがあるとは考えなかった。

「兵庫をどう考えている」

水尾家老は繰返した。瞬《まばた》かない褐色の瞳孔が、馨之介を圧迫してくる。

「藩の柱石と、聞いております」

「おぬしはどう思うかと聞いている」

家老は執拗に言った。

「やはり……」

馨之介は口籠《くちご》もった。

「そのような方かと思っておりますが」

「よろしい」

家老は顔をひいて、満足そうに言った。それから柔らいだ表情のまま、淡泊な口調で続けた。

「皆がそう思っておる。だが事実は違うのでな。あれは稀代の策士で、一人の商人上りの大金持に、少しずつ海坂藩を切り売りしてきた男だ。その結果、だ。江戸におられるわが殿のほかに、国元にもう一人殿様がいるという状況になっている」

「小室善兵衛のことだ」

野地が言った。

小室善兵衛は、城下に呉服、瀬戸物の店を開いている富商だが、富の内容は商人としてよりも、領内一の大地主としての収入に支えられている。善兵衛は、藩の財政が危機を迎えるたびに、ご用金の献上、献米などを通じて積極的に藩政に近づき、次第に藩の根本を占める農政に参与するようになった。不作に喘《あえ》ぐ農民に低利で金を貸し、上納米の取立てに悩む藩財政を幾度か救ったが、貸し金と利息は仮借《かしやく》なく取立て、そのために潰《つぶ》れ百姓が出れば、藩の上層部に押しの利く顔を利用して、着実に自分の土地をふやして来たのである。

領内の百姓だけではない。海坂藩そのものが、小室善兵衛に莫大な金を借りていた。善兵衛はいま、郡代次席という身分まで与えられて、中老の嶺岡と組んで藩政を動かしている。

「野地が言ったとおりだ。実は二十年前に、兵庫と善兵衛の策謀を見破って、兵庫を除こうとした事件があった」

と水尾家老が言った。

「財政建て直しで、領内の新竿打直しがはかられたとき、中老になって間もない兵庫が、これを潰した。兵庫は領内の百姓保護を名目としたが、事実は違っていたな」

「………」

「新竿打直しで損をするのは、百姓どもではなくて、旧い竿で低く石盛りされていた新田持ち、つまり小室のような地主連中だったのだ」

「………」

「藩が真二つに割れて、兵庫を刺すところまで行ったが、ことは失敗して、そのために反対派は、兵庫に一指も染めることができなくなった。古い話だが……」

「だが今度は猶予できないことになった。兵庫は新しく財政建て直し策を出してきたが、それが洩れて領内に不穏な動きが出てきた。百姓どもが騒ぎはじめている」

野地がまた言った。野地の肥った顔は真赤で、ほとんど兇暴な眼になっている。

「二十年前と同じでな。藩がまた二つに割れているのだ」

貝沼市郎左衛門が補足するように言った。

馨之介は黙黙と俯いていた。藩内にそうした政争の渦があることは、はじめて聞いたが、なぜかそれは頭上を通りすぎる風のように実感が薄かった。

　去年から藩の借上米《かりあげまい》ということがあって、馨之介の家でも、百石につき十五俵を藩に出しており、藩財政が苦しいことは薄薄知ってはいた。しかし母と二人暮しの家計には、それもさほど響いていない。

　家老や郡代の野地がしきりに言っているような藩内事情だとしても、それがどれほどの係わりがあるというのだろう。それよりも、馨之介の心には、野地がさっき言ったひと言が、まだ棘《いばら》のように突き刺さったままで、その方が気になった。この男は、さっき何を言ったのだ。

　それまで黙黙と耳を傾けていた首藤という小柄な老人が、不意に言った。

「兵庫を刺す役目を、おぬしに引きうけてもらいたいのだ」

　馨之介はぎょっとして顔を挙げた。熱っぽい視線が、一斉に自分に注がれている。

「………」

「おぬし一人にやれと言うわけではない。金吾も一緒だ」

　市郎左衛門がつけ加えた。

「お断り申す」

　馨之介はきっぱりと言った。

「そういうご相談ならば、今夜はこれで失礼仕《つかまつ》る」

野地に、さっき受け取ったものを僅かだが投げ返したと思った。

金吾が険しい声で「葛西！」と呼んだ。

金吾は右後方にいる。馨之介はゆっくりと刀を摑《つか》み上げ、わずかに躰を右に捩《ね》じりながら、顔は家老たちに向けたまま、膝で後に退った。

「ご安心頂きたい。ここで聞いたことを、口外するつもりはござらぬ」

廊下に出て障子を閉めると、野地の声で「無礼なやつだ」というのが聞えた。

急ぎ足に玄関に出た。追ってくる者はなく、途中茶の間の横を通るとき、そこからやはり明るい光が廊下にこぼれ、中から洩れる静かな女の話し声がした。奥座敷で、いまあんな話があったことが信じられないほど、穏やかな空気がそのあたりに漂っている。

「馨之介さま」

門を出ようとしたとき、若い女の声で呼ばれた。

星明りの中に、白い顔が浮んでいる。

「やっぱりいらしていたのね」

「………」

菊乃の声は、ほとんど無邪気なほど澄んでいる。門の脇にある楓《かえで》の樹の下を離れると、白い顔がゆらりと近づいた。不意に女の匂いが馨之介の鼻を衝《う》った。花の香のようなものを菊乃は身にまとっている。菊乃は小さい笑い声を立てた。その笑い声から、馨之介は菊乃がむしろ緊張しているのを感じた。

「おかしな方。黙ってお帰りになるつもりだったのですか」

「……」

「どうなさいましたの？　兄と諍《いさか》いでもしまして？」

「いや、そうではない」

漸く馨之介は言った。

言葉をかわすと、さっき奥座敷であったことが、一層奇怪な悪夢のようなものに思えてきた。金吾と家を訪ね合っていた頃に、確かに菊乃が自分に好意を持っていると思われるようなことが幾度かあった。

その記憶が甦った。

「用が出来ていそいでいるのですよ」

「長いこと、お見えにならなかったのね」

菊乃はさらに近づいてきて、白い顔が馨之介の胸に触れるところにあった。闇が、これまでみたことがないほど、菊乃を大胆にしているようだった。

「いろいろ事情があった」

「ご縁談があったのですか」

不意に菊乃が言った。その声に含まれている妬ましい響きが、馨之介を驚かせた。十六になった女は、もう嫉妬するすべを知っているのか。馨之介は微笑した。

「そんなことはない」

闇が、馨之介に「言え」と唆《そそのか》した。

「縁談ならば、そなたに申し込む」

菊乃の答はなかった。闇の中でも、菊乃の躰が硬くなった気配が感じとれた。

長い沈黙の後で、菊乃は小さな声で、

「今度は、いついらっしゃいます？」

と言った。

「そこで何をしている？」

不意に鋭い声がした。金吾だった。菊乃が弾かれたように離れ、兄の脇を擦り抜けて走り去った。石畳に鳴る下駄の音を、馨之介は聞いていた。

「貴公、どうしても手を貸さぬつもりか」

金吾は、菊乃のことにはひと言も触れずに言った。

「私闘ではないぞ。大きな声では言えぬが、今夜の話は、ご家老よりもっと上からご意向が出ている。名誉だと思わんか」

「そうは思わんな」

馨之介は静かに言った。

「別に俺がやらなければならないわけではない。面倒なことに捲きこまれるのはご免だ」

「そうかな？」

闇の中の動かない位置から、金吾は嘲るように言った。

「貴公は事情を知らん。ま、いいだろう。そのうち自分であの人を斬りたくなる」

「どういうことだ？」

「さあ」

金吾の冷たい声が響いた。

「貴公の母上にでも聞かれたらいいだろう」

三

「源太夫が何をしたのか、わしは知らんのだ」

檜垣庄右衛門は、当惑した眼で甥《おい》を眺めた。庄右衛門は勘定方に勤めて二百三十石を頂いている。馨之介の母波留の長兄で、温厚な五十男だった。

「波留から使いがあって、五間川の川端に行ったときには、そなたの父は死んでいた。連れて行った小者にそなたの家まで運ばせたがそれだけだ。何があったのかは誰も知らなかったし、それ以後聞いたこともない」

「父は、ある重臣を暗殺するために働いた、と母上から聞いております。私にそれを言う人は誰もいないが、その話はひそかに家中に流されているのではありませんか」

「風説だ。本当のことは誰もわからん。めったな憶測を口にしてはいかんぞ」

「そのお偉方というのは……」

馨之介は、庄右衛門の表情を注意深く見守りながら言った。

「嶺岡兵庫さまだとも聞きましたが……」

「これ」

庄右衛門は手をあげて遮った。庄右衛門の顔は僅かに赤らみ、眼は落ち着きなく開け放した縁先から庭を窺《うかが》った。

だが、縁先には夏の名残りの眩しい光が溢れ、時おり庭を通り過ぎる風が、いっとき光を乱し、垣根の際の穂を孕《はら》みはじめた茅の一叢《むら》や、その根元に咲いている小菊の花をゆするだけで、人の気配はない。

息子の庄一郎は城勤めに上っており、伯母は、庄右衛門の非番を幸いに、寺参りに出かけて留守だった。庄一郎の嫁がさっき茶を運んできたが、どこにいるのかひっそりと物音も立てなかった。

「誰に聞いたか知らんが……」

庄右衛門は咳払いをひとつして、体勢を建て直すようにいかめしい顔をつくった。血色がよく、肉の厚いその顔は、しかしどことなく不安な表情を隠している。

「いろいろな風説がある。事件が明らかでないと、余計そういうふうになるものだ。わしも二、三耳にしたことがないではない。だが真実のところは、そなたの父と、あるお方と僅かな人にしか解っておらんのだ」

「それと、父を動かした人間がおりましょう」

「馨之介」

庄右衛門は、懐紙をとり出して、額の汗を拭った。空気は乾いて、灼《や》けている。

「余計な詮索をせぬことだ。昔のことだ。とっくに忘れられていることだ。それに、この際言っておくが、軽軽しい言動は慎め。事件のあと、葛西の家は百七十石を五十石減らされただけで済んだ。事件がお前の言うようなものであったら、葛西の家はお取潰し、お前や波留の命もどうなったか解らん」

「………」

「詳細は知らん。が、そのことでお上が大層お怒りになったことをちらと聞いておる。いわば拾った家名だ。大事にせねばならん」

「女の臀で拾った家名ですか」

馨之介に、その意味がわかっていたわけではない。郡代が恐らくは不用意に口走ったその言葉は、もっと慎重に糺《ただ》すつもりだったのである。だが庄右衛門の、どこまで行っても臭いものに蓋するような物言いに、反撥する気分が物の言い方を軽率にした。ところが町の無頼漢のような言い方で、庄右衛門に投げつけた石が、意外な音を立てたのである。

庄右衛門の顔が、みるみる赤らみ、顳顬《こめかみ》に太い血管が膨れ上った。手は丸い膝頭をわし摑みにしている。

「埒《らち》もない噂話を……」

庄右衛門は馨之介を睨みつけた。

「貴様そんな噂を信用して、母親を軽んずるようなことがあったら、ただでは済まさんぞ。貴様をそれまでにした、波留の苦労も考えてみい」

庄右衛門の家を出て独りになると、馨之介は重苦しい気分が胸を塞いでくるのを感じた。唐物町と呼ばれるこのあたりは、町の大通りに接するところに一握りほどの町家があるだけで、町の乾《いぬい》の方角の高台を占めてぎっしり武家屋敷が立並んでいる。

長いゆるやかな坂が町家のある方角に傾いていたが、人影は見当らなかった。

牢固とした疑惑が、心の中に居据わったのを馨之介は感じていた。七ツ時の日射しが頭上から降りそそいでいたが、その暑さを馨之介は感じなかった。

伯父を訪ねたのは、父の横死の真相を、この伯父が何ほどかは知っているのではないかという期待と、郡代が口走った女の臀云云という言葉の意味を確かめるつもりだったのである。

漠然とだが、馨之介の中には父の源太夫が、藩の政争の中で中老の嶺岡兵庫を襲ったらしいという理解と、その後で母の波留が、葛西の家名のためにか、あるいは馨之介の命乞いのために、何かをしたという疑惑がある。

だが庄右衛門は、韜晦《とうかい》し、しまいに激怒しただけである。そしてそのことが、むしろ馨之介の疑惑を深めている。

馨之介は立止り、眼をつぶった。

一瞬脳裏をくっきりと醜いものが通りすぎたのに耐えたのである。母は貞操を売ったのだ。その売値で取引きされたものは、多分俺自身の命だろう。

そう考えると、郡代野地勘十郎が投げてきた粗野な言葉の意味がよくわかった。のみならず、霧が霽《は》れるように、長い間の疑問が解けるのも感じた。

理由もなく、ある時粘っこく注がれてくる視線。その眼にふくまれる微かな笑いのようなものを、慇笑と感じとったのは間違っていなかったのだ。そのことを知ったときから、貝沼金吾も離れていったのだろう。

馨之介は、また立止って、坂の上を振返った。坂道には、やはり人影はなく、眩しい光が溢れているだけである。母と伯父の庄右衛門に対する怒りは不意に中断されて、庄右衛門の言葉が甦ってきた。埒もない噂だと伯父は言ったのである。噂にしろ、真実にしろ、それを語らなかったことで、伯父を責めることは出来ない。

馨之介の胸は、再び重苦しいもので閉ざされた。

長押《なげし》町の家に帰ると、母の波留は居間に縫物をひろげていた。

ひっそりした空気の中に、塀向うに続いている足軽長屋の方から、機《はた》を織る単調な音が聞えている。足軽の女房が内職をしているのであった。

縁側に立止って、馨之介はしばらく黙ったまま部屋の中の母を見おろした。

波留はいつみても身嗜《みだしな》みをきっちりと調《ととの》え、暑い夏の盛りにも、後《おく》れ毛一本残さないようなところがあった。着る物は質素で、月に一度寺参りに行くときに着るものも、目立たないものを心掛けているようだった。家の中の仕事をするほかは、広い庭の隅に作った畑の青物の世話と、縫物で日を暮している。近所と行き来するということもない。

波留の頬から首筋にかけて、肌がつややかなのを馨之介はみていた。十八の時馨之介を生み、いま四十一だが、子供を一人しか生まなかった肌はまだ若く、若い頃美しさが評判だったという面影を残している。

「ご挨拶は、どうしました？」

縫物から顔を挙げて、波留は咎めるように言った。

「ただいま戻りました」

馨之介は挨拶した。

「唐物町は皆さん変りなかったかしら」

「伯母上は寺参り、庄一郎殿はお勤めで不在、伯父上と律殿にお会いしました。皆さん変りないようです。おう、律殿は順調で、師走には赤児が生まれるらしい」

伯父の庄右衛門との話は、そんなところから始まったのだった。

「お前にも……」

波留は確かめるような眼で馨之介の胸や肩のあたりを見た。

「そろそろ来てもらう人を探さないと」

馨之介は立上って縁側に出ると、大きく手を挙げて欠伸《あくび》をした。

「まだ早いですよ」

「早いことはないでしょ。亡くなったお父上がお前の年に、私は、もうお前を腹に抱いていました」

女というものは、恥ずかしげもなく言うものだと馨之介は思った。だが波留に対する疑惑も憎悪も何故か遠く、母が根拠もない噂に傷つけられた哀れな女のようにも思えてくるのだった。

「父上が斬ろうとした重臣というのは、嶺岡さまのことらしいですな」

不意に振向いて馨之介は言った。波留はまた縫物に眼を落している。斜めに傾いた日射しが、その手もとを染めていたが、規則正しく光る針の運びに乱れはなかった。

「またその話ですか」

波留は俯いたまま言った。

「私はお父上になんにも知らされていなかったのですよ。相手が誰かなどということが、解るわけがありません」

四

お葉は嬉しそうだった。

茶を運んでき、煎餅《せんべい》を盛った皿をすすめ、その間笑顔で馨之介をちらちら見たが、最初に徳兵衛と二人だけで話したい、と言ったためか、馨之介には声をかけないで部屋を出た。

「なかなか広い住居ではないか」

　馨之介は感心して言った。表通りは間口二間ばかりの居酒屋としか見えないが、裏は二階づくりで、茶の間の窓からは小綺麗にととのった庭が見える。

「二階に三部屋ございましてな。芸者衆なども呼べるものですから、町の旦那衆やお武家さまもお使いになります」

　徳兵衛はもう七十近い筈だが、いい顔色をしていた。小柄な躰は、さすがに少し背が丸くなっている。

「そう畏《かしこ》まらんでくれ、徳兵衛」

と馨之介は言った。

「胡坐《あぐら》でいいのだ」

「とんでもありません、若旦那さま」

と徳兵衛は言ったが、皺だらけの顔の中から、円《まる》い小さな眼を光らせた。

「今日は、なにか内密なお話でも」

「少し聞きたいことがあってな」

「お金ですかな？」徳兵衛は細い眼を笑わせた。「それなら、少少ご用立て出来ますよ。奥さまに内緒のお金でもお入用ですか」

「いや」

馨之介は苦笑した。

「借金に来たわけじゃない。私の聞くことに、腹蔵なく答えてもらえばいいのだ」

「はて？」

徳兵衛は戸惑ったように首をかしげた。

「お前が葛西の家に奉公に来たのは、祖父が生きていた頃だという話だな」

「さようでございます、若旦那さま。先の旦那さまが、まだ十一の時でした」

「暇をとったのは、私が十三の時だ」

「先の旦那さまが、あのようなことで亡くなられてから間もなく通い奉公になりましたが。昔はようござんした。私とおかよという女中が住込みでおりましてな。にぎやかでございました」

「ま、それはいい」

馨之介は遮った。

「そういうお前だから、葛西の家に起ったことは誰よりもよく知っている筈だと思ってな。父が死んだ前後のことは憶えているか」

徳兵衛は眉をひそめた。

「その日のことを聞きたいのだ」

「あんな恐ろしいことがあるとは、誰も思いませんでした。暮六ツ（午後六時）過ぎに、先の旦那さまは寄合いがあるとおっしゃって、何気なく家を出られました。勿論おひとりで」

「どこへ行くとは言わなかったか」

「奥さまにはおっしゃったかも知れませんが、私は玄関のきわでお見送りしただけで。提灯《ちょうちん》を持たずに、すっすっと歩いて行かれたのが、ちょっと気になっただけでございます」

「…………」

「お役人がいらして、旦那さまが死なれたと教えたのは四ツ（午後十時）前で。私はすぐに檜垣さまのお屋敷に走りまして、そのあとは大騒ぎとなりました」

「父が何で死んだか、聞いているか」

「いろいろの取沙汰《とりざた》を外で耳にしただけでございますよ。どれがほんとのことやら、いまもって解りかねます。さるお方を斬ろうとなされたというお噂がありましたが、それもひそひそ話で、誰もその場を見たわけではございません」

「さるお方というのは嶺岡のことだな」

「さようでございます」

「葛西の家名を救うために、母が嶺岡に俺の命乞いをしたという噂があったそうだな」

徳兵衛はぴくりと頰の肉を動かした。細い眼をいっぱいに見開いて、まじまじと馨之介をみつめたが、やがて首を振った。

「知らないとは言わせないぞ、徳兵衛」

馨之介は、刺すような眼で睨んだ。その噂が、徳兵衛から流れたものではないかという疑いを、馨之介は抱いている。

徳兵衛が立上った。

「どこへ行く」

鋭い声で馨之介が咎めた。

「暗くなりましたので、灯りをつけます」

徳兵衛の声は平静だった。

気がつくと、窓の外の庭は薄闇に沈んで、部屋の中も薄暗くなっている。冷えびえとした秋口の空気が窓から入り込んできていた。

「確かに、そういう噂を耳に致しました」

行燈《あんどん》に灯を入れると、徳兵衛は落ち着いた声音で言った。

「ばかげた噂でございますよ」

「噂のようなことがあったのではないか」

「私が知る筈はありません。旦那さまのお葬式を出されると、私はすぐに通い奉公に変りましたので」

　馨之介は徳兵衛がするりと逃げたのを感じた。眼の前に坐っている小柄な年寄りが、得体の知れない男のような気がしてきた。

「俺はお前がその噂をばらまいたのではないかと思ったのだ」

「それは違いますよ、若旦那さま」

　徳兵衛は、不意に意外なことを言った。

「私はその噂を、弥五郎という男に聞きましたので」

「何者だ、それは」

「その頃嶺岡様のお屋敷で中間《ちゅうげん》をしていた男ですが」

「いまも嶺岡の屋敷にいるのか」

「あまりたちのよくない男でしてな。酒が好きで、お武家さまの前で言うのも何ですが、手慰みに眼がないものですから、あちこち渡り歩いているようで、いまはついそこの持筒町の鹿間様で下男をしているという話です」

「その男に、一度会えるように手配してくれんか」

　襖の外を四、五人の足音が通り、やがて梯子段を上る気配がした。不意にその気配の中からお葉の声が「あれ、いやですよ、お待ちなさいよ、いますぐお酒をお持ちしますから」というのが聞えた。

「手配なんぞいりやしませんよ、若旦那さま」

と徳兵衛が言った。

「弥五なら、しょっちゅうこの店にきておりますから。お食事でもしてお待ちになれば、今夜にもつかまえられるでしょう。しかし……」

馨之介をみた徳兵衛の眼に、困惑のいろが浮んだ。

「いまごろになって、なんでそのようなことをお調べになります？　たわいもない噂でして、おっしゃられるまで、私は忘れておりましたよ」

五

持筒町の狭い露地の角に、馨之介は夜盗のように背をまるめて蹲《うずくま》っていた。小刀を一本腰に差しただけで、着流しの裾を端折《はしよ》り、手拭いで頬被りをしている。家中の知り合いの者にでも見つかれば、言訳も出来ない恰好だった。

生憎遅い月が町の上にのぼりはじめていて、周囲はぼんやりと明るい。乱雑に道まで枝を伸ばしている木槿《むくげ》の生垣がつくっている、黒い影だけが頼りだった。

およそ小半刻もそうしていただろう。足が痺《しび》れたころ、向い側の三軒ほど先の潜《くぐり》戸《ど》が低く鳴って開き、大きな躰つきの男が、のっそりと路上に姿を現わした。

男が歩き出すと同時に、馨之介は躰を起し、男に追いつくと並んだ。

「そのまま一緒に歩け」

気味悪そうに、男が足を速めようとするのに、馨之介は低い声で言った。馨之介の足が持筒町を抜け、さらに鍛冶《かじ》町を通り過ぎようとしているのを知ると、男は不意に立止った。鍛冶町から先は道は野原のように雑草が茂る空地を横切って、その先はまばらに百姓家が散らばる村に行くばかりである。

「お前さん。何者だい」

「……………」

「妙な真似をして、俺に何の用があるんだね」

「いいから歩け」

馨之介は素早く男に躰を寄せると、男の肱《ひじ》の急所を摑んだ。

その痛みで、弥五郎は頰被りの中の馨之介の顔を思い出したようだった。

「旦那じゃありませんか。あたしをどうなさるつもりで」

「この間、少し聞き忘れたことがある。おとなしく歩けよ」

鍛冶町を出るまでに、二、三人擦《す》れ違った人間がいたが、そのたびに馨之介は弥五郎に躰を寄せ、弥五郎は痛みに顔をしかめた。

「このあたりでいいだろう」

道を逸《そ》れて草原の中に入り込むと、馨之介は立止って言った。このあたりは、昔五間川が蛇行して流れていた頃の河床で、赤児の頭ほどもある石が草の間にごろごろ転がっている。

「まあ掛けないか」

馨之介は石のひとつに腰をおろすと言ったが、弥五郎は立ったまま首を振っただけだった。

「徳兵衛の家でお前に会ったとき、お前が嘘をついたことはすぐに解った」

「………」

「今夜はほんとのことを喋ってもらうつもりだ」

徳兵衛の店を訪ねた夜は、弥五郎にはとうとう会えずに帰ったが、次の夜また出かけて会った。

しかし弥五郎は、自分もよそで噂を聞いたにすぎないと言うのだった。どこで、誰に聞いたかは、問い詰めても答えなかった。昔のことで忘れたと弥五郎は言った。だが、その言葉を裏切って、馨之介の顔を盗みみる弥五郎の視線には、隠し切れない邪悪な喜びのようなものがあって、馨之介の胸を刺したのである。馨之介の詰問が、この男に、昔知ったあることを思い出させたことは間違いなかった。

「遠慮はいらん。俺の母がどういうことをしたか言えばいいのだ」

「旦那、許してくだせえ」

「勘違いしてはいけない。喋ったから、お前をどうこうしようなどということは考えておらん。俺は本当のことを知りたいだけだ」

やめるならいまだぞ、という声を聞いたような気がした。

仮りに、昔そういうことがあったとしても、今更それを暴《あば》きたててもどうなるものではなかった。

しかし、馨之介は立上っていた。

「どうしても聞かなくちゃならん。何があったか言うのだ、弥五郎」

月明りに、五十男の恐怖に歪んだ顔が浮び上った。その表情が、馨之介の中に冷酷な感情を喚《よ》び起した。腕をたぐると、躰をひねって無造作に大きな躰を投げとばした。

わッと叫んで、弥五郎は起き上ると弾《はじ》かれたように走り出そうとしたが、馨之介がすばやく足を出すと、地響き立てて前にのめった。

その背に足をのせると、馨之介は体重をかけた。

「旦那、これじゃ苦しくて言えませんぜ」

弥五郎は呻いた。

「おう痛え」

馨之介と向いあって、石に腰をおろすと、弥五郎はじろりと馨之介の顔を見、躰のあちこちを大袈裟《おおげさ》にさすった。五十過ぎてまだ渡り中間で暮している人間の、ふてぶてしい身構えを、いま弥五郎は露《む》き出しにしていた。

「話を聞こうか」

「それで気が済むなら、お話ししましょ」

へへ、と弥五郎は笑った。

五間川の上流、海坂の城下町から小一里ほど北に遡《さかのぼ》ったところに水垣という村があり、村端れに嶺岡兵庫の別墅《べっしょ》がある。二年前、中老に就任したとき拝領した家だ。場所は黒松を混えた雑木林が水辺まで迫り、岩石をめぐって落ちる水が美しい土地である。

あの夜、町から一挺の駕籠《かご》がついた。駕籠からは、武家の妻女風の若い女が現われ、門の中に消えた。

嶺岡兵庫が下城の途中襲われるという事件があってから、半月後のことである。事件のあと、兵庫はずっと水垣の別墅で静養していた。武家の妻女とみえる若い女は、次の日の夜、町から呼んだ駕籠にのって帰って行った。

そのことを知っているのは、その時別墅についてきていた多田究一郎という家士と弥五郎、それに女中二人だけである。女の素性を知っていたのは多田だけだった。

弥五郎はずっと後になって、多田の口から偶然にその名前を聞いた。

「徳兵衛爺さんは、空っとぼけているが、なに、嶺岡の家に手紙を届けたり、結構解っているんですぜ」

「一度だけか」

「へ？」

「嶺岡の別業《べつぎょう》に、母が行ったのは一度だけかと聞いている」

馨之介は冷たい声で言った。

だが、このとき馨之介の脳裏に、稲妻がひらめいて過ぎるように、ひとつの古い記憶が甦った。

それはやはり夜だった。馨之介は母と一緒に立って、誰かを式台で見送っている。見送られている者の顔は解らなかった。白足袋《たび》と黒緒の雪駄《せった》が見えているだけである。母が持っている蠟燭《ろうそく》の明りが、男の足もとを照らしていた。不思議なことに、母はほとんど淫らなほど乱れた着つけをしている。裾《すそ》を割ってこぼれていた赤い下着の色が鮮明に記憶に残っている。

前後の脈絡もない、そこだけ切り離したようなその記憶の断片を思い出したのは、これまでも何度かあった。そして馨之介はその時、母と一緒に見送った履《は》きものの主を、当然父だと思い込んできたのだった。

だがいまその記憶は、違った色彩を帯びて甦ってくる。男は嶺岡兵庫だったのではないか、と馨之介は思った。その記憶が、幾つの時だったかは知る由もない。だが、その男が嶺岡兵庫だったとしたら、波留はある時期一度だけでない関係を、兵庫との間に持ったのだ。その記憶を強烈に塗りつぶしている淫らな色がそれを証している。

「もうよござんすかい、旦那」

弥五郎が立上って言った。もう行ってもよい、と馨之介は言った。狂暴なものが心の中に芽生え、狂い出そうとしていた。それを恐れて、馨之介は手を上げて振り、もう一度、行けと言った。

「心配しましたぜ、一時はどうなるかと胆をつぶした」

やくざな口調で、弥五郎は言い、一点に眼を据えている馨之介の前で、わざとのように、躰を屈伸した。

「だから言いたくなかったんですぜ」

弥五郎は、馨之介を哀れむようにみて言った。

「言ったって誰の得にもならねえことで、へい。言っちゃ旦那が気の毒だから、黙って白を切るつもりだったんだ」

捨て科白《ぜりふ》のように言って、弥五郎は大きな背を向けた。馨之介の中で、何かが音を立てて切れた。

「弥五」

「へ？」

「貴様、妻子はあるのか」

振向いた弥五郎の顔がみるみる強《こわ》ばり、眼が吊上った。旦那、そいつはいけねえ、と叫んで弥五郎は道の方に向って走り出した。

草原を横切って、二人の男が競い合うように走る異常な光景を、月が照らしている。馨之介は追いつき、弥五郎の激しく喘ぐ息遣いを聞きながら追い越すと、そこで立止った。弥五郎は切り裂かれた脇腹を押えたまま、なお走り続けたが、やがて不意に立止ると、顔を後にねじ向けた。

重いものを投げ出したような、鈍い音を立てて、弥五郎の躰が草の間に転がった。

六

「そのなりは？　なんの真似ですか」

馨之介が茶の間に顔を出すと、波留は眼を瞠《みは》り、詰《なじ》るように言った。

「母上」

馨之介は入口で、腰に下げた手拭いで着物の裾をはたくと、部屋に入って道楽息子のように畳に胡坐をかいた。

波留は眉をひそめ、縫物を下に置いて背筋をのばした。

「水垣にある嶺岡の別業というのは、景色のいいところだそうですな」

波留はぴんと背筋をのばしたまま、身じろぎもしなかったが、行燈の光に照らされた顔が、みるみる血の気を失って、仮面のように表情を無くしたのを馨之介はみた。

絶望がどす黒く馨之介の胸を塗りつぶした。弥五郎が本当のことを喋ったことは疑いなかった。だが、いま母にそれを糺《ただ》したとき、母がきっぱりそれを否定するか、あるいは巧みにとぼけてくれればいいと思う気持がなかったとは言えない。ところが水垣というひと言で、胸を射ぬかれた鳥のように、波留は青ざめてしまっている。覆いようもなく、醜いものが眼の前にむき出しに投げ出されている。波留は弁解しようともせず、その中に坐り込んでいた。厳しい母のかわりに、一人の愚かしく、恥知らずな中年女がそこに坐り込んでいるのを、馨之介は感じた。

「やはり、噂は本当だったのですな」

波留が問いかけるように首をかしげた。鳥のようなしぐさだった。

「そうです。ひそかにそういう噂が流れていたのですよ。母上は知らなかったでしょうが」

波留の頬が、一瞬赤らんだ。だが顔色はすぐにまた白っぽく乾いた。

「何のためです？」

長い沈黙のあとで、馨之介は立上りながら言った。

「葛西家の家名のためですか。それとも私のためですか」

「……………」

「それともご自分のためですかな」

部屋を出ようとして、馨之介は振向いた。異様な波留の容貌が眼に突き刺さってきた。波留の顔色はほとんど灰色で、眼の囲りは黔《くろ》ずみ、黒い穴のような眼が馨之介に向けられている。波留は老婆のようだった。

唇がわななき、波留の低い声が洩れた。

「お前のために、したことですよ」

「ずいぶんと愚かなことをなされた」

馨之介は冷たい声で即座に言った。狂暴な怒りが心のなかに動きはじめていた。

「そのために、私は二十年来人に蔑《さげす》まれて来たようだ。我慢ならないのは、近頃それに気づいたことですよ」

馨之介はもう一度振返った。

「今夜、私は人を殺して来ましたよ」

外へ出ると、冷えた夜気と秋めいた月明りが躰を包んだ。背を丸めて馨之介は歩き出した。

足は坂下の徳兵衛の店に向っている。弥五郎の言葉を信じれば、徳兵衛も馨之介を欺いたのだが、それを責めるつもりはない。ただ酒を呑みたいだけだった。浴びるほど酒を呑んだら、苛立たしく募ってくる母への憎悪も、幾分紛《まぎ》れそうに思うのである。

母が命乞いしたことを責めるのではない、と思った。若い頃城下で評判の美人だったという母が、その美しさを命乞いの手段に使ったことが、やりきれなく惨めな思いに馨之介を誘うのである。

仮りに、それを嶺岡兵庫の方から出した条件だったとしてみよう。だがその弁護も、あの古い記憶のために、粉粉に砕かれるのだ。母が男を見送って、蠟燭の灯で足もとを照らしてやっている光景。その記憶の中で、母は、密夫を送り出す淫らな女の香を、隠すこともせず身にまとって立っていたのである。男が嶺岡兵庫ではなかったかという疑惑は、すでに動かしようのないものになっている。深夜、若く美しい寡婦の家に通うという大胆な行動も、当時の嶺岡ならばやりそうに思えた。

歩いて行く町筋の町家は、ほとんど店を閉めていたが、徳兵衛の店の障子には細細と灯の色が映っている。

中に入ると、奥に入る上り框《がまち》に腰をおろしていたお葉が、「あら」と言って立上った。その声で、隅の方にいた商人風の男二人が顔を挙げたが、すぐに低い声で話に戻って行った。飲んでいるのは、その二人だけだった。

「酒をもらおうか」

飯台の前に腰をおろして馨之介が言うと、お葉は「はい」と言ったが、そばに寄ってきて、

「どうなさったんですか、若旦那」

と言った。探るようなお葉の視線を、馨之介はそっけなく外した。

「酒を持って来い、お葉」

「ここではいけません。若旦那」

お葉は囁いたが、不意に大きな声で「まいど、有難うさんです」と言い、きくちゃんお勘定だよ、と叫んだ。二人の客が立上っている。板場から前垂《まえだれ》をかけた年増が出てきて、馨之介をちらりとみて客の方に寄って行った。その背にお葉は、

「もうお店閉めてね」

と言った。

案内された二階の部屋は、狭いなりに床の間がついて、一見して安物の山水の軸

がぶら下っている。軸の下には、陶磁のこれも安物らしい布袋《ほてい》の置物が、腹を突き出して笑っている。

酒を運んでくると、お葉は、

「お爺さんはもう寝ていますけど、ご挨拶させましょうか」

と言った。

「何の挨拶だ。酒だけでいい」

馨之介は盃《さかずき》を突き出した。

「お前も寝たかったら引き取っていいぞ。勝手に呑んで帰る」

「やっと呑みにいらしたというのに、何て言い方でしょ、若旦那は」

お葉は笑った。笑うと、軽い三白眼の眼が細くなって、頬から首筋のあたりに、匂うような色気が走った。お葉は前垂をはずして、手早く丸めるとなまめいた口調で言った。

「お相手しますよ、ひと晩でも。ご迷惑でしょうけど」

くく、と喉を鳴らして笑った。

馨之介は黙黙と呑み続け、お葉だけが喋った。お葉の話は、奉公に出された秋田城下の町の話だったり、店に来る常連の客の話だったり、とりとめもなく移り変る。

何度目か下に酒をとりに行ったお葉が、一升徳利を抱えて戻ってきた。

「まだ呑むんですか」

お葉は立ったままで言った。馨之介は青白い顔を挙げてお葉をみた。躰の中に重く酔いが沈澱しているのはわかったが、意識は冴えている。つき合ったお葉の方が、躰がふらついていた。

「まだ呑む」

「どうしたんですよう、一体」

どさりと馨之介のそばに躰を崩すと、お葉は三白眼めいた眼で、馨之介を睨むようにみた。膝前が割れ、そこから赤い下着と、白い膝頭が見えているのに気づかないようだった。胸を前に突き出すようにして、お葉は言った。

「何か面白くないことでもあるんでしょ。はじめから解っていたんですから。さ、おっしゃい。お葉ちゃんに何もかもおっしゃい」

「お前に話したところで、どうにもならん」

「人を馬鹿にしてんだから、若旦那なんか」

お葉は拗《す》ねたように言って、肩をぶつけて来る。馨之介の手が伸びて、その肩を摑んだ。自分でも思いがけない行動だったが、一度そうしてしまうと、馨之介は不意に盲《めし》いたように、お葉の躰の甘い香しか解らなくなった。あ、と口を開いてお葉は馨之介の眼をのぞいたが、その躰は急に力を失って、馨之介の胸に重く倒れ込んできた。

灯を消して、とお葉は囁いた。

鼻腔から肺の中まで、お葉の躰の香が溢れるのを馨之介は感じていた。探る指の先に、膨らみ、くぼみ、鋭く戦《おのの》きを返して横たわる女体がある。闇の中に、熱くやわらかに息づくものに、馨之介はやがて眼の眩むようなものに背を押されて埋没して行った。

鋭く眉を顰《しか》めたのは、まだ躰を離す前だった。嵐は一度通りすぎて行ったが、残りの風が草の葉をゆするように、女の躰に緩かなうねりを残している。

闇の中で女を抱いている己れの姿が、不快な連想を呼び起していた。耐え難いほど醜悪な妄想を振り払うように、馨之介は手を伸ばして女の胸を探った。

やめて、若旦那、とお葉は鋭く囁いた。馨之介の動きから、優しさが失われたことを覚ったようだった。力をこめて馨之介から躰を離すと、素早く身繕《みづくろ》いして畳に伏せ、荒荒しい息を闇の中に吐いた。

だが、行燈に灯を入れたとき、お葉の表情は穏やかなものになっていた。手を挙げて、髪の乱れをなおしながら、

「どうしたんですか」

と言った。

「もっと優しくしてもらいたかったのに」

「………」

「やっぱり今夜は何かあったんですね」

「すまん」

と馨之介は言った。お葉の躰に狂暴な力を加えようとした、狂気じみた感情は、水が退いたように跡形もなく消え失せている。馨之介は、お葉と眼を合わせられない気がした。

「いいの、謝ってもらわなくとも、あたしはそれでも若旦那が好きだもの」

立上った馨之介の背に額をつけて、お葉は、また来てくださる？　と囁いた。

家に戻ると、家の中は闇だった。

不吉な感じが胸をかすめたのは、やはり虫の知らせのようなものだったのだろう。闇には人の気配が死んでいた。

玄関を入ったときに血の匂いを嗅いだが、馨之介はいそがなかった。ゆっくり茶の間の襖を開いた。だが、そこには闇が立ちこめているばかりで、人の気配はない。馨之介は行燈に灯を入れると、それを提げて、奥の間との間の襖を開いた。

むせるような血の香がそこに立ち籠《こ》めていて、その中に、膝を抱くようにして前に倒れている波留の姿があった。

波留は穏やかな死相をしていた。冷たい掌から懐剣を離し、足首と膝を縛った紐を解いて横たえると、馨之介はもう一度手首に脈を探ったが、やがてその手を離して立上った。

貝沼金吾に会って、嶺岡刺殺を引受けると言うつもりだった。

七

女が一人足早に歩いて来る。

持っている提灯の明りで、女が頭巾をかぶっているのが見えた。町家の者のようでなく、武家の妻女か娘のように見えたが、供はいないようだった。五間川の川縁と反対側の、屋敷の間の狭い土塀の隙間から、馨之介はそれをみていた。

場所は城の大手門前の一画で、このあたりは藩の上士の広大な屋敷が密集している。水尾家老の屋敷も、嶺岡兵庫の屋敷もその中にあった。

兵庫はまだ城にいて、五ツ（午後八時）に評議を終り、帰途につくと金吾が探ってきている。嶺岡兵庫は四半刻後には眼の前を通る筈だった。

提灯の女が近づいたとき、馨之介は土塀の間の闇に躰を沈めた。三尺ほどの隙間を提灯の明りが通りすぎた。父もこうして闇に隠れて嶺岡を待ったのだろうか、と思った。

（それにしても、金吾は遅い）

舌打ちして立上ったとき、塀の隙間に明りが射した。また人が通るようだった。見つめている鼻先を、今度は反対側から提灯がゆっくり通りすぎた。あッと馨之介は立上った。さっきは気づかなかった提灯の紋が、貝沼の家の紋である。

「菊乃どの」

低い呼び声が、頭巾姿の菊乃に届いたようだった。立止って提灯の灯を吹き消すと、小走りに戻ってきた。

「どうしたのだ？」

菊乃はいきなり馨之介の胸に倒れ込んできた。

「兄は来ません」

漸く顔を挙げた菊乃は、顫《ふる》える声で囁いた。その顔をのぞきこんで、馨之介は鋭く言った。

「なぜだ？」

菊乃は首を振った。

「葛西さまひとりで十分だと言っていました。わたくし、ずーっと立聞きしておりましたの」

「誰がそう言った？」

「父ですわ。ご家老さまと野地さまがおられて、父はその前に今夜ここで嶺岡さまを襲うことに決ったと話していました」

「金吾は？」

「わたくしが出るまでは、兄も家におりました。馨之介さま、兄だけでございませんのよ。ご家中の若い方が、ほかに五、六人みえて、父たちとは別の部屋で、兄と何か相談をしていました」

「……」

「お逃げになることは出来ませんの？」

不意に菊乃は怯えたように、もう一度馨之介の懐に入ってきた。仄白く浮び上った顔に表情は朧《おぼろ》だったが、菊乃の躰は細かく顫え続けている。

「おひとりに押しつけようなんて、父たちは何か企んでいるのですわ。だから逃げて。そうすれば……」

菊乃はぼんやりした口調で呟いた。

「わたくしもおともしますわ」

「馬鹿なことを言うものでない」

馨之介は言ったが、黒い疑惑が少しずつ胸を染めてくるのを感じた。

「菊乃どの」

馨之介は、菊乃の手をほどきながら言った。

「知らせて頂いて有難かった。しかし今夜のことは、ひとりでもやらねばならん事情がある。うまく仕遂げて命があれば……」

馨之介は言葉を切った。大手門前の闇に、突然提灯の明りが五つ、六つ浮び上ったのを見たのである。

「さ、行って下さい。人が来る」

「おやめになることは出来ませんの？」

「それは出来ない」

「それでは、あなたさまのお家へ行って、そこでお待ちしています」

「よろしい。さあ、急いで下さい」

菊乃の足音が背後の闇に消えるのを耳で追いながら、馨之介はゆっくり襷《たすき》をとり出してかけ、刀の柄を抱くようにして塀の陰に躰を寄せた。

提灯の明りが近づいてきた。五間川を渡るとき、明りは五つだったが、いま川岸をこちらに向って来る明りはひとつだけだった。

この道を来るのは、嶺岡兵庫のほかにいない。一瞬風に襲われたように背筋に寒気が走り、歯が鳴った。軽く足踏みし、頸《くび》を左右に曲げて緊張をやり過すと、馨之介は路に出た。

提灯はゆっくり近づいて来たが、三間ほど先で馨之介の姿を認めたらしく、そこで止った。明りを囲む人影は三人で、馨之介の方をみながら、短く私語を交したが、やがて長身の一人に提灯を渡し、その人間を庇うように二人が前に出て来た。提灯に嶺岡の定紋が印されているのを、馨之介は確かめると歩き出した。

一人が咎めた。

「何者だ？」

「少少無心がござる」

馨之介はずかずかと近寄った。

「嶺岡どののお命《もっ》を頂きたい」

三人の人影が縺れあうように後に退き、提灯の光が乱れた。その一瞬をとらえて、馨之介の躰は地を這うように走った。

「くせもの！」

叫んで、左側にいた男が刀を抜こうと躰を捩ったが、馨之介の抜き打ちが、一瞬早く胴を斬り裂いていた。

倒れかかってきた相手の躰を蹴倒すように躰を翻《ひるがえ》したとき、馨之介は耳もとにすさまじい刃風を聞いた。辛うじて傾けた頰を冷たい感触がかすめ、鋭い痛みがそこに残った。顔を振って体勢を立て直した馨之介の眼に、いまの一撃のあと、じっくりと青眼に剣をもどした敵の姿が映った。前に出てきたとき、右側に立っていた恰幅のいい侍である。

「殿、ここはおまかせ下さい」

その男は、冷静な声で嶺岡を促した。だが、嶺岡は動かなかった。提灯を高く掲げて、塀際で様子をみている。男の腕をよほど信頼しているらしい。

馨之介は、青眼の構えから、次第に剣先を上げて行った。嶺岡が動かず、正面の敵の構えが、思いがけなく堅固なのを知ると、こちらが隙を作ることで、この場に乱れを誘うしかなかった。

危険を計りながら、馨之介の肱が肩口まで上ったとき、果して敵は猛然と斬り込んできた。体重をのせた一撃は、誤りなく馨之介の隙を目がけて打ち込まれている。間一髪の差で横にはずすと、馨之介は敵の伸び切った体勢に鋭く襲いかかった。余裕をあたえない三撃目に、喰い破った皮膚の感触を剣先が伝えてきた。

「殿、はやくお屋敷へ」

漸く青眼に構えを固めた男が、大声で叫んだ。声に切迫した響きがある。男も、いまは馨之介が凡手でないことを覚ったようだった。嶺岡はまだ動かない。

その嶺岡にちらと視線を流すと、男は遠い距離から、再びするすると近寄ってきた。男の構えが一気に上段に変ったのを馨之介はみた。巌《いわお》が倒れかかってくるような迫力がある。男が勝負をつけたがっているのを馨之介は感じた。

馨之介も出る。夜気を裂いて、はじめて二つの気合いが交錯し、躰が烈しい勢いで擦れ違った。擦れ違う一瞬、男の剣は地を割る勢いで振り下ろされ、馨之介の躰は、しなやかに一度男の脇腹に吸いついてから、のめるように前に擦り抜けていた。

重く地を鳴らして男の躰が崩れるのを、振向きもせず馨之介は嶺岡兵庫に向った。左の袖が大きく切り裂かれている。

嶺岡兵庫は、馨之介が近づくのをみると提灯を投げ捨て、ゆっくり刀を抜いた。地上に落ちた提灯が勢いよく燃え、その光に、長身、白髪の海坂藩中老の姿が赤赤と浮び上った。

「誰の指金《さしがね》だ？　大倉か、水尾か、それとも田部か」

兵庫は落ち着いた声で言った。中老には敵が多いようだった。

「考え直した方がよくはないか」

兵庫は刀を構えたまま、ゆっくり言葉を続けた。老いた嗄れ声だが気力が籠っている。

「いま儂《わし》が死んだら、藩が潰れるぞ」

「私の恨みでござる」

「なに？」

「葛西源太夫の子、馨之介でござる」

兵庫は確かめるように馨之介の眼をのぞいたが、その顔には怪訝《けげん》な表情が浮んでいるばかりだった。

馨之介は一瞬にして覚った。この男はすべて忘れ去っている。父はもちろん、その記憶に怯え、それを知られたとき命を断った母のことも、この男の記憶には恐らく塵ほども留まっていまい。

地上の火の最後のゆらめきが、怪訝なままの兵庫の表情を闇に閉じこめた。

その闇に、途方にくれたような兵庫の声がした。

「葛西だと？　知らんな」

「ごめん」

馨之介の刃が、兵庫の胸のあたりを真直ぐに突き刺し、衝き上げて来る憤怒を加えて、剣先はさらに深く肉を抉《えぐ》った。刺されながら、兵庫は刀を振ったが、それは馨之介の躰にとどく前に、音を立てて地面に落ちてしまっていた。

膝をついて兵庫の死を確かめ、立上ろうとしたとき、突然闇の中に火光が走って、馨之介の凄惨な姿を浮び上らせた。

反射的に光に向って刀を構えた馨之介に、右横からいきなり斬りかかってきた者がある。のけぞって躱《かわ》したが、気がつくと右も左も、牙を植えたように光る白刃の群だった。

「何者だ、貴様ら」

馨之介は油断なく構えながら、低く咎めた。敵はすべて覆面に顔を包んでいて、無気味な眼が馨之介の隙を窺っているばかりである。七、八人はいると馨之介はみた。

さっき躱した剣の打ち込みの鋭さと、手足の疲れが、馨之介を受身にしていた。

(このままでは殺《や》られる)と思った。じりじりと廻り込んで背後に川を背負ったとき、不意に菊乃の言葉が甦った。

(父たちは、何か企んでいるのですわ)

これがそれだ、と思った。何のために、と首をかしげたとき、馨之介は思わず呻きを嚙み殺した。幕が一枚、二枚と続けざまに切って落されるように、みるみる水尾一派のいわゆる企みの全貌が見えてきたのである。

嶺岡兵庫を斃《たお》すことは必要だが、そこに水尾家老の手が動いた痕跡を残してはならないのだった。痕跡は消されなければならない。しかも馨之介の口を塞いでしまえば、今度は馨之介の死体自身が、父源太夫の横死に絡む私怨から嶺岡を刺したと、雄弁に語り始めるのである。

嶺岡兵庫を暗殺する人間として、馨之介以上の適任者はいまい。あとは汚れた手を洗うように、暗殺者を消すだけである。それで藩政の実権は、滞りなく反嶺岡派の手に移るのだろう。

（あるいは……）

父の源太夫も、水尾家老の画策に踊った一本の手だったのではないか、とちらと思った。新竿打直しの時、嶺岡兵庫と対立した一派が誰であったかは馨之介にはわからない。だが水尾家老がその中にいたことは確かなのだ。

最後の、薄く透けてみえる幕の奥に、暗い光景がみえる。手傷を負ったが嶺岡は遁《のが》れ、茫然と佇《たたず》む源太夫のまわりに、黒布で顔を覆った人数がひたひたと近づくのである。

「そうはさせんぞ」

馨之介は呟いた。噴き上げる怒気が、四肢に戦闘的な力を甦らせていた。

「金吾」

怒りとは裏腹に冷ややかな声になった。

「貴様らの腹は解った。さ、来い」

小刀を鞘《さや》ぐるみ抜くと、馨之介は躰をひねって龕燈《がんどう》に投げつけた。「お」という声と、龕燈が砕ける音がして、光が消えると、馨之介は猛然と右側の敵に斬り込んで行った。

左の上膊部に鋭い痛みを感じたが、そのまえに斬り下げた刃先が、鈍い肉の手応えを把《と》えていた。背後に追い縋る刃を斬り払うと、馨之介はいきなり走り出した。

（お逃げになることは出来ませんの？）

菊乃の怯えた声が耳もとにする。この汚い企みにつき合う必要はないのだ、と思った。執拗な足音が背後にしているが、二人ぐらいのようだった。闇が逃げる者を有利にしている。

星もない闇に、身を揉み入れるように走り込むと、馨之介はこれまで躰にまとっていた侍の皮のようなものが、次第に剝げ落ちて行くような気がした。

馨之介は走り続け、足はいつの間にか家とは反対に、徳兵衛の店の方に向っているのだった。

ただ一撃

一

三人目の樋口幸之進が、腕を押えて顚倒《てんとう》すると、見ていた若侍たちの席が大きくざわめいた。樋口は気丈に起き上ろうとし、一度は膝を立てたが、不意に前にのめると、そのまま動かなくなった。

凄惨な試合になった。

そうなったのは、前触れもなく藩主の宮内大輔忠勝が今日の試技を見に来たためである。それが試技の相手を勤めた若侍たちにとっても、試技を申し出た仕官望みの清家猪十郎という浪人者にとっても、思いがけない不運になった。

仕官を望む者は、前に仕えていた藩での処遇を示す知行宛行状《ちぎようあてがいじよう》や黒印状、あるいは戦場での働きを示す高名《こうみよう》の覚などを差出し、なおとくに誇る技能があれば申し立てて、少しでも高く己れを売ろうとする。そうした中で、たとえば兵法堪能を申し立てた者の技倆《ぎりよう》を試すということも稀に行なわれる。しかしその場合でも、勿論試技はひと試合で終る。

思いがけない不運というのは、最初の試合をみた藩主の忠勝が、何故か怒気を含んで試合の続行を命じたからである。鶴ヶ岡城二ノ丸、馬見所前の広場は、異常な空気に包まれていた。

異常さは、たかが一浪人の登用試合に過ぎない試合が、すでに三番も続けられていること、さらに清家猪十郎という浪人者の苛烈な試合ぶりが醸《かも》し出したものである。最初の相手を勤めた近習《きんじゆ》役の半田弥助は、胸を打たれて血を吐いたし、二番手の瀬尾林之丞という御旗組の若者は脚を折られていた。

――あの腕は、もう使いものにならんな――。

僚友に運ばれて行く樋口幸之進の右腕が、何かの柔らかい異物のように垂れ下り、ぶらぶら揺れて行くのを見送って、判じ役の兵法指南役菅沼加賀はそう判断した。

加賀はちらと縁先を窺《うかが》った。

忠勝はまだいる。無造作な胡坐《あぐら》を乗り出すようにして、不機嫌な顔をしている。立つ気配はない。それが家中の若侍の不甲斐ない負け様を憤っているのか、それとも清家猪十郎の傍若無人な試合ぶりを面憎く思っているのか、加賀には判断がつかなかった。

忠勝の脇には、支城亀ヶ崎城の城代を勤めている家老の松平甚三郎久恒と、組頭の高力喜左衛門が坐っている。喜左衛門は今日の試合の立会人であり、甚三郎久恒は時務打合せのために本城に滞在中で、今日は忠勝と一緒に、二ノ丸隅に構築する巽《たつみ》櫓《やぐら》の縄張りを見た帰りに、試合を見ることになった。

喜左衛門は、忠勝が二人目の試合を命じた時から、浮かない表情で忠勝の斜め後に退いている。三人目の試合が樋口の惨敗に終ると、喜左衛門は急に落ち着かない顔になり、しきりに空咳をした。喜左衛門の表情には、このあたりで試合を終らせたい気持がありありとみえたが、忠勝が座を立たない以上、制止も出来かねている様子だった。

白い秋の日射しが広場を染めている一画は、異様な殺気に包まれていたが、その中で平静な表情の人物が二人いる。

ひとりは松平甚三郎久恒であり、もう一人は試合をしている本人の清家猪十郎である。

加賀の視線を受けとめると、甚三郎久恒は微笑して顎をしゃくるようにした。続けろ、という意思表示だった。

加賀が後を振向くと同時に、控えの若侍たちの間から、斎藤喜八郎が立上った。すでに白布で襷《たすき》、鉢巻を締めている。

「落ち着け」

と加賀はとりあえず言った。

喜八郎は無役の侍だが、武道鍛錬のために今日の試合を見に来ていた。自分が試合に出るとは思いもしなかったのだが、清家という浪人に、剣技では家中に名を知られている若者が、三人まで無惨に敗れたのをみて黙っていられなくなったのである。

菅沼加賀の道場には出入りしていないが、代官町にある一刀流の陶山市兵衛の道場で師範代を勤めている。その技倆については、加賀も人伝《ひとづ》てに聞いていた。

「まあ待て」

加賀はもう一度言い、二十人ほどいる若侍の顔を見廻した。喜八郎の技倆を危うんで、代りの人間を物色したわけではない。誰が出ても、結果は同じだろう――そう思う気持が、いまは加賀の心の中にはっきりした形をとりはじめていて、喜八郎を押し出してやることをためらったのである。

だが忠勝がみている。そして立会人である筈の喜左衛門が、その役目を放棄している以上、長びくことは許されない。

「相手の動きに釣られるな」

加賀はそれだけ言った。いままでの試合を見ていて、喜八郎には喜八郎なりの剣の用意がある筈だと思ったのである。

判じ役の位置に戻ると、加賀は忠勝に一礼し、それから向き直って、

「四番目の試合を行なう」

と言い、手を挙げて喜八郎と猪十郎を招いた。

広場の隅に敷いた蓆《むしろ》から、清家猪十郎がのっそり立上った。

喜八郎は忠勝に向って丁重に一礼したが、猪十郎は馬見所の方を見向きもしない。細めた瞼《まぶた》の間から、射るような視線を喜八郎に注いでいたが、やがて髭《ひげ》に埋まった唇に嘲るような笑いを刻んだ。

黒の紋服を着ているが、そこから剛毛が生えた腕が肱《ひじ》近くまで露出している。借着らしかった。胸も開いて、はちきれるような筋肉がのぞいている。四十過ぎにみえる巨漢だった。

木刀を右手に下げて、蓆《むしろ》の上から無造作に喜八郎に呼びかけた。

「念のために言う」

「………」

「不具になっても知らんぞ」

喜八郎は無言だった。広場のほぼ中央まで歩むと、そこで立止り、青眼に構えて軽く爪先立った。

猪十郎はまだ動かない。手に唾を吐き捨て、木刀を握り直すと、なおじっと喜八郎の姿を窺っている。

くっきりと影をひいて立つ喜八郎の姿が、ひどく孤独に見えた。

「おうりゃ」

不意に吼《ほ》えるような掛声が、乾いた空気を震わせた。薦を蹴って、猪十郎が飛び出したのである。猪十郎は八双の位置から、右に左に草を薙《な》ぐように木剣を振り下ろしながら、そのまま喜八郎に殺到して行く。木剣が空を斬る音が、広場の中に不気味に鳴った。

喜八郎は、まだ青眼のままである。猪十郎の巨軀《きょく》が、視野いっぱいにひろがったとき、喜八郎は相手が間合に入ったのを感じ、渾身の力を込めて木剣を振った。木が撃ち合った乾いた音が響き、日の色を弾いて喜八郎の折れた木剣が発散するのが見えた。残った柄を相手に投げつけて、喜八郎は大きく後に飛んだ。その動きを、容赦のない猪十郎の木剣が襲った。右に振って喜八郎の木剣を割った木太刀が、左から唸《うな》りを生んで喜八郎の右肩を打ったのである。

がくりと膝をついた喜八郎は、苦痛をこらえてそのまま忠勝に一礼したが、右肩を押えて立上ると、足どりは酒に酔った者のように、とりとめなくよろめいた。顔は紙のように白い。侍の溜りから、二人飛び出してきて、倒れかかる喜八郎を支えた。

猪十郎は、その様子をじっと見ていたが、やがて木剣を退《ひ》くと、右手を挙げて手《て》洟《ばな》をかんだ。やはり忠勝の方を見向きもせず、くるりと背を向けると、のそのそと蓆に戻った。忠勝が立上った。荒荒しい動作だった。

「甚三」

忠勝は赤黒く怒気が溜った顔を、甚三郎久恒にむけると、

「気にいらんな、あの野猿を、一度ぶちのめせ」

「心得ました」

「あやつが吼え面かくのをみるのが楽しみだ」

「さようで」

甚三郎は忠勝の叔父である。忠勝の祖父忠次の第七子で、忠勝と一緒に大坂冬の陣、夏の陣にも加わり、主君でもあり、甥でもある忠勝の気性を知り抜いている。逆らわずに微笑した。

忠勝は荒荒しい足音を残して縁を下りた。喜左衛門には眼もくれなかった。

二

清家猪十郎を、推挙した千賀主水《もんど》の屋敷に引き取らせ、若侍たちを散らすと、縁側には甚三郎久恒と喜左衛門、加賀の三人が額をつき合わす形で残された。

「ご家老、儂《わし》はもう用済みだ。試合の立会人に過ぎんのでな」

と喜左衛門が言った。

「とりあえず月番の水野殿には、本日の始末をお告げしておく」

「それがよかろう」

と甚三郎が言った。九月は水野家老の月番で、新規の召抱えもほぼそこで決る。忠勝は決裁するだけである。

「ただし、殿の機嫌がよくないのは、お主もみた通りだ。清家と言ったか、あの者の召抱えは暫時見合わせた方がいいと儂が言ったと伝えてくれ」

「つまらぬことになった。清家のあの腕なら、これまでだと文句なしに合格しておる」

喜左衛門は愚痴っぽい口調になった。

「水野殿には手際が悪いと言われそうだ」

「まあ、止むを得まい」

「で、再度試合があるということですかな」

「そういうことになろうな」

「無駄なことを」

喜左衛門は苦苦しげに呟《つぶや》いた。喜左衛門は、猪十郎の登用試合が、すでに召抱えのための試技という立場から離れてしまっていることに気づかないようだった。

喜左衛門が去ると、甚三郎は加賀に言った。

「妙なことになったな」

「はあ、まことに」

「殿は気にいらんようだ。だが試技で大層な技倆を披露して、それで召抱えにならんということになると、主水が文句を言いよるだろうな」

「は、多分は」

「主水は筋の通らぬことは大嫌いな男だ。お上といえども容赦はしない、というところがある」

「すると再度の試合は避けられませんな」

「そういうことだ。揉めごとは起したくない。再試合で、あの者が負ければ、あとはどうということもない」

「………」

「人がいるか」

「私が出るしか方法はござらんでしょう」

加賀は言った。

申《さる》の刻（午後四時）に近い庭は、ひっそりと明るく、時おり落葉が微かな音を立てるだけである。その光の中で、髭を蓄《たくわ》えた加賀の顔が少し蒼ざめたように見えた。

菅沼加賀は酒井藩の信州松代《まつしろ》時代に召抱えられた兵法者で、鹿島神道流の流れを汲む有馬流の達者である。がっしりした体格の五十男だが、性格は温和だった。

「しかしあの者、ひと筋縄でいかぬ難剣じゃな。流儀は何だ」

「無茶な刀遣《づか》いのようにみえまするが、実はタイ捨流だろうと見ました。ただし……」

加賀は口籠《くちごも》った。甚三郎は黙って加賀の口もとを見つめている。

「それだけでなく、戦場の刀遣いが匂いますので……」

「ほほう」

「今日の試合に出た者どもも、決して未熟な若者でないにもかかわらず、見るも無惨に敗れましたのは、そのあたりの違いもあると存じます」

「気迫の差、のようなものか」

「多分に」

「お主は戦さ場の経験はあるのか」

「いや、それがございませんので。しかし、相撃ちには持って行けようかと存じます」

「まあ、待て」

甚三郎は考え込んだが、不意に顔を挙げた。

「鶴巻弓四郎がいるではないか」

鶴巻はまだ二十だが、少年の頃から天才的な剣の才能を示した。その天稟《てんぴん》を見込まれて、十五の時藩命で新陰流の江戸柳生道場に預けられ、四年研鑽《けんさん》して先年帰国している。

「弓四郎は、まだ松代から移ってきておりません」

と加賀は言った。

「それは残念だ」

酒井藩は、元和八年信州松代十万石から、庄内十三万八千石に移封されたが、四年目のこの年寛永三年に至っても、まだ家臣全部が移転を終っていない。理由は最上藩時代の鶴ヶ岡城が、城とは名ばかりの粗末な城郭であり、従って入部当初まず本丸の造築と、十万石の家臣を収容する、家屋敷の造作から始めなければならなかったのである。

藩主の忠勝自身が、入部した時は高畑の仮御殿に起居し、近頃漸《ようや》く本丸に居住出来るようになったものの、なお時おり仮御殿との間を往復している始末で、本丸からはいまだに槌音《つちおと》が響くのである。

「まだ残っている者がおるか」

甚三郎は慨嘆するように言った。

「それに、清家はどうやら戦場生き残りでございますぞ。そのあたりもお考えになりませぬと」

「戦場生き残りか。いっそお上を立合わせるか。意外な好勝負になるかも知れんな」

言った甚三郎も加賀も失笑した。忠勝ならやりかねないところがある、とふと思ったからである。

「いる。もうひとりいたわ、加賀」

甚三郎は不意に活《い》き活きした声になった。喜色に溢《あふ》れたその表情を、加賀はむしろ疑わしそうに見つめた。

「刈谷範兵衛という者がいる」

「は？」

「聞いたことがあるまい」

甚三郎は、掘出物を自慢するような顔をした。

「わが藩が高崎で五万石の頃に召抱えたもので、儂が立会って試技をみた。精妙な剣を使ったぞ、うん。木剣は触れもせなんだが、相手が斬られたのがよく解った。さよう、ただ一撃だった」

「失礼ながら」

加賀が言った。

「藩内に、そのような兵法の達者がいるとは初めて承る。しかし高崎といえば古いことでござるが、刈谷というご仁は、いま幾つぐらいで……」

「されば……」

甚三郎は首をひねった。

「かれこれ六十ぐらいになろうか。会所に刈谷篤之助という者がいるが、あれが確か倅だ。範兵衛は隠居しておろう。死んだとは聞いていないぞ」

加賀はうつむいて、ひそかに溜息を洩らした。清家猪十郎の豪放な剣捌《さば》きは、腰の曲りかけた老人の手に負えるものではあるまい、と思ったのである。

「範兵衛の倅を呼んでくれんか。儂から言おう」

甚三郎は、権威ということを考えていた。藩主も家臣も、そして新たに支配下に入った農民も荒荒しかった。だが荒荒しさで均衡が保たれた時代が終ろうとしていることを、甚三郎は感じている。

藩主を中心に据えて、折目を正して行く。そのためには、清家という浪人者の不遜な身構えも許すべきではないのだと思った。

三

「お舅《とう》さま、洟《はな》、洟」

嫁の三緒の慌しい声に、範兵衛はう、うと唸って手の甲で糸をひいて垂れた洟をこすり上げた。

三緒は捧げていた茶道具を縁におろすと、沓脱石《くつぬぎ》に降り、素早く懐紙を出して差出す。う、うと唸って紙を受取りながら、範兵衛はよく気がつく嫁だ、と思う。松代にいる間に、刈谷家に嫁にきて七年になる。伜の篤之助とは二つ違いで二十三だが、城勤めでろくに話をする時もない篤之助よりも、三緒の方がよほど実の娘のようだと思うことがある。子供が生れないのがただひとつの難点だが、出来なければどこぞから養子を取ればいいのだと範兵衛は思っている。

「昨日拾っていらした石はどれでございますか」

「なに？」

「昨日の石」

三緒は少し声を張りあげる。範兵衛は腰も曲らず、足腰も達者だが、耳が遠くなった。三緒の声に漸くうなずいて、

「これだ。手入れしたら色がよくなった」

と言った。

沓脱の正面に、木で棚をつくり、そこに植木や石が並んでいる。植木も石も、商家から買いもとめたものではなく、鶴ヶ岡に引越してきた三年前から、範兵衛が城下外れから拾い集めてきたものである。

城下町をほぼ南から北に内川が貫き、中心部で三ノ丸の東縁を通る。これとは別に町の西を同様に青竜寺川が北に走り、三ノ丸の西縁を通り抜ける。鶴ヶ岡城は平《ひら》城《じろ》だが、この二つの河川を巧みに堀に見たて、要害に取り入れている。

青竜寺川の川べりに出れば、石はいくらもあり、沿岸にはまだ広大な雑木林が残り、苗木を引き抜いてくるのも苦労はない。

三緒が嫁にきた翌年、範兵衛は家督を篤之助に譲り、隠居した。五年前、松代にいるときに連れ合いを失っており、晴れた日は石を拾いに出たり、帰ってその手入れをしたりする日課が続いている。

ひとしきり石の色をほめてから、三緒は、

「お茶を召しあがれ」

と舅を縁側に誘った。

「む、む、これは旨《うま》い」

範兵衛は茶を啜《すす》ったあとで、鉢からつまんだ小茄子《こなす》の漬物を頬張りながら言った。歯が欠けているから、含んだ茄子を口の中であちこち転がしながら噛む。

範兵衛は小柄で痩せている。頬も痩せて、小茄子を口の中で動かすたびに、しなびた頬の皺がのび、眼だけぎょろりとしているので、水中の魚の顔のように剽軽《ひょうきん》な表情になる。三緒は袂《たもと》を口に押しあてて、くすくす笑った。

子供がいないから、いつまでも娘のように軽軽しい、と範兵衛は思う。だが三緒の笑い声を聞いているのは楽しい。

「何だ、何がおかしい」

「あの、お茄子を切って出せばようございました」

「なに、このままで結構。おりきが漬けたか」

僅か八十七石の軽輩の家だから、女中一人と、あとは通いの下僕がいるだけである。

「私が漬けました」

「結構な味だ」

「秋茄子は嫁に喰わすな、と言い伝えがあるそうですよ、お舅さま」

「あん？」

「あのね、秋茄子はおいしいので、嫁に喰わせるものじゃございませんて。でも、私も頂きますよ」

う、うと範兵衛は唸って、茶碗をつき出してお代りを頼んだ。

鶴ヶ岡の城下から三十丁ほど離れたところに、民田という村がある。ここで栽培する茄子は小ぶりで、味がいい。春苗を育て、初夏に畑に植えつけて、六月の炎天下に日に三度も水を遣《や》って育てる。このように苦労して水を遣るために皮は薄く、浅塩で漬けた味は格別なのである。茄子の木は次次と可憐な紫色の花をつけて実を結び、七月一杯成り続けるが、八月になると、さすがに木に成る実の数はめっきり減り、水を遣ることもなくなるから皮は硬い。だがその実はまた捨て難い風味を宿すのである。

嫁と舅が縁側で茶飲み話に時を過しているとき、玄関に声がした。

「ただいま戻った」

「あら、旦那様が、早いお帰り」

三緒がうろたえたように立上った。範兵衛は、まだ小茄子を噛んで、口をもぐもぐさせている。

間もなく足音がして、篤之助が姿を現わした。

「ただいま戻りました」

「ご苦労だった」

と範兵衛は言ったが、篤之助がそのまま縁側に坐ったままなのをみて、

「お前も茶をのむか、いま三緒に茶を淹《い》れてもらったところだ」

と言った。

「いや、結構です」

篤之助は断わったが、なお立とうとせず、両手を膝に置いたまま、しげしげと範兵衛の顔をみている。範兵衛は、そんな篤之助をちろりと見たが、茄子を嚙むのを止めようとはしない。篤之助は背丈も父に似ない長身だが、顔も死んだ母親に似て、目鼻立ちが緊《しま》ったいい顔立ちをしている。三緒も面長で眼が美しい嫁だが、篤之助と並ぶと少し見劣りする。

だが範兵衛は、その整った顔立ちを煙たく思うことがある。表情の下に底冷たい感じがあり、きっちりとし過ぎて、物ごとを端折《はしょ》ったり、省いたりというところがない。その性格も母親ゆずりで、範兵衛は死んだ連れ合いの辰枝のそういう性格に、ずいぶん窮屈な思いをしている。

「何か用か」

ついに範兵衛はそう言った。

「はあ」

篤之助は、範兵衛から眼を逸《そ》らして、考え込むように首をかしげたが、

「実は今日お城で、妙な話があったもので……」

と言った。

「何の話だ」

「その前にお伺いしますが……」

篤之助はまた首をひねった。

「父上は、兵法の嗜《たしな》みがおありで？」

「なん？」

範兵衛は耳に掌をあてて聞き返した。

「兵法、つまりこれでござる」

篤之助はかん高い声になり、顔の前で掌を振ってみせた。

「わかった。侍だ、少少の嗜みはある」

「少少ですか」

篤之助は、気落ちしたような表情になった。

「ご家老の口ぶりはそうではなく、よほどの剣の名手といった言い方だったもので」

「なに、ご家老だと？」

範兵衛は、漸く茄子を喰い終り、茶碗を取り上げて口に運ぼうとした手を止めた。

「どのご家老だ？」

「ご城代の松平様です」

「ほほう」

言ったまま、範兵衛は膝を庭に向き変えて軒先からひろがる空を見上げた。皺ばんだその頰に、微かな赤味がのぼった。九月の末の空は雲もなく晴れて、蒼い水底のような天蓋《てんがい》が果てもなくひろがっている。

「松平様の話はこうです」

篤之助は、空を見上げている範兵衛を注意深く見守りながら言った。

「今日城内で仕官所望の者の試技を行なったところ、馬廻りの樋口殿など腕自慢の連中四人まで撃ち込まれ、手傷を負ったそうです」

「………」

「だが、お上のお考えで、もう一試合試すことになった。ついては、今度の相手を父上に勤めさせたい。委細は兵法指南役の菅沼様がお話に参られる。ざっとそんなお話でした」

「なるほど」

「どういうことですかな。父上が兵法の達者などということは、これまで伺《うかが》ったこともありませんので、なにやらいまだに狐につままれたようでござるが」

四

菅沼加賀が来たのは、その夜酉《とり》の刻（午後六時）過ぎであった。

加賀は松平家老の代理で来た、と言った。

「初めてお目にかかる」

加賀は範兵衛の小柄な躰をしげしげと眺めながら言った。

「わが藩に、貴殿のような達人がおられるとは、実は今日ご家老に伺うまで全く存じ上げなかったことで。兵法者として汗顔の至りにござる」

加賀は丁重に言ったが、その視線にはまだ微かな危惧《きぐ》のようなものがある。範兵衛は黙黙と坐っているだけである。加賀の口上が聞えているのかどうか疑わしい。

たまり兼ねて、同席していた篤之助が膝をのり出して言った。

「菅沼様に申しあげる。父は近頃耳が遠くなっておりますので、もそっと大きな声でお話し頂けまいか」

「なるほど」

加賀はうなずくと、範兵衛から篤之助に眼を移した。篤之助の眼はすぐに加賀の危惧のいろを吸い取った。

「なるほど」

加賀はもう一度うなずいたが、その時範兵衛がぽつりと言った。

「いや、聞えており申す。さて、お話をうかがいましょう」

「これは」

加賀は慌てて眼を範兵衛に戻すと、清家猪十郎の再度の試技に、相手を勤めてもらいたいという松平家老の言葉を伝えた。

「少少お訊《たず》ねするが」

範兵衛が顔を挙げた。

「負けた者達の手傷は、いかようなものでござるかな」

「かなりひどいものでござる」

「ひとつひとつおうかがいしたいが」

と言って範兵衛は、耳のそばに掌を立てて顔を加賀の方に突き出した。

「されば、半田弥助は肋《あばら》を折られ、瀬尾林之丞は腿《もも》の骨、樋口幸之進は右腕の骨をそれぞれ砕かれ、斎藤喜八郎は肩を砕かれ申した」

「ははあ、すると大方は癒《なお》ったとき不具になるということですかな」

「まずその辺でしょう」

「清家という浪人者、御指南役は何流を遣うとみられましたな？」

言って範兵衛は、耳を澄ますように、また掌で右耳を囲った。

「タイ捨流だとみました」

加賀は言い、試合の模様を詳しく描写してみせた。

「なるほど」

範兵衛はうなずいたが、すぐに言った。

「そのご仁は、どうも戦さ場を踏んでいる」

「いや実に」

加賀は眼を瞠って言った。

「それがしもそのように見受け申した。いかにも荒荒しい剣でござった」

加賀は、いまはすっかり熱の籠《こも》った口調になっている。

「いかがでござる？　あの男を料理する方法はござろうか」

「はて、立合ってみないうちは、何とも言えませんな」

「失礼だが……」

加賀は熱心に範兵衛の皺ばんだ顔を見つめた。

「刈谷殿は何流を学ばれました？」

う、うと範兵衛は唸り、懐を探って鼻紙をとり出すと、大きな音を立てて洟をかんだ。加賀の問いが聞えなかったのか、聞えて答えをはぐらかしたのかわからなかった。

加賀はすぐにも承諾をもらいたそうだったが、範兵衛は明朝伜に返事申させると言った。

加賀を玄関まで見送った篤之助と三緒が部屋に戻ると、範兵衛はむしゃむしゃと客が残した餅《もち》菓子を喰っていた。

「どうなさるおつもりです？」

坐ると、篤之助はすぐに言った。三緒も横に坐ったが、黙って範兵衛の茶碗に茶を注いだ。

「引き受けるしかあるまい」

餅を喰い終って、茶を一服すると、範兵衛はぽつんと言った。

「引き受ける？　それは無茶でござろう」

篤之助の整った顔が強《こわ》ばった。

「お年を考えなさい、父上。大体父上が兵法に堪能だなどということは、今日初めて聞いた話だ。仮りにお若いとき、修行されたとしてもです、もはや躰が動きませんぞ」

「まだ足は達者だ」

「しかし私はいま話を聞いただけだが、その清家という浪人者、よほどの乱暴者のようではありませんか。年寄りの出る幕ではないと存ずる」

「まあ、聞け」

範兵衛は顔を挙げて篤之助と三緒を見た。行燈の光に、大きな眼がぎろりと光った。

「昔、わが藩が高崎で五万石の小藩だったころ、仕官を望んだ。わしの家は甲斐の武田家に仕えて、父の代からの浪人だった。仕官先をもとめて、戦場にも雇われたが、なかなか主取りは出来なんだ。高崎で、伝手《つて》を頼って仕官を望んだとき、わしは兵法に心得がある旨を申立てた。戦場働きの高名の覚を持っていたわけでもなく、親の代からの浪人だから、知行宛行状があったわけでもない」

「………」

「頼るは腕一本だった。今日ご城内で行なわれたような登用の試技があって、首尾よく勝った。その時の立会人が松平様だ」

「………」

「その松平様が、二十年も昔のことを覚えていて、やれという。断わるわけにはいかんぞ、篤之助」

「しかし、勝てばよろしいが、負けたときは父上が不具になるだけでは済みませんぞ」

「なん？」

範兵衛は耳に掌をあてた。

「負けたらどうすると？」

「父上が不具になるだけでは済みますまい。そう申しました」

「その通りだな」

範兵衛はにやりと笑った。だが表情はひどく活き活きしている。

「その通りだ、篤之助。話の様子では、負ければお上が面目を失する事態になるらしい。まず切腹ものだな。お上の虫の居所が悪ければ、刈谷家断絶ということにもなり兼ねん。お前達もそのぐらいの覚悟はしておけ」

「父上」

篤之助が膝をすすめた。

「何とかお断わりするわけには行きませんか。そうすれば、多少の不名誉になっても、家名に傷がつくようなことはございますまい」

「断わると？　わしは兵法に心得ありと申立てて召抱えられた人間だ。そのひと言で、これまで禄《ろく》を喰《は》んできた。いま藩のためにその兵法を遣えと言われて、逃げることは出来まい。あ？」

「あの」

それまで黙っていた三緒が口をはさんだ。

「女子《おなご》が口をさしはさむのは、いかがかと思いますが……」

三緒は静かに言った。

「つまるところ、お舅さまはおやりになりたいのではございませんか？」

「そなたは黙っておれ」

篤之助が、きつい声でたしなめたが、範兵衛は、う、うと唸って三緒を見返しただけである。

三緒は微笑した。

「勝ち負けは決ったわけでございませんでしょう。お舅さまがお勝ちになるかも知れませんし、どちらにしても刈谷の家のご災難なら、お舅さまのなさりたいように遊ばしたら」

五

その夜、千賀主水は遅く家に戻ると、「清家を呼べ」と言った。機嫌が悪かった。主水は千石取りの上士で、先年組頭を勤めたが、いまは役を退いている。忠勝の父家次に従って、大坂冬、夏の両戦で働いており、剛直な人柄を知られている。

清家猪十郎が、呼ばれて奥座敷に行くと、主水は縁側に出て暗い庭を見ていた。座敷の入口に窮屈そうに身を屈めて、猪十郎は「お呼びで」と言った。

主水は振向くと、座敷に戻って、

「まあ坐れ」

と言った。

猪十郎は膝行《しっこう》するでもなく、のっそりと部屋の中に躰を入れた。坐ると、聳《そび》えるような坐高である。主水も大柄な方だが、猪十郎と対《むか》い合うと、いくらか見上げる気味になる。

主水はじろじろと猪十郎の巨軀を眺め廻したが、不意に忙しく掌を鳴らした。足音もなく部屋の敷居際に坐った田代という老人の家士に、

「路銀を少少用意して参れ、それから茶を運ばせろ」

と言った。

「いかほどお包み申しましょう」

田代はちらと猪十郎をみて言った。

「二枚もあれば、当座の凌《しの》ぎになろう」

小判二枚は、当時で米二十俵分にもあたる。田代は眼を瞠ったが、黙って引き退った。

「残念だが……」

主水は、馬のような鼻息を吐き出して言った。

「当藩への仕官は難しいようだ。明朝早く御城下を立退いてくれんか」

「………」

猪十郎はぴくりと眉を動かしただけである。粗《あら》く赫茶《あかちゃ》けた髭に包まれた日焼けした顔、上瞼が中央で吊上ったような鋭い眼、沈黙している厚い唇に、主水はふと籠に入り切らない猛禽《もうきん》の孤独を嗅《か》いだ気がした。初めて猪十郎を不愍《ふびん》に思う心が動き、そのために主水の口調は憤りを含んだ。

「立会人の高力殿からの知らせでは、貴公の技倆は見事なものだったそうだな。それをだ、もう一度試すというから、今夜松平殿のところに行ってきた。するとその話は、なんとお上の意向らしいからたわけた話だ」

主水は松平甚三郎を訪ね、激論して帰ってきたのである。

高力喜左衛門の手紙であらましを承知していたから、主水の口調はのっけから荒かった。

「家中で名の知れた者四名まで打ち込んで、それで再度のお試しとはどういうわけか、納得のいくご説明を頂きたい」

「心ばえというものもある。いま一度そのあたりを見たいということだな」

甚三郎は穏やかに言った。

「心ばえとはやわなことを仰せある。当藩を庄内に封じた江戸の意向は、北方外様《とざま》の押えを専らにせよということにござったと承る。新規召抱えは、そのためまず武備を固めるものと解釈しておる。あの男は、まさに召抱えの趣旨にかなう技倆の持主にござるぞ」

「技倆はよろしい。だがあの者ちと行儀がよくないな。兵法者にも作法というものがあろう」

「作法の、心ばえのということは、奥勤めの女子どもにまかせられい。清家猪十郎を測る物指ではござらんぞ」

主水は苛立《いらだ》って声を荒げたが、甚三郎は表情も変えず、そのあとも主水に言いたいだけ言わせたあげく、こう言ったのである。

「もう一度やらせろ、というのはお上のお言葉だぞ、千賀」

「……………」

「お主それでも逆らうか。逆らうつもりなら儂《わし》にも存念がある」

甚三郎は真直ぐ主水を見つめて胸を張った。細身で柔和な物腰から、甚三郎はどちらかといえば、日頃文治派的な行政家という見方をされている。

だがいま微笑を消した厳しい眼で見つめられると、不意に主水の脳裏に、先先代忠次公の第七子、大坂夏、冬の陣の戦塵《せんじん》の中を疾駆してきた武将、といった甚三郎のもうひとつの面が閃《ひらめ》いて過ぎた。

むっと沈黙した後で、主水は言った。

「いや、お上に逆らうつもりはござらぬ。ただそれがしの所存を申し立てたまで」

「よろしい、承った」

甚三郎はそっけなく言い、さらに続けた。

「呼び出しがあるまで、あの者をしかと預かってもらう」

甚三郎は、主水を玄関まで送って出た。家士が差出す手燭《てしょく》の光で履物をはきながら、主水は言った。

「再試合の相手は、誰でござるか」

「刈谷範兵衛だ」

「刈谷？　家中のもので？」

「無論そうだ。そう、そう……」

振返って向き合った主水に、甚三郎は思い出したように言った。

「今日の試合で腕を折られた樋口幸之進が、さっき腹を切ったそうだ。癒ってもご奉公がかなわぬゆえ、と書き遺した」

「それは……」

主水は絶句し、やがて小さく二、三度うなずいた。

清家猪十郎の仕官は、これで潰れたと、そのとき主水は思ったのである。

「試しは、初めの一番で十分だった筈だ。それを続けさせたのはお上の間違いだな」

主水は田代が持ってきた金包みを、猪十郎の前に置きながらやや愚痴っぽく言った。

「しかし、貴公もやり過ぎたかも知れん。ちっと加減すればよかった」

「これは頂戴致すまい」

不意に猪十郎が言った。声は漁夫のような塩辛声だった。金包みを主水に押し戻しながら、猪十郎は無表情に言葉を続けた。

「お言葉だが、兵法に手加減は無用でござる。一たん立合えば真剣、木刀の別はござらぬと存ずる」

「ほう」

主水は眼を挙げて、岩のように聳える猪十郎の巨軀を、改めてしげしげとみた。

「そうかも知れぬ。いや、武士というものはそうあるべきだな」

不意に眼の前の男が惜しくなった。主水が、明朝早く猪十郎を発たせようとする気持の中には、忠勝や甚三郎に対する反撥がある。恐らくお咎めがあるだろうが、その時は知らぬ間に逃げたと言い通すつもりだった。その上でさらにお咎めがあれば、甘んじて受けてよいという気持がある。

「猪十郎、金を取れ」

主水は言った。

「恐らくこの次の試しには、藩随一の遣い手を選んで、そなたを潰しにかかるぞ。それを受けて立つことはないのだ。貴公がしたことは間違っていない。堂堂と立去ってよいぞ」

「つまり逃げろ、と言われる？」

猪十郎は言った。

「ひらたく申せばそういうことだ。これ以上つき合う必要はあるまい。仮りに、だ。再度の試しで貴公が勝っても、それで召抱えになるとは思えんのだ」

「…………」

「そういう事情になってきている」

「逃げるのは、嫌いでござる」

猪十郎は吼えるように言った。髭に埋まった口が、一瞬真赤な喉仏《のどぼとけ》までのぞかせたように主水に見えた。

「仕官は諦め申した。だが、いまひと試合せよと言われるものを逃げては、兵法に心得ありと申し立てた一分が立ち申さぬ。受け申したいと存ずる」

「そうか」

主水は眼を暗い庭に逸らして言った。眼の前の巨軀が包んでいる悲劇的な性格を垣間見た気がして、ふと暗然とした気分に誘われたのである。

「再試合の相手は刈谷という者だそうだ」

ふと思い出して主水は言った。

「刈谷？　名前は何と言われる？」

「刈谷範兵衛とか申した」

「よほど兵法に練達のご仁と思われますな」

「されば……」

主水は首をかしげた。猪十郎に言われて、松平家老の前で感じた疑問が、また新しく甦ったのである。

「それが聞いたこともない人物でな。家中の者には違いないが」

六

三緒が茶を運んで行くと、範兵衛は襖の方に背を向けて眠っていた。畳の上にじかに寝て、背をまるめ、膝を曲げて、子供のような寝相である。旦那様がみたら、行儀が悪いと文句を言いそうな、と三緒は微笑しかけたが、ふと眉を曇らせた。範兵衛の寝姿に、老人の衰えがまざまざとみえるのに胸を衝《つ》かれたのである。

どうなさるおつもりだろうか——。三緒の胸は、三日前からその疑問で占められている。

菅沼加賀が訪れた次の日の朝、範兵衛は出仕する篤之助に、清家猪十郎との試合の件をお受けする、ただし十日間の猶予を頂きたいという菅沼への返答を言伝てしている。

今日はすでに三日目だった。その間範兵衛に格別の変化は何もない。相変らず植木をいじったり、石に万遍なく水を掛けたり、それに倦きると机を持ち出して、古書をめくって朱筆を入れてみたりする。要するに、これまでと変りない日が続いているだけである。――その変りなさが三緒を不安にしている。

菅沼加賀がやってきた夜に、三緒は舅の表情に、刈谷家に嫁入ってきて以来一度も見なかった、ある耀《かがや》きのようなものをみた。眼を瞠る思いで、三緒はそれを見つめながら、夫の篤之助にそれがまったく見えていないらしいことを歯がゆく思ったのである。

舅は隠れた剣の名手で、熊のようなその浪人者をひと撃ちにするだろう、三緒は少女めいた期待に胸を躍らせ、そのことを見破った自分を誇らしく感じたのだった。三緒の期待からすれば、範兵衛は菅沼加賀に返答したその朝から、庭に降りて木剣を振り始める筈だった。

小さく溜息を洩らして、三緒は襖を閉めようとした。篤之助の心配の方が正しく、舅を買い被《かぶ》った気がした。同時にこの家を、いますっぽり覆い包んでいる暗い運命が、きびしく胸を圧してきたのである。

「三緒か」

不意に声がして、三緒は慌てて襖から指を離した。

「茶か。もらおう」

範兵衛は起き上り、日暮れには少し間がある明るい日射しが溢れている庭に向って、両手をさし上げて欠伸《あくび》をした。

「よう寝た」

「ようおやすみでございましたな」

仕方なく三緒は言い、舅の前に茶を押しやった。範兵衛はう、うと唸って茶碗を取上げると、作法もなくがぶ、がぶと飲み干した。澄んだ空気の中に、花の香が匂っている。庭の隅に範兵衛が丹精した菊畑があって、その花が匂うのである。

「むつかしゅうございましたら、お断わりなさいませ」

新しく茶を注いですすめながら、三緒は眼を伏せ、小声で言った。

「そのために、どのようなお咎めがありましょうとも、覚悟はできております る」

「なん？」

範兵衛は茶碗を摑《つか》みかけて、不審そうに嫁の顔をみた。

「試合のことでございますよ」

三緒は少し声を高くした。

「引受けてお困りになっているのでございませんか」

う、うと範兵衛は唸った。嫁から眼をそらして、庭先の光に眩《まぶ》しそうに眼を細めたが、振向くと、けろりとした口調で言った。

「格別困ってはおらんぞ」

「あの……」
三緒は言いかけて絶句した。
「するとお舅さまはもう成算がおありで……」
言いながら、三緒は慌てて袖をまさぐり、鼻紙を出すと範兵衛に差出した。舅の鼻先からひと筋洟が糸をひき、口もとの茶碗に落ち込もうとしているのをみたのである。
範兵衛は意外にすらすらと答えたが、三緒にはその内容は十分に解らない。だが
た」
古藤田《ことうだ》勘解由《かげゆ》左衛門俊直という一刀流の先生に出会ってな。そこで修行を仕直し
「父親が中条流を遣ってな。子供の頃から仕込まれた。三十を過ぎてから、今度は
「舅さまの兵法は何流と申されるのでございますか」
たのだが、範兵衛はその問いに答えていない。
がその質問で範兵衛の力量を測ろうとしたのだということは、その時三緒にも解っ
気落ちを感じながら、三緒はふと菅沼加賀が聞いたあることを思い出した。加賀
「立合ってみなければ、何とも言えんな」
範兵衛は騒騒しい音を立てて洟をかんでから言った。
「いや済まんな」

微かな安堵が胸に還ってきたのは確かである。

襖の外で「奥様」と三緒を呼ぶ声がした。使いに出したおりきが帰ってきたようだった。

一度出て行った三緒が、すぐに部屋に戻ってきた。顔色が白く、慌しく動くいろのあるのを範兵衛はじっとみた。

「何をうろたえておる」

「ごめんなさいませ」

三緒は詫びたが、膝を擦り寄せるように舅の前に坐った。

「清家猪十郎という浪人者が、家の前に立っていたそうでございます」

「りきにどうして解った」

「ご自分から名前を名乗って、ここは刈谷範兵衛の家かと訊ねたそうでございます」

弾かれたように範兵衛の躰が起ち上った。床の間の刀架から刀を摑みあげると、腰に帯びながら大股《おおまた》に部屋を横切った。その後姿に、三緒は鋭く「お気をつけなさいませ」と声をかけ、小走りに自分の部屋に走った。懐剣を取るためである。

玄関に出ると、範兵衛は用心深く戸を開け、左右を確かめてから急ぎ足に門に向った。

門の外の気配をうかがいながら、ゆっくりと外に出た。

三ノ丸西端れのそのあたりは、家中屋敷ばかりで、真直ぐ北から南に通した道は、両側に黒い塀がならぶばかりでひっそりしている。

その道をゆっくり遠ざかるひとつの人影があった。斜めに傾いた日射しが、西側の塀をかすめて反対側の塀の腰から上を染めていたが、遠ざかって行く男の巨軀も上半身は光の中にあった。

男は突き当りの家中屋敷の前でちょっと立止ったが、そこで不意に振返って範兵衛をみた。二人の間にはほぼ半丁余の距離がある。だが睨みあった時間は短かった。男は二、三歩後足に退くと、突然早い身ごなしで御用屋敷のある左側に角を曲って姿を消した。

範兵衛の皺だらけの顔に、苦笑いが浮んだ。

戻ると、玄関に蒼白い顔をして三緒が立っていた。前帯に懐剣をはさんでいる。

「いかがなさいました」

「熊だの、まるで」

刀をはずしながら、範兵衛は言った。歩きながら後の三緒に、

「嫁女」

と言った。

「握り飯を十ばかり作ってくれんか」

「お握りをどうなさいますか」

「言われたとおり支度すればよい」

範兵衛は不意に厳しい声を出したが、隠居部屋の入口で振向くと、いつもののんびりした口調に戻って言った。

「熊が出て来たでの、少少忙しくなったのよ」

その夜、三ノ丸の刈谷家から範兵衛の姿が消えた。三緒がつくった握り飯を背負い、はばき、草鞋《わらじ》で足を固めただけで、行先は言わなかった。

七

「今日も何のたよりもないのか」

妻に手伝わせて着換えながら、篤之助は苛立たしげに言った。

「ございませぬ」

「困った年寄りだ」

よし、あとは自分でやる、と言って三緒の手から帯を取ると、篤之助は「話がある。ちょっと坐れ」と言った。

お茶を運んできたおりきが、夜食の支度が出来ておりますが、と言ったが篤之助は不機嫌に、後でいいと言った。実際食事どころではないという顔色だった。

「あと一日しかない。試合は明後日午《うま》の下刻《げこく》（午前十二時すぎ）と決っている。それまでに戻らなければ何とする」

「それまでにはお戻りでございましょう」

「父上がそう言ったか」

「いいえ」

「それみろ」

篤之助は舌打ちして茶碗を取り上げたが、指にこぼして「あちち」と言った。

「女子《おなご》というものは、はっきりした確証もないものを、どうしてそのように自信ありげに言えるものか、解らん」

「………」

でも、と言いかけて三緒は眼を伏せた。

三緒は近頃奇怪な噂を聞いている。

鶴ヶ岡城下から南に半里ほど行ったところに、小真木野と呼ぶ広大な原野がある。その奥にまた村が展《ひら》け、金峰山《きんぼうざん》と呼ぶ山伏の修験場で知られる山の麓に、高坂、青竜寺などの村落があるが、小真木野の一帯は、高台のために未だに狐狸《こり》が出没する場所である。

その小真木野で、里の者が天狗を見たという。ある夜鶴ヶ岡から高坂に帰る三人連れの百姓が、月に光る芒《すすき》の原を分けて疾駆する天狗を見たのである。天狗は東からきて、道を横切り西の原に飛び込むと、みるみる姿は小さくなって消えたが、道を横切るとき、一瞬立竦《たちすく》んだ三人を見た。口は耳まで裂け、眼は真赤で、ひとりの百姓は、天狗が道から西の原に飛び上るとき、脇の下に羽根が羽搏《はばた》いたのを確かにみたのである。

また、ある朝は原野を横切る道のほとり一帯に、天狗が喰い散らした野犬が数頭、無惨な骸《むくろ》を横たえていたし、ある夜は、月が落ちたあとの闇に突然赤赤と火が燃え上り、その火明りに、巨大な天狗の立ち姿が浮んでいた。

三緒にそのことを話したのは、高坂から菜物を売りにきた女である。赤ら顔で元気のいい中年の百姓女は、声をひそめてその話をし、不意に恐怖に襲われたように、日が落ちないうちに帰らねば、と呟いて立上ったのだった。

その話を聞いたとき、三緒は咄嗟《とっさ》にその天狗が範兵衛に違いないと確信した。だがそれは人に言うべきことではなかった。

夫にも言えない、と三緒は眼を伏せながら、なぜか頑《かたく》なに思った。範兵衛がいましていることは、おぼろ気にしか解らない。だが、範兵衛がそうしていることを、人に喋《しゃべ》ってはいけないのだ、という気が強くした。

「今日、菅沼様からまたお訊ねがあった。あの方も気を揉んでおられる。松平様にも申し上げたそうだ」

「…………」

「もっともご家老は、ほうと言って笑っておられたそうだが、どういうお考えか俺には解らん」

「ご家老さまも、試合までにお舅さまがお帰りになると、そう思っていらっしゃるのではないでしょうか」

「なんでそういう言い方が出来るのだ、そなたは。そうと解っておれば、誰も心配などせん。大体そなたが悪い。飯を炊かせて沢山な握り飯を作らせたというが、いつもどるかぐらいは聞いておくべきだ。あるいはどこへ参られるかぐらいは、確かめるべきだ。行くのを止めればなおよかった。そなたは何もしておらんではないか」

それは違う、と三緒は思った。何も言わずに範兵衛を出してやることが、範兵衛のために何かをしたことになるのだと思ったのだ。

「試合に間に合っても、お舅さまがお負けになれば、刈谷の家はそのままでは済まないのでございましょ？　どっちみちむつかしゅうございます。慌てずにお待ちしましょう」

「ふむ」

篤之助は腕組みして、妻の顔をじろじろ見た。

だが、範兵衛は次の日の昼過ぎ、ふらりと帰ってきた。

出迎えた三緒は眼を瞠った。別人かと思うほど範兵衛は面変りしている。顔は日に焼けて真黒だった。頰は殺《そ》げ、髪の毛はほつれて物乞いのようで、そばに寄ると異臭が鼻をついたが、眼は底光りして、三緒を見ても微笑もしなかった。

子供の頃中条流を仕込まれ、三十過ぎに古藤田勘解由左衛門に一刀流を学んだ、と言った範兵衛の言葉が甦り、三緒は声もなく立竦んだ。

帰ってきたのが刈谷家の隠居でなく、ひとりの老いた兵法者であることを、三緒はこのとき理解したのである。

隠居部屋に入ると、範兵衛は刀を刀架にもどし、

「嫁女、しばらく眠るぞ」

と言った。

「何か召上りませぬか」

「いや、ともかく睡い」

範兵衛は畳の上にごろりと横になると眼を閉じた。

三緒は押入れを開き、掻巻《かいまき》を引張り出してその上から掛けようとしたが、不意にあ、と手の動きをとめた。範兵衛の腕は、胸に抱くように小刀を抱えている。三緒は横たわった刃を包むように、範兵衛の躰を掻巻で包んだ。範兵衛はすでに鼾《いびき》をかいている。

範兵衛が目ざめたのは、申の下刻（午後四時すぎ）だった。呼ばれて三緒が部屋に行くと、範兵衛は起き上っていて、「茶をくれんか」と言った。

三緒が支度した茶を、うまそうに啜《すす》りながら、範兵衛は、

「やはり屋根はよい」

と言った。妙な言い方に、三緒はくすりと笑ったが、慌てて口を押えた。

「だが、長年屋根の下に住み馴れると、人間が懦弱《だじやく》になる」

「ご修行はいかがでござりました？」

「まずまずだな」

「それはようございました」

そう言ったとき、三緒は舅とひとつの秘密を分け合った気がした。結果がどうあれ、範兵衛にまかせればいいのだ、と思った。

「どうしてそのようにご覧になります？」

三緒は訝《いぶか》しげに舅の顔を見返した。全身が荒荒しい視線に晒《さら》されている感じがあ

り、そのことが三緒を不安にしたのである。舅といて、これまで感じたことのない、軽い恐怖をともなった感情だった。

「顔に何かついておりますか」

三緒は膝でいくらか後退《あとずさ》って言った。微笑したつもりだが、笑いは途中で凍った。

範兵衛の眼は、容赦のない光を宿して、三緒の躰をなぞっている。

「辰枝が死んでから、女子の肌に触れたことがない」

範兵衛の声は静かだったが、三緒の耳には雷鳴を聞いたように鳴り響いた。

「男のものも、もはや役に立たんようになったかも知れん」

「もうご無理でございましょう」

三緒は囁くように言った。

「ん？」

範兵衛は耳に手を当てて聞き返した。

「もうお年ですゆえ、ご無理でございましょうと申し上げました」

三緒は少し声を張って言い、自分の言葉で顔を紅くした。

依然として軽い恐怖が心を把《とら》えているが、嫌悪感はない。

「ところが、さっき奇妙な夢をみてな」

「夢、でございますか」

「夢の中で、嫁女を犯した」

範兵衛は無表情に言った。三緒は耳まで紅くなった。

「無理かどうか、試したい」

三緒は顔を挙げた。範兵衛の眼は粘りつくように三緒に注がれ、範兵衛の中に、依然として荒荒しいものが動いていることを示している。

「明日の試合はどうなりましょうか」

「まず儂の勝ちかと思うが、まだわからぬ」

閉め切った障子に、かさと音を立てたのは風に運ばれた落葉である。おりきは使いに出て、暮れるまで戻らない。

三緒の顔は血の気を失って、粉をふいたように白くなっている。乾いた唇を開いて三緒は言った。

「それがお役に立つなら、お試しなさいませ」

翌朝、三緒は懐剣で喉を突いて自害した。驚愕して部屋に飛び込んできた篤之助からそれを聞いたが、範兵衛は眉も動かさなかった。

八

午の下刻に始まった刈谷範兵衛と清家猪十郎の試合は、ほとんどあっけないほどの経過で、範兵衛の勝ちに終った。

鶴ヶ岡城内二ノ丸、馬見所前の広場は、家中の侍が人垣を作り、馬見所の縁側には藩主の忠勝をはじめ、松平甚三郎、月番家老の水野内蔵助《くらのすけ》、中老の朝岡与一兵衛の顔が見え、組頭の高力喜左衛門、千賀主水も後方に控えていた。

清家猪十郎の木剣が、空気を引き裂いて鳴り始めた時、範兵衛は青眼から構えを八双に移した。

猪十郎はひたひたと近寄って行く。高い老杉の梢から真直ぐに射し込む光に、草を薙《な》ぐように振られる猪十郎の木剣は、白扇を開いたような白い耀きを照り返して人人の眼を射た。

範兵衛はぺたりと踵《かかと》まで地に着け、八双の構えを保ったまま身動きもしない。ただ、猪十郎が近づくに従って、範兵衛の踵は少しずつ上り、八双の位置にある木剣も僅かに剣先を後に寝かせて行くのが認められた。

両者の位置が八間に迫ったとき、範兵衛は突如行動を起した。疾風のように範兵衛は地を蹴って前に出ていた。木剣は、ほとんど肩に担ぐように寝ている。白い鉢巻が一本の筋になった。

気合というよりは、獣の咆吼《ほうこう》に似た喉声が交され、二人の姿が激突して擦れ違った。きら、きらと二本の木剣が日を弾いたのを人人は見ただけである。擦れ違う一瞬範兵衛の疾駆は猪十郎の速や足をはるかに凌ぎ、擦れ違ってなお六間の距離を走った。

振向いてもう一度八双に構えをとった範兵衛の眼に、猪十郎の巨軀がゆっくり前に傾き、膝をつき、やがて斜めに崩折れるのが見えた。猪十郎の額は赤い裂目を見せて割れ、顔面は噴き出す血にみるみる朱盆のように濡れた。

ただ一撃だった。

声もなく黒黒と縁に並ぶ忠勝以下の人影に、範兵衛は一礼すると、判じ役の菅沼加賀が呼びとめる声に振向きもせず広場を去った。

試合のあと、範兵衛は急速に老いた。

好きな石を拾いに行くこともなく、終日濡縁に出てぼんやり庭や空を眺め、やがて雪が降ると部屋に閉じ籠って、行火《あんか》を抱いてうつらうつら眠った。

武芸熱心な家中の若侍が、試合のあと暫く、五、六人誘い合わせて範兵衛を訪ねることがあったが、耳が遠いために、返事はいつか取りとめがなくなり、気がつくと本人は水洟を垂れてうつらうつら船を漕いでいるという有様に呆れて、やがて訪ねる者もいなくなった。

清家猪十郎との試合があってから半年後、刈谷家に二十石の加増があったが、範兵衛は篤之助が息をはずませてする報告に、何の感興も示さなかった。

老耄《ろうもう》の範兵衛が、その後ただ一度だけ露わな感情の動きを示したことがある。

三緒の一周忌が済んだ頃、篤之助は家中の野瀬源右衛門の娘戸栄を後添えに貰うことに決った、と父親に話した。

「野瀬殿は二百七十石、物頭を勤めるお家で、我我ごときは家格が違うと一度はお断わり申し上げたのでござるが、八代様の熱心な勧めもあり……」

「名前は何という娘じゃ。三緒か」

「父上、三緒は死にましてござる。先日一周忌を済ましたばかりではござらんか」

「そうだったの」

「戸栄殿は、人柄もよく、父上がことも大切に致すと申しておる。よろしいか。来春の祝言《しゅうげん》ということで、異存ござらんな」

「三緒なら、異存はない」

「三緒ではなく、戸栄でござる」

「あん？」

「戸栄という娘でござる。実際おりきがいるとはいえ、父上の世話までは手が廻らんし、嫁がいなくてはどうにもなりませんぞ」

「しかし、それでは三緒がかわいそうじゃ」

不意に老人は言った。言いながら、範兵衛の眼に、みるみる涙が盛り上った。

「新しい嫁をもらっては、三緒が哀れじゃ」

「しかしな、父上。三緒は七年いて子を生《な》さなんだ。今度は父上に孫の顔を見せ申すぞ。それで刈谷家も安泰にござる」

「三緒が哀れじゃな」

老人はなおも言い、懐紙を取り出して、心もとない手つきで涙と洟を拭いた。

——三緒がなぜ死んだかを知っているのは、儂ひとりじゃな——。

篤之助が部屋を出て行くと、範兵衛は切れた糸がつながったように、不意にそう思った。衰えた脳裏に、月に一度ぐらい、死んだ三緒のことが鮮明に浮び上ってくるのである。

三緒を抱いたとき、範兵衛は三緒の舅でもなく、刈谷家の当主ですらない野伏せりに似た一個の兵法者だった。清家猪十郎との試合に勝つことだけに、心身は凝縮されて一本の鋭い牙になっていたのである。

その研《と》ぎ澄まされた孤独な視野に、三緒の美しさと温かさは、思いがけなく危険なものに映った。牙の鈍磨を恐れるために、範兵衛は三緒を野伏せりのようなやり方で、荒荒しく犯したのである。

三緒が死んだのはそのためではない、と範兵衛は思っている。信じ難いことだが、賢い三緒はそのことを理解していた。手違いはその後に起った。儀式のようにして行なわれたそのことの最中に、三緒の躰は不意に取乱して歓びに奔《はし》ったのである。

――三緒はそれを恥じて死んだ――。

範兵衛の脳裏で、糸が再び切れる。範兵衛はのろのろとしたしぐさで懐を探り、懐紙を取出して、もう一度涙と洟を拭いた。

三緒が死んでから、老人の洟まで心を配るものは誰もいない。そのため、懐には胸が膨らむほど部厚い鼻紙が差し込まれている。おりきがそうしたのである。

開け放した障子の外に、晩秋の澄明な光が溢れ、その中に時おり落葉が音もなくひるがえった。

範兵衛は、今年は早めに出してもらった行火炬燵の中で、すでにうつらうつらしている。

溟《くら》い海

一

「お、先生じゃねえか」

一度行きすぎた足音が戻ってきて、そういうのを聞いた。

北斎は、聞えないふりをした。妙に粘っこい感じの声に、記憶がなかったし、それよりも、心が空っぽになるほど、眼の前の風景に眼を奪われている。

日が沈むところで、両国橋の上を、人の行き来が混みはじめている。そのため、そこに佇んだまま動かない、北斎の大きな軀が目立った。手織の粗い紺縞《こんじま》の木綿着。その上から柿色の袖無袢纏《そでなしばんてん》の色あせたものを羽織り、肩幅は広く、胸も厚い。人なみすぐれて大きい耳と鼻、顎はがっしりと張って、細い眼に、刺すような光がある。見るからに一癖ありげな老人を、通りすがりに見かえる者もいた。

神田川の落ち口のあたりから、旅籠《はたご》町、お蔵にかけて、秋の日は、すでに薄青い翳《かげ》を落していた。しかし左岸は、横網町から武家屋敷を経て、大川橋の手前竹町のあたりまで、町を鋭く切り裂いている光がある。扁平な屋並みの上を滑ってくる光が、川を越した町の上半分を染めているのだった。

その照り返しを映して、川は不思議な明るさを浮べている。舟が通ると、水は青い空と、照り返しの朱を畳んで、微妙に乱れ、華やいだ。

「先生よう、身投げの思案かね」

ようやく北斎はふり向いた。

じろりと睨《にら》みすえた眼を、遊び人風の若い男が、薄笑いで受けとめた。

棒縞の袷《あわせ》に角帯、麻裏草履《ぞうり》というなりで、濡れているような赤い唇をしている。鼻筋がとおって、女のように華奢《きゃしゃ》な細面だが、眼に尋常でない光が隠されているのを、北斎はみた。こういう男に知り合いはない。

「悪相だァ、こりゃ」

「何ですい」

「ほい、口が滑った。気にするな。ところでお前さんは」

「やになっちまうぜ先生。鎌次郎だよ。甚兵衛店《だな》にいた頃、隣にいた鎌次郎でさあ」

「なるほど、そういえばそうだ」

北斎は唸《うな》るように言った。

「思い出した。ついでに、お前が悪党だったことも思い出したよ」

「お、お。悪党はひでえや」

鎌次郎は、すっと眼の色を冷たくしたが、唇の薄笑いは残した。

「相変らず口の悪い親爺だ。これでもおいら、富之助のだちのつもりだぜ。親爺さんが知らないところで、ずいぶん面倒みてるんだ。金を貸したり、喧嘩を助《す》けてやったりよ」

「富之助はいま、どこにいるんだ」

「そいつは、こっちが聞きてえぜ」

鎌次郎は、ぞんざいな口調で言った。地金が出た感じだった。

「おいら、富之助に貸しがあるんだ。賭場《とば》の貸しがよ、大枚二両だぜ。それっきり、野郎どっかへ隠れやがった。親爺さんの前だが、あいつはひでえ悪だぜ」

「お前の上前をはねるんじゃ、相当のもんだな。いつの話だ、それは」

「かれこれ半年にもならあな。やり方が汚ねえやな。その晩は、おいら途中で引きあげたんだ。ところがよ、後で聞いたら、やっこさんその後つきまくってよ。十両近い金を稼いでやがるんだな。だったらよ、借りた二両は有難うございましたと返すのが当然だろ。それが、だちに挨拶もなしに消えちまうというのは、どういうことだい」

「なるほど、それは悪いの」

「そうだろ。それもよ、やつはいまごろ女を抱いて、どっかでのうのうといいことしているに違えねえんだ」

「ほう、女が一緒か」

「おうさ。そこの薬研堀《やげんぼり》に屋台を出していた女でよ、お豊というのがいるんだ。親爺さんなんぞ、大概女っ気が干上ったろうから聞いたこともねえと思うが、評判になった女だぜ。小股が、こう切れ上ってよ、姿はいいし、滅法きれいなお面で、髪なんざ、いつも洗ったあとみてえだったな。そのお豊が、やっぱりその晩から、ふっつり消えちまった」

「お前も惚れていたのか、その女に」

「冗談じゃねえや」

鎌次郎は笑ったが、多少おぼえがあるらしく、いまいましそうな表情になった。

「ま、それはそれ。親爺さんとこんなところで会うとは思わなかったが、もっけの幸いだ。富之助の借金を返してくんねえな。養子に出したの、なんのったって、実の子だろ。いよいよやっこさんが見つからなかったら、親爺さんのところへ行くつもりだったんだ」

「証文はあるのか」

「ちぇ、もの解りの悪いことを言うぜ。だちの間で、証文のやりとりはねえよ」

「そうか。友だちってのは有難いもんだ。どうだ。いっそ友だち甲斐に、あれが見つかるまで待ってやる気はないか」

「先生」

鎌次郎は胸を退《ひ》くようにして、北斎をじっとみた。

「ふざけた言い方は、なしだ。なあ」

近近と顔を持ってくると、押えた声で言った。いままでの薄っぺらな饒舌が影をひそめて、かわりに妙に粘っこく、不快なものが、この男を包みはじめたようだった。

用心深く、値ぶみするような口調で、鎌次郎は言った。

「親爺さんがそういうことなら手はいくらもあるんだ。崎十郎さんとこへ行くぜ。いいのかい」

「無駄だな。あれはそういう男ではない」

崎十郎は、北斎の次男で、富之助の腹違いの弟だ。はじめ本郷竹町の商家に養子にやったが、そこから御家人の加瀬家に再養子に行って、いまお小人《こびと》頭を勤めている。

勤めの方も要領よく立回りながら、俳諧をたしなんだりする洒落気《しゃれけ》もあり、堅い一方の人間ではないが、貧乏暮しの実父を、遠くから眺めているようなところがあった。

「あれを嚇《おど》かしても、金にはならんな」

「じゃ、お栄さんのところへ行くさ。あそこは裕福な家だ」

「お前も、だいぶ調べたようで気の毒だが、お栄は離縁されて、いま家にいるわ」

鎌次郎は、嘲《あざけ》るように鼻を鳴らした。

「あそこもだめ、ここもだめ、親爺さんは払う気がねえか。こいつは面白えや。ところが俺はいま、どうしても金がいる。すると、行くところはひとつしかねえな」

「どこだえ」

「鏡師にきまってら」

「…………」

北斎の眼が、ゆっくりみひらかれた。右手が、杖がわりに持ち歩いている天秤棒《てんびんぼう》を握りしめる。

「お、お」

鎌次郎は、眼ざとくそれをみて後に飛びのくと、堅気のものは持ち合せない、冷たく人をなぶる口調で言った。

「先生、どういうつもりだい」

「中島の家に、そのやくざな面をつん出してみろ。どたまぶち割るぞ、若いの」

中島家は幕府の御用もうける鏡師だった。富之助はそこに養子に行ったのだが、いまは勘当されている。もともと縁続きの家で、北斎自身が、子供の頃先代の中島伊勢に養われた時期がある。養家を飛び出したあと、長い間苦労したために、そこで愛された記憶と、好人物だった養父母を裏切った後めたさが、鮮明に心に残った。富之助を養子にやったのは、その後めたさからだったとも言える。しかし、富之助の不身持のために、北斎は、その家を二度裏切ったことになる。

養家を飛び出してから、絵師として世に出るまでの、無頼と背中合せだった辛い日日を悔いるつもりは毛頭ない。名を知られてからも、絵師などというものは、所詮やくざな商売と居直って、ふてぶてしく世の中を渡ってきた。

だが、そうして得た名声が、江戸の片隅の鏡研ぎ師の、律儀な日日の営み以下のものでしかないという思いが、北斎の中にある。

口をゆがめて、悪党がわめいている。この男と、中島の家に、何のかかわりもあってはならない。女はたらす。嚇しはかける。博奕に身をもち崩して、引っ返しもならねえ悪《わる》なのだ、こいつは。

「貸しはどうなるんでえ、貸しは」

「明日にでも、俺がとこに来い」

北斎は、足もとに痰《たん》を吐くと、ゆっくり歩き出した。いつの間にか溜っていた人垣が、北斎が足を踏み出した方向から崩れた。

二

あんなにわめいたくせに、鎌次郎は、十日ほど間をおいてきた。

小降りだが、断《き》れ目のない雨が、朝から続いていて、原庭町の北斎の家はひっそりしている。北斎はいた。障子を開け放した庭に向かって、畳の上に背をまるめ、しきりに焼筆を動かしている。後からみると、巨大な蟇《がま》が蹲《うずくま》っているように見えた。庭にひと塊りの白萩が花盛りで、その一画だけに冷えた明るさが漂っている。

「お、お。汚くて臭えのは、昔と変りねえや。変ったと言や、先生が滅法皺になっただけだ」

鎌次郎は、部屋に入ると、すぐ言った。気の利いた科白《せりふ》を言ったつもりらしく、ふり向いた北斎に、にやりと笑いかけたが、北斎は、

「汚ねえなら、坐らんでもいい」

と、にべもなく言った。

朝、柳川重信と北雲が来たのだが、いつの間にか帰った。あとは、わざとしたよ

うに、部屋いっぱいに反古《ほご》が散らばり、その中には、昼近く三人が喰った、丼物《どんぶりもの》の鉢が転がっている。

北斎は、壁ぎわに積んだ画紙に手を伸ばし、一枚の絵をとると、鎌次郎に投げた。

「それを、品川町の恵比寿屋という紙屋に持っていけ。二両くれる筈だ」

「なんだ、金じゃねえのか」

「不服なら払わんぞ。二両は、俺がとこでは大金だ」

「ま、いいさ。ただ品川町くんだりまで、歩かにゃならねえ」

「足はねえのか、足は」

「………」

鎌次郎は、舌打ちして、胡坐《あぐら》の上の美人絵を見たが、

「先生、大丈夫だろうな」

と言った。北斎は、もう絵に向き直っている。威圧するような、大きい背中だった。

「何がだ」

「これが、二両になるってことよ」

北斎は、首だけふり向けた。

「俺を、なめちゃいけねえ。その絵は、二両じゃ安いようなものだ」

「そうかい。大したもんだぜ。ちっと俺が掛け合って、釣り上げちゃ悪いか」

「それはやめとけ。二両の約束だ」

鎌次郎は、絵を懐にしまうと、すっと立ったが、ふと思い出したように、突っ立ったままで言った。

「広重てえのは何者だい、先生」

「広重……」

北斎はふり向かなかった。身体を傾けて、画紙にこぼれた木炭の粉を吹いた。

「広重がどうした」

「絵描きか、読本《よみほん》書きかこちとら知らねえが、えらい評判だぜ。東海道てえのを書いたそうじゃねえか。ふうん、知らねえのか。先生が知らねえなら、すると大したタマじゃねえな」

「待て」

北斎は向き直っていた。膝を抱いて鎌次郎を見あげると、顎で「坐れ」と合図した。

「そうもいかねえ。大川の橋ぎわの茶店によ、女を待たしてあるんだ。また来らあ」

「いや、もう来なくていいが、広重がどうしたとか言ったな」

「だから、東海道というのを書いたというんだ。くわしいことは知らねえよ。先生その男を知ってんのか」

「いや……」

その名を、どこかで聞いたことがある、とちらと思ったのだ。だが、思い出せなかった。

「お前が見たのか、その東海道を」

「おいら見るわけがねえだろ。評判を聞いただけだ」

「誰に聞いた」

「ちょ、お取調べじゃあるめえし、おいらのこれが」

鎌次郎は、女のような白い小指を曲げた。

「富岡八幡とこの小料理屋で、うろことというところの仲居だ。おせいと言って、悪くねえ女だぜ。そのうろこの親爺が言ってたのを、小耳にはさんだのさ」

「そいつは、絵師か」

「それを、こっちが聞いたんだぜ。先生もういいだろ」

鎌次郎は、もう一度小指を出した。

「これを、そう待たしちゃおけねえ」

「もういい」

「富之助に会ったらどうする？　一度家に顔出すように言ってやろうか」

「二度と面ァ見たくねえと言ってたと、言っとけ」

あッと思ったのは、その夜床についてからだった。画紙を一枚めくったように、突然広重がはっきりしたのである。

二年ほど前。その男は「一幽斎がき東都名所」を、京橋の川正から出していた。風景を描いたということに興味をそそられて、その話をした北寿に買わせて見た記憶がある。絵は、平凡な風景という印象しか残っていない。

無名の絵描きだった。そして無名の絵描きは、いつの世にも腐るほどいるのだ。しかし、広重が何者か解ってしまうと、今度は、鎌次郎の言ったことが気になった。一点の墨が、たとえば筆洗に落ちて、じわりと黒をにじませるのに似ていた。

（その男が、何を描いたのだ？）

北斎は、不意にむっくり起き上ると、床の上で膝を抱いた。

夜の底を、ひそひそと雨が叩いている。その音を聞きながら、闇の中に眼をひらいて、北斎は、鎌次郎の饒舌と、顔のない、見知らぬ絵師とのつながりを探ろうとした。

三

次の日。北斎は日本橋の嵩山房《すうざんぼう》にいた。

嵩山房の主人小林新兵衛は、まだ五十過ぎだろう。面長で、浅黒く整った容貌は、書肆《しょし》の主人というよりも、内証《ないしょ》の豊かな武家の主のように見える。低い、穏やかな声で、中身の難しい話をした。大きく本屋を営むかたわら、読本、錦絵の版元としても、眼識の確かさで仲間うちに一目置かれている。

いま、いつものようにもの静かな口調で、新兵衛が、渓斎英泉を話題にしているのに相槌《あいづち》を打ちながら、北斎は微かに苛立っていた。

英泉が、気がかりでないことはない。それぞれが、一匹ずつ内部に蛇を飼っているような、淫蕩な美人絵で市中を沸かせた英泉が、突然絵を捨てて、女郎屋の亭主におさまるという奇矯《ききょう》な行動に走ってから、四、五年になる。その間、北斎は英泉に会っていなかった。絵もいいが、菊川派の孤塁にこもって、全盛の歌川派にあくまで楯つこうとする英泉の反骨ぶりが、北斎は気に入っている。

めったに絵師仲間に心を許さない北斎だが、英泉だけが例外といえる。だが、女郎屋の亭主となると、それは北斎の理解を超える。そういう英泉に、北斎は危険なものを感じていた。

「淫売宿は、廃業したらしいですが、この間仲間の集まりで……」

新兵衛は、北斎に菓子をすすめながら言った。

「英泉先生の、例の本が散散な悪評でした」

言いながら、新兵衛は笑っている。

本というのは、最近英泉が出した無名翁随筆のことである。版元は利益を貪《むさぼ》りすぎる。絵師をないがしろにして、そのくせ絵のうまい下手の見わけもつかず、下職と一緒くたに扱っている。この畜生と心に言い、心に答えて、金銀の縄に繋《つな》がる、とその随筆の中で、英泉は、過激な言葉で版元を罵《ののし》っていた。

「しかし、あんたはどうか知らんが、版元も近頃えげつなくなった。英泉はほんとのことを書いているよ」

と北斎は言った。

「版元同士の競争が激しいせいもありますな。そのために、心ならずも先生方に無理な注文を出したりする。私も例外じゃありません。ところで、あそこに……」

新兵衛は、北斎のうしろの壁をいっぱいに隠している書架を指した。

新兵衛が居間にしているこの六畳は、居間というより、書庫に近い。北斎の背後の書架は、天井までの造りつけで、読本、黄表紙、錦絵などがぎっしり詰めこまれているし、畳の上にも、地図、錦絵、近頃はやりの草双紙などが積みあげてある。新兵衛は、気に入った客でないと、この部屋に通さないので、絵師や、読本作家の中には、この部屋に通されるのを、一流の手形のように考えている者もいた。

「あそこに、英泉先生のものは、ほとんど初摺《ず》りが揃っているんです。実に不思議な女を描いたものですが」

新兵衛は、北斎の眼をのぞくようにした。

「あの人は、もう絵をやめるつもりですか。どう思います」

「わからんね。俺には」

北斎は、そっけなく言った。

「ところで、広重の東海道を見ましたか」

不意に新兵衛が言った。北斎は、思わず胸がときめいた。

「いや。噂には聞いたが、まだ見ていない」

慎重に答えながら、北斎は、いまの一瞬の動揺を、新兵衛が見たかどうかを、気にした。

「一度ごらんになるといい。初板《しょはん》をとっくに売り切って、いま保永堂が増摺《ましず》りしているそうです。私も五、六枚持っているのだが、先日、国芳先生が来て持出して、まだもどってきておりません。初摺りですから。もどってきたら、それをお目にかけましょうか」

「風景かいね」

一番気になっていることを、北斎は訊いた。胸の動悸は、おさまっていた。

「さよう」

小林新兵衛は、少し顔を伏せて、考える表情になった。

「風景に違いないのだが……」

と言って、新兵衛は言葉を切り、北斎をじっと見つめた。北斎を、それはなぜか疎《うと》んじたような眼だった。

「先生のおっしゃる風景と、多分、少し違うと思いますよ」

北斎の胸を、冷たいものが通り過ぎた。

四

嵩山房から通りに出ると、真昼の日射しが眩しかった。

雨は、夜のうちにやんで、きれいな青空が町の上にある。眩しいが、十月の日射しは、もう暑くはない。

日本橋に向かう通り二丁目、一丁目は、人が混んでいた。本屋、太物《ふともの》屋、薬種商などが軒をならべ、人混みの中に前垂れ姿が目立つ。そのなかを、北斎は緩慢に杖を鳴らして歩き、時時不意に立ち止った。そのたびに人がぶつかって、ぶつかった人は、例外なく咎める眼で、この大きな老人を見た。

嵩山房の言葉が、耳の中で鳴っている。先生のおっしゃる風景と、多分、少し違うと思いますよ……。多分……少し違う。それは嘲りのようであった。

あるいは嵩山房は、広重についてただ少し慎重に答えただけかも知れない。そう思うことも出来た。だが、答えながら北斎をみた嵩山房の眼に、忘れ難い記憶がある。

読本の挿絵描きとして、嵩山房に出入りが頻繁《ひんぱん》になっていた頃、北斎は、将軍家《いえ》斉《なり》の前で席画を描くという、稀有《けう》な経験をした。

それから半月ほどして、嵩山房を訪ねた北斎は、用談を済ませたあとでいきなり言われた。

「先生、また悪い癖が出たらしいですね」

「………」

「席画の話を聞きましたよ」

新兵衛は、口もとにいつものように微笑を刻んでいたが、眼は笑っていなかった。

あのことか、と北斎は思った。

同席は、谷文晁《ぶんちょう》だった。画技も、人気も一流で、その上田安侯に仕え、佐竹侯からも扶持《ふち》をうけているという、筋目正しい文晁とならんで、町絵師北斎が描く花鳥、山水は見劣りしなかった。

その後で、北斎は竜田川の紅葉を描いたのだ。鶏の趾裏《あしうら》に朱肉を塗り、藍を刷《は》いた紙の上を歩かせたのである。意表をついた工夫が、市中で評判になった。

「あれは座興さ」

「世間は、そうは見ませんよ、先生」

新兵衛は、口もとの微笑を消すと、遠いものを眺めるような眼で、北斎の巨軀を見た。

「とくに我我の仲間はね」

辛辣な言い方だった。

新兵衛の眼に、北斎はその時、画壇の拒否を見たのだった。錦絵で世に出ようとするなら、一にも二にも絵そのものが問われる。人の胆をつぶすような画技も、それで浴びる世間の喝采も無縁なのだ、と新兵衛の眼は言っている。

北斎は、若くて頭脳の切れるこの版元が、長い間、どういう眼で自分を眺めてきたかを理解した。

昔、画壇の近くにいる、と感じた時期がある。狂歌本潮来《いたこ》絶句の挿絵を、当時二十過ぎで、すでに嵩山房を切り回していた新兵衛が激賞していると聞いたときである。北斎は四十半ばだった。

しかし、北斎の眼は、潮来絶句が戸を開いてみせた抒情の世界を覗くには、あまりに乾いていた。むしろその頃、憑かれたように、新兵衛がいう人気取りに狂奔していたのである。

音羽護国寺の境内で、大達磨《おおだるま》を描いた。本所合羽《かっぱ》干場では馬、両国の回向院《えこういん》で布袋《ほてい》を描いた。評判を聞いて集まった人人が見まもる中で、百二十畳敷の紙をひろげた上に、藁箒《わらぼうき》で墨絵を描きあげるのである。米粒に、躍動する雀二羽を描いたのもその頃である。指先に墨をなすって描いたり、紙を横にして逆絵を描いたりもした。

新兵衛は、それを香具師《やし》の啖呵《たんか》にすぎないというのだ。北斎はそれを否定することが出来ない。現実に、そうして得た人気をテコにして、読本の挿絵を描いては第一人者という、評判と地位を手に入れた。効果的に、あくどくやったと自分でも思うことがある。

だが新兵衛は、彼からみれば醜悪にさえ見える人気取りに北斎を駆りたてたものを知らない。それが、四十を過ぎてなお無名だった男が、世間を相手に試みた必死の恫喝《どうかつ》だったことを、だ。たとえそのために、画壇に異端視されようと、また卑俗な処世術のゆえに二流扱いされようと、無名であるよりはいい。

しかし、北斎は黙った。

新兵衛の前に自分をひろげてみせることは、北斎には出来ないが、それだけでない。弁明をためらわせるものが、奥深いところにあった。無名でいることに耐え難かったのは事実である。だが、そのためにした曲技じみた画技の披露に苦痛はなかった。むしろ快感がうずいていたと言ってよい。

月並みなものに爪を立てたくなるもの、世間をあッと言わせたいものが、北斎の中に動く。北斎ここにあり、そう叫びたがるものが、北斎の内部、奥深いところに棲み、猛猛しい身ぶりで歩き回ることをやめない。

それは、新兵衛がいう人気取りともまた、違うものだった。つながりはある。得た人気は、内部の暗い咆哮《ほうこう》のひとつの結果ではあるだろう。だが、それは断片にすぎないのだ。それを北斎は新兵衛に言うことは出来ない。それは、なぜか人に言うべきことでない気がしたのである。

富士が、あのような形に、表皮を剝奪され、肉を削がれて行ったのは、いつ頃からだろうか。

文政十年のある日、北斎は嵩山房の前に版下絵を見せていた。将軍家の前で席画を描いてから、数年経っている。

一枚ずつ、上から丁寧にとりあげてみているうち、新兵衛の整った細面に、次第に紅味がさした。

版下は、五枚あった。

「これは……」

新兵衛は、畳の上に版下をそっとおろすと、慎重に聞いた。

「色は、どうなります」

「色がまた、いいのだ。試し摺りをみたら、あんた、もっと驚くぜ」

傲然と、北斎は言った。

新兵衛の顔に奇妙な微笑が浮んだ。画壇の内側に入った、とその時北斎は感じた。同時に、聡明な新兵衛が、やがて富嶽三十六景にまとまって行くはずの、この版下絵の底にあるものと、音羽護国寺で描いた大達磨とのつながりを見抜いたことも、覚った。

だが、もうそのことを気にする必要はない。新兵衛の奇妙な微笑が、その証《あか》しであった。

先生のいう風景と、少し違う、と言った時、新兵衛は、明らかにこれまでの、そうしたいきさつを思い出していたのだ。思い出させたものが、広重の東海道五十三次であることは、確かだった。

気がつくと、馬喰町の永寿堂の店の前だった。

上り込んで、主人の西村与八と向かい合うと、北斎はすぐに言った。

「水を一杯くれ」

「嵩山房へ行ってきた。年寄ると、喉が干《ひ》る」

「茶を入れようか」

「茶は好かん」

「そうだったな。あんたは変りもんだ。実際変りもんだ」

与八は言うと、手を叩いて女中を呼び、

「お茶。いや茶は私です。先生は水だ」と言った。

「それにしても」

与八は、薄くなった鬢《びん》の毛を神経質に撫であげながら、早口に喋り出した。

「聞いたか。竹内がうまくやりおった。大へんな絵を描かしたものだ。しかし、広重もまた、どうして保永堂などという、もぐり同然の版元から出すことにしたものか、解《げ》せんのですわ。竹内は、あれはあんた、一度潰れて仲間を出た男です。しかも他人に迷惑をかけている」

「広重てえのは、何者だ、一体」

北斎は聞いた。ここでは、絵描きの自尊心などというものを、気にかける必要はない。与八は、この絵描きは儲かるか、儲からないかの物指ししか持ち合せていないのだ。

「あれは昔、うちから東都名所というのを出した。だが、実をいうと、私も人物はよく知らんのだ。御家人か何かの出だとか言っとったが、それは栄之《えいし》さんや、英泉先生の例もある。栄之さんは、あんた、れきとしたお旗本でしたからな。驚くにあたらん、ええ。しかし竹内は、鶴喜に頼りおったのだなあ。どうせ、金がのる筈がない。鶴喜はあんた、人が好いからして片棒かついでやったわけだが、もう売れて売れて、あんた、竹内は早いとこ鶴喜に借金を返済して、もう自分で摺っていると いう話ですわ」

「あんた見たのか、広重を」

「だから、昔一度うちから出している。それが何で竹内につながったか、まるで腑《ふ》に落ちんなあ。保永堂は、いまに倉を建てよるぜ、あんた」

「いや、五十三次を見たか」

「見たとも。東海道五十三次、あんたの前だが、あれは立派なもんです。私は嵩山房ほどの眼はないが、あれは解った」

「いまあるのか」

「竹内が廻すかいな、ここに。さればと言って、廻してくれというのもケタ糞悪い。よそで見ただけさ。それはそうと……」

与八は、ゴツゴツと肌の粗い、赤ら顔をあげて、細い眼をみはるようにして、じっと北斎をみた。

「あんたとの約束だがな。どうするね？　こうなっても、富嶽百景はあたるかいな」

「それを、俺が知るわけはねえだろ」

北斎は立ち上った。

「描けと言ったのはあんただ。やめにするなら、やめてもいいさ。よそに売り込むだけだ。が、手付けの金は、返せねえな」

「あんた、ま、坐りな。出さないとは、言っとらんがな。そうか、いっそ豪儀に行く手かいね。北斎先生の極め付富嶽百態ということで、東海道にそろそろ倦《あ》きが来た頃を叩く。これが面白いかも知れん。誰か、あんたの知り合いの、偉い人に褒《ほ》めてもらうことは出来んかいな」

五

弟子が集まっていた。

北渓、辰斎、北雲、それにさっきまで北泉と北馬もいたのだが、この二人は、いつの間にか姿を消している。こういう出入りの仕方は、北門のしきたりのようなもので、誰も気にかけない。

稽古というわけでもない。辰斎だけが、部屋の真中で墨を使っているが、北渓は柱に背をもたせかけて、北雲は畳に腹這《はらば》って読本をめくっている。

北斎は、弟子たちに尻を向け、壁に貼った日蓮上人の像の前で、大きな声で経文を唱えていた。一心不乱という感じだった。普門品《ふもんぼん》の一部だというその経文は、始終聞いているので、弟子たちも大概諳《そら》んじている。

「また始まった」

支えにした掌の上から顔をあげて、北雲が言った。北斎の家の裏手、四、五軒おいた奥のあたりで、三味線の音がしている。爪弾きだが、弾きなれた腕だと解るような、きれいな糸の音だった。

「何を弾いてるのだ。新内か」

北雲が気になるというように、北渓に顔を向けた。

「新内じゃない。古い小唄だ」

北渓は、読本から眼をあげると、兄弟子らしく断定的に言った。

「そうか。いい音色だ。どんな女が弾いてやがると思っちまうな」

北雲は、本名を久五郎といって大工である。弟子の中で一番若く、立居振舞にいなせな感じがあった。北雲らしい言い方に、北渓はにやりと笑ったが、辰斎は顔もあげなかった。

「案外な婆ァかも知れないよ。ところで」

北渓はチラと北斎の背をみてから、北雲のそばに尻を滑らして来た。

「お前さん、東海道を見たか」

「ああ、ちょっと見た。あまり評判だったもんでな」

「あたしも見た。先生は見たのかな」

「さあ。変ってるから、どうかな。ところでよ、あれはどういう素性の男なんだ」

「歌川のところで修業したと聞いたぞ」

「豊国の弟子か」

「いや、豊広だ。五、六年前に死んだから、あんた知ってるかどうか知らんが、初代の豊国の相弟子だった人だ。美人画は豊国より上だったという人もいる」

「ふうん、歌川の弟子か。しかし、それが風景というのは、変ってるな」

「しッ！　大きな声で言うな。先生は歌川が嫌いだ」

「そうよ。骨っぽいのは皆死んじまって、つまらん奴が繁昌する」

読経をやめて、不意に北斎が大きな声で言ったので、大男の北渓は首をすくめた。北雲もあわてて起き上った。

すると、辰斎まで驚いたように顔をあげた。あばたの痕《あと》がある、円くて色の黒い顔に、小心そうな眼をしばたたいて、北斎と二人を交互に見ると、筆を措《お》いた。

北斎は、ゆっくり軀をまわして胡坐を組むと、

「江漢も死んだし、抱一も死んだ。錦絵も、歌麿、栄之が死んで、写楽がどこぞへ消えてからは人がおらん。美人画は歌麿、栄之、役者絵は写楽、あとはみんな亜流だ。豊国なんぞ、俺は好かんな。これが錦絵だと、ふんぞり返っているさまが目ざわりだ。お大名じゃあるめえし、いばることはねえ。国芳か、国芳は変っているが、まだ青い」

「英泉先生がいますよ」

と、北渓が言った。こういう話題になると、北門の弟子たちは生き生きしてくる。その世界の一隅に、自分も呼吸しているという、ひそかな意識が昂《たか》ぶるのだ。

「英泉か」

北斎は、困ったような表情で北渓を見た。

「初五郎、そろそろ灯を入れるか」

「まだ、いいでしょう」

「いや、こういう話は、灯がないと興が乗らぬ」

「それもそうですな」

北渓が、腰軽く立とうとしたが、北雲があわてて立上った。

「いや、私がやる」

北雲が、行燈《あんどん》に灯をともす間、皆黙った。真中に行燈を持ち出すと、部屋の中は、急に夜の感じに変った。

「ところで……」

北斎は、北渓に言った。

「お前さん、東海道を見たってかい」

「はあ、見ました」

「久五郎も、半次郎もかい」

北雲は、上目遣いにちらと北斎をみて、うなずいた。辰斎も、小さい声で、見たと言った。

「で、どんな風なのだ。お前たちがみた東海道を聞かせてもらおうか」

「あたしは、思ったより平凡な感じをうけましたが」

と、北渓が言った。

「思ったよりというのは、世間の評判ほどでない、という意味もありますが、絵そのものが、大体そういう感じでした」

「やはり風景か」

「ええ、風景です。東海道の宿場を、丁寧にひき写したもので、よくまとめてはありました。しかし、構図にしろ、色にしろ、あッと息を呑むような工夫はなかったです。たとえば、先生の富嶽のような、前人未踏といった感じのものは、一枚もないですな」

「しかし……」

不意に、辰斎が口をはさんだので、皆が彼を見た。すると辰斎は、赤くなって顔を伏せたが、低い声で続けた。

「しかし、だからつまらないとは、一概に言えないと思うんですが」

「ほう。それで……」

北斎は、興味をそそられたように、じっと辰斎の顔をみた。辰斎は、北門の中で珍しく線の柔らかい風景を描く。その絵柄が摺物に合うらしく、かなり頻繁に注文があることも知っていた。

「構図そのものは……」

辰斎は、問いつめられたことで忽ち上気して、懐紙を出すと、額と首を拭《ぬぐ》った。

「さっき初五郎が言ったとおり、三十六景にみられるような冴え、それはないです」

「ふむ」

「つまり、平凡と言えば平凡です。だが、これは、その、あくまで私の感じなんですが」

辰斎は、また額の汗を拭いた。

「先生の風景とは、また違った、別の風景画を見たという気がしました」

北斎は、辰斎から眼をそらして、薄闇の漂っている庭に眼を向けた。開け放したそこから、冷気が部屋の中に流れ込んでいた。

「別の風景か」

北斎は呟いた。二年前にみた東都名所が、頭の中にあった。

「よし解った。いいことを聞かせてくれた」

北斎はそう言って、腕を組んだが、気がついたように、

「久五郎は、どう見た」

と言った。

「あっしは……」

北雲は、首筋を搔いた。

「ぺらぺらめくっただけで、じっくり見たわけじゃないもんだから。でも、二、三枚いいのがあったかな」

「どんな図柄だ」

「こうッと……」

北雲は天井を見上げ、眼をむいて考えこんだが、たちまち諦めたようだった。

「それがはっきりしないんで。忘れちまったな、すっかり。勘弁して下さいな、師匠」

六

画像の前の箱の上から、朝、北馬が持ってきた焼き菓子の包みをおろして、「お前たち喰え」とひろげてから、北斎は腕組みして、眼をつむった。

絵は、多分辰斎が言ったようなものだろうと思った。一見して平凡な、だがその平凡さがむしろ持味であるような絵だと、辰斎は言うのだ。この辰斎の東海道評と、嵩山房が言った「先生のいう風景と、少し違う」という言い方が、ピッタリと重なり合う。辰斎は正確に見たのだ、と北斎は思った。

だが、それだけでは、北斎の眼の裏には、何も浮んで来ないのだ。手探りするもどかしさが、むしろ強まった気がした。

それでは、東都名所とどこが違うのだ、と思う。二年前に見た、大阪横絵十枚の、その連作だけが手掛りだった。両国橋の橋杙《はしぐい》に、満月がかかっている一枚があった。

心に残ったのは、その一枚ぐらいで、概して言えば、風景の平凡なひき写しという印象しかうけていない。

ところが、東海道も平凡だという。北渓がそう言うし、辰斎も、それを否定しない。すると東都名所と東海道の間に、何が起ったというのだ。

そこまで考えると、北斎は急に乾くように、東海道五十三次を見たいと思った。心の底深いところに、懼《おそ》れがある。それは北斎がこれまで経験したことがない、ほとんど怯《おび》えに近い感情だった。見れば、そこにあるいは、彼を凌ぐ風景画の名手を見出すことになるかも知れない、と北斎は思った。そのとき前人未踏、古今独歩の風景描き北斎の名声が地に堕ちるのだ。

だが、強い好奇心が、その懼れを上廻った。

「ただいま。あらお賑やか。あたしも仲間に入る」

帰ってきたお栄が、北雲と辰斎の間に割りこむと、風呂敷包みを投げ出して、菓子に手を伸ばした。

離別して原庭町の家に戻ると、お栄はすぐに自分で絵の出稽古先を見つけ、風呂敷包みを抱えて出歩くことを始めた。美人画では、父の北斎に勝るという評判があるほどで、技倆はすぐれている。父に似た大女で、気性も男のようだった。小男の辰斎とならぶと、高い坐高が、辰斎を圧倒するように見えた。

「いま家の前で……」

お栄は、菓子をつまんでから、思い出したように言った。

「若い女の人に会ったけど、家に来たのかしら」

「誰も来なかったな」

と、北雲が言った。

「変だ。赤ん坊を抱いた女で、家から出てきたように見えたんだけど」

「妙な話だ。この家にそういう知り合いはない」

と北斎が言った。

「久五郎に、心当りはないのか」

「いやですぜ、師匠」

北雲があわてて手を振ったので、みんなが笑った。

その時、入口で人の声がした。「ほら、きたよ」と言って、北渓が北雲をみたので、みんなまたくすくす笑った。北雲は、わざと膨《ふく》れ面をして部屋を出て行ったが、間もなく妙な顔をして戻ってきた。

「お師匠さんに、話があるんだそうで」

「若いご婦人がか」

北斎は、まだおかしそうな口ぶりだった。

「それが、富之助さんの、何で……」

北斎の顔が、ムッと不機嫌になり、お栄は「あら、いやだ」と言った。

お栄が居間にしている薄暗い四畳半を抜けて、北斎が上り框《かまち》に立つと、土間におぼろな人影が動いた。白い顔と、形のよい立姿が浮び、やがて、お栄が言ったように、袖の中に乳呑み児のようなのを抱いているのも、見えてきた。

「お前さん、なにか。富之助の情婦《いろ》かい」

じっと見詰めてから、北斎はいきなり浴びせた。薄闇の中で、女がハッとしたように身じろいだのが見えた。

「久五郎、灯を持って来い」

北斎が大声で言うと、はじめて女が声を出した。

「あの、じきにお暇しますので」

女の声が、澄んで柔かいのを、意外なものに北斎は聞いた。少し間をおいて言った。

「それがいい。富之助は俺が子だが、久しく子とは思っちゃいねえ。しかし、話というのを聞くか」

「お願いでございます」

不意に女の姿が崩れた。上り框の下に、膝を折って蹲った。化粧の香が、微かに北斎の鼻腔を刺した。

「この子を、しばらくの間、預って頂けませんでしょうか」

「そいつは、無理だ」

にべもなく、北斎は言った。

その時、北雲が燭台を運んできた。北雲は燭台を置くと、チラと土間の女をみ、それから足音を忍ばせる歩き方で奥に消えた。

「これは、大層な美人だ」

北斎は、自分も上り框にしゃがむと、しげしげと女を見下ろしたが、

「あんたが、お豊さんというのか」

と言った。女は驚いたように顔をあげ、怯えた眼で北斎をみて「はい」と言った。頬のあたりに、少し悴《やつ》れが見える細面に、やさしげに睫《まつげ》が翳《かげ》り、形のよい鼻から小さめな唇にかけて、男心をそそる色気がある。「絵になる」と北斎は思った。

みているうちに、北斎の胸に不意に怒りが膨らんできた。その怒りは、いうまでもなく北斎も見知らぬ町、低い軒が並ぶ家家の間を、険しい眼を光らせて、いまも追われるように足早に歩いているだろう富之助にむけられている。

だが、その絶望的な怒りは、やがて同じ富之助に対する、どうしようもないほどの憐れみとなって、心を嚙んでくる前触れだった。それを恐れて、北斎は酷薄な口

調になった。

「富之助と別れたのか」

「捨てられました」

お豊は放心したように言った。北斎をみた眼が虚ろで、青白い表情だった。

「だが、ここへ来たのは、お門《かど》違いだったの。子供を養う女手がおらん。さればといって、お前さんぐるみ引取る義理はないし、貧乏絵描きに、そのゆとりもない。大体あの極道のために、することは全部し尽したのだ」

「よくわかっています」

「わかったら、引きとってもらいましょう。ここは冷える」

「でも……」

今夜、泊るところがないのだ、とお豊は言った。そう言ったとき、みるみる涙が眼を溢れて、頬を流れたが、口ぶりは、むしろしっかりした調子で続けた。店賃《たなちん》が溜って、長屋を追われ、一日中働き口を探したが、乳呑み児を抱えた女を雇うところはなかった。長くとは言わない。せめてひと月ほど預ってもらえないか。

「こちらには、お栄さんという人もおいでと聞いて来ました。お助け頂けないでしょうか」

「あれは、女ではない」

北斎は、もどかしそうに怒鳴った。それで赤児が眼を覚ましたらしく、弱弱しく泣き出した。

「俺は年寄った絵描きで、先をいそぐ身だ。一生、ろくでなしの子の尻を拭っちゃいられねえのだ」

「………」

「あんたにはっきり言うが、土台あいつとひっついたのが間違ったのだ。まして子供を生むなんぞは気違い沙汰だ、俺に言わせれば、その尻をここへ持ちこんでくるのは、大迷惑な話だ。てめえが好きで生んだ子なら、その始末は自分でつけたらどうだね」

お豊がゆっくり立上った。チッ、チッと舌を鳴らして赤児をあやすと、顔をあげて北斎をみた。涙が洗った眼に、憎悪が沈んでいるのを見たが、北斎は無視した。

「ご無理を言いました」

お豊は、低く呟いて腰をかがめた。

「待ちな。今夜の宿代ぐらいは持っていけ。おい、お栄」

奥に向かって北斎が呼び、ふり返ったとき、もうお豊の姿は土間から消えていた。開いたままの戸の外に闇があり、闇がもの言うような、微かな風の音がした。

七

嵩山房の書斎に通ると、そこに見知らぬ先客がいた。

新兵衛と挨拶をかわして、北斎が顔をあげると、客は軽く黙礼したが、すぐにそれまで話していたらしい草双紙の合巻《ごうかん》の評判を、ゆっくりした口調で続けた。

もの静かな、中年の男だった。やや肥り気味で、顔もまるく、頰の肉が厚い。きちんとした羽織姿や、版元の事情に通じている話しぶりから、嵩山房の株仲間かと北斎はみた。話しぶりは慎重で、その合間にキラリと光るような意見をはさんだりした。嵩山房の言葉には、丁寧にうなずき、時時ゆっくりしたしぐさで、煙草を吸った。

北斎は、次第に不快な顔になった。

東海道の初摺りが手もとにあるから、見にこいという使いがあって、いそいで来たのである。心に昂ぶりがある。それに先客が自分を無視しているようなのも不快だったし、話が長い。その上、北斎は煙草が嫌いだった。

北斎の仏頂面に気付いたらしく、新兵衛が不意に言った。

「これは、気付かぬことをした。お二人は、はじめてでしたな」

客は微笑し、改めて北斎に向かって坐りなおした。それが、自分を知っている者の笑いであることを、北斎は怪訝《けげん》に思った。

「ご紹介しましょう。こちらが高名な北斎先生。こちらは、いま評判の安藤広重先生ですよ」

あッと思った。そのうろたえた心を罵りながら、北斎は顔にどっと血がのぼるのを、防ぐことが出来なかった。なぜ早く、気がつかなかったかと思った。当然広重である筈だったのだ、この男が。

だが、北斎の顔が朱にそまったのは一瞬で、顔色は、むしろ蒼白くなった。

「これは、葛飾先生」

少しいざって後に退ると、広重は丁寧に畳に手をついて言った。

「ご高名は、以前から存じあげております。若輩です。今後何分よろしく」

「やあ」

北斎は無愛想に言った。

「あんた、今度はずいぶんいいものを描いたそうだね。あたしはまだ見てねえが」

「恐れ入ります。絵よりも、世間の評判が先まわりしているようで、当惑しております」

「いいや、もともとつまらねえ絵は、誰も褒めちゃくれませんよ。いいから褒める」

「はあ」

「絵描きは、あんたみたいに、卑下した言い方をしねえものだ。威張っていいのさ。そうでなくとも、近頃版元がふんぞり返って困る」

新兵衛が苦笑した。

「しかし、ま。これから後がんばることだな。評判がよすぎると、後が辛いものさ」

「は」

広重は、眼をあげて微笑した。北斎の言葉が包んでいる毒を、敏感に感じ取ったようだったが、微笑は柔かかった。その微笑に、北斎はふと気圧《けお》されるものを感じた。意外に強靭なものが、商人のような顔の下に隠されているようだった。

「おっしゃるとおり駈け出しで、先生にも、今後いろいろ教えて頂きたいものです」

「なーに。教えてもらうのは、案外こっちかも知れないよ」

北斎は、その厚い肉の下に潜んでいるしたたかなものに爪を立てるように、えげつない言葉を続けた。

「嵩山房さん。この人は、今が駈け出しで、これからもっとうまくなるつもりだ。

若い人は羨ましいや」

広重は、また微笑を頰に刻んだ。北斎には、その微笑が傷つくことのない軟質の壁のように見えた。

広重は、その微笑のまま、二人のやりとりを興味深そうに眺めている新兵衛に向かうと、「それでは、私はこれで……」と言った。

挨拶している広重の横顔に、北斎は妙なものを見た。それは、普通見かけないほど大きい黒子《ほくろ》だった。北斎にむけた右頰の、耳の下に近いところにあって、正面から見えなかったのだ。それは、広重の柔かい物腰を裏切って、ひどく傲岸なものに見えた。

店まで、広重を見送ってくると、新兵衛は、立ったまま障子を開けた。

「家が近いので、ちょいちょい来る。そこの大鋸《おが》町にいるのですよ」

新兵衛が、何となく弁解がましく言ったのは、さっき北斎のうろたえた様子をみたからだろう。北斎は、それに答えず、

「雁来紅《かまつか》が、いい色だ」

と言った。

窓の外に、色鮮かな雁来紅の一塊りがある。日の光が淡いために、その赤と黄が、空間を截《き》り取ったように、生生しい。

北斎は、血色がよく、肌が照りかがやくようだった広重の顔を思い出していた。かなわんな、とふと思った。絵描きだからといって、たとえば菊川英泉のように、いつも痩せて、蒼白く殺《そ》げた頰をしている必要はないだろう。だが、あれではまるで、繁昌している大店の旦那だ。

「これが、東海道ですよ」

新兵衛が、膝の前においた絵を、北斎は黙って一枚とりあげた。すぐに、また一枚とってみた。

しばらくして、軽い狼狽《ろうばい》が心の中にあった。

北渓や辰斎の東海道評を、大体肯定しながら、北斎はその上に、それだけではあるまいという気持を重ねていた。たとえばそこに、東都名所と東海道を峻別《しゅんべつ》する、何かがあるだろう。それは、じかに絵をみれば解ることだと思っていた。

狼狽は、その絵が、北斎の確信を裏切って、一見して弟子たちの批評以上のものでないように見えたことで、起った。

それは、ごく平明な絵だった。一度みたことがあるような風景、ありふれた人物が描かれていて、解らないところはひとつもない。細密な描写、人物の把え方などでは、やはり東都名所を上まわって安定感がある。だが、それだけのことだった。構図も、手法も、北斎がみる前にひそかに懼れたような、気がついて眼をみはるような新しさを、隠しているようには見えなかった。

このために、絵をめくる北斎の手の動きは次第に緩慢になり、表情は険しくなった。

新兵衛は、そういう北斎を、黙ってみていた。茶をのみ、手焙《てあぶ》りに手をかざし、北斎の表情と、彼がとりあげる絵を見くらべる。そして老絵師が何かを言い出すのを、辛抱強く待っているのだった。

結局辰斎も、北渓も、北雲ですらも、見方を間違えたわけでないようだ、と北斎は思った。

描く前に、北斎が練ったり截り捨てたりする苦渋を、この絵は持たないようにみえる。その意味で、北斎の好みとは違うが、悪い絵ではない。むしろさらりと描きあげたところが俗受けした、そう思うことも出来た。

だが、北斎の中に、執拗にこだわるものがある。絵をみているうちに、その背後に太太しい自信のようなものがあることが、見えてきたのである。それが気持にひっかかった。さらりと描きあげる——それだけのものを、広重は、こんなに自信たっぷりに描いたのか。

構図、手法、材料、色の平凡さは、疑い得ないのだ。極端に言えば、東都名所とそう大きな距《へだた》りがあるわけでない。この平凡さの中に、広重は何かを隠していないか。大店の主人のような風貌が、目立たないところに、ほとんど獰猛な感じさえする黒子を隠していたように、だ。

一枚の絵の前で、北斎はふと手を休めた。隠されている何も見えないことに、疲れたのである。結局広重は、そこにある風景を、素直に描いたにすぎないのだと思った。

そう思ったとき、北斎の眼から、突然鱗《うろこ》が落ちた。

まるで霧が退いて行くようだった。霧が退いて、その跡に、東海道がもつ平凡さの、ただならない全貌が浮び上ってきたのである。

広重は、むしろつとめて、あるがままの風景を描いているのだった。

描いたというより、あるいは切りとったというべきかも知れない、と北斎は息をつめながら思った。北斎も風景を切りとる。ただしそれはあくまで画材としてだ。それが画材と北斎との格闘の末に絵になることもあれば、材料のまま捨てられることもある。

広重と風景との格闘は、多分切りとる時に演じられるのだ。そこで広重は、無数にある風景の中から、人間の哀歓が息づく風景を、つまり人生の一部をもぎとる。あとはそれをつとめて平明に、あるがままに描いたと北斎は思った。

恐ろしいものをみるように、北斎は「東海道五十三次のうち蒲原《かんばら》」とある、その絵を見つめた。

闇と、闇がもつ静けさが、その絵の背景だった。画面に雪が降っている。寝しずまった家にも、人が来、やがて人が歩み去ったあとにも、ひそひそと雪が降り続いて、やむ気色もない。

その雪の音を聞いた、と北斎は思った。そう思ったとき、そのひそかな音に重なって、巨峰北斎が崩れて行く音が、地鳴りのように耳の奥にひびき、北斎は思わず眼をつむった。

八

根岸の田圃《たんぼ》道は、どこまで行っても花が匂って、息苦しいほどだった。

村端《はず》れの、英泉が借りている百姓家も、門のわきに立つ辛夷《こぶし》の大樹が、濃い花の香をまき散らしていた。立ち止まると、北斎は、杖に縋《すが》って長い間息をととのえた。

門といっても、生垣の間に、素人細工のように粗末な格子戸がはさまっているにすぎない。それが、手で押しても頑強に開こうとしないのが、いかにも英泉が住む家らしかった。苦笑して、北斎は格子の間から庭を覗いた。そこは、庭というよりは、荒廃した畑の跡だった。瞭《あき》らかな畝《うね》の凹凸の上に、雑草がはびこり、その中に、乱雑に枝をのばした金雀児《えにしだ》が三株ほど、黄色い花をばらまいている。

北斎の姿を見つけたらしく、やがて家の中から女が走り出てきたが、そばまできたのをみるとお安だった。

「先生、お珍しいこと」

お安は、手早く格子戸の閂《かんぬき》をはずすと、北斎を導き入れて、丁寧に頭を下げた。島田の髪の油が匂った。

「あんたは、何だ、しばらく見ねえうちに、娘らしくなった」

と北斎は言った。お安は、眩しそうに北斎をみたが、

「父を呼びますから、縁にかけていて下さい」

というと、また小走りに家の裏手の方に姿を消した。ほっそりした後姿だが、腰のあたりが娘らしく成熟しているのを、北斎は見送った。英泉が、お安を養女にしようかと思う、と言ったのは七、八年前だろう。三十過ぎの独り者が、しかも男手で子供を養うというのは腑に落ちない話だったが、およそ英泉には世の中の常識は通用しない。北斎も何か曰《いわ》くがあるのだろうと思った程度だった。

その奇妙な人間関係が、いままで続いて、お安がいっぱし娘らしくなり、英泉を父と呼んでいることが、北斎を軽い感慨に誘った。英泉に会うのは、五年ぶりだった。その間北斎は、お安のことなど忘れていたのである。

「どうかしましたか」

不意に、眼の前に立った英泉が、そう言った。昨日別れたような言い方だった。相かわらず痩せて、眼ばかりぎろりと大きいが、顔色はどうしたわけか、黒く日焼けしている。

「あんたこそ、その恰好はどうした」

北斎は、じろじろと英泉を眺めて言った。紺無地の袷の裾を端折《はしょ》り、細い脛をむき出して、跣《はだし》である。だらりと垂らした両手が、土まみれだった。

「笹が、ふえましてね」

英泉は、ピンと背筋を伸ばして縁に腰かけると、手をすり合せて土を落しながら、これも変りないゆっくりした小声で言った。

「去年ここに移ってきて、間もなくです。上野の山のきわで、小ぶりな笹竹を見つけたから、ほんのひと握り掘ってきて、裏に植えたんだ。それがいま、どうにもならないほどふえている。寝ている首の下まで笹です。夜、風が吹くと、枕の下で葉っぱが鳴るからわかる。後でみますか。裏は笹でびっしりですよ」

「…………」

「ほっといたら、家が笹で埋りそうだから、今日思い切って掘りおこしてみた。案の定、こうです」

英泉は両手を前に出すと、指をいっぱいにひろげて、その指をひらひら動かしてみせた。血管が浮き出た、細い指だった。

「この屋敷の土の下は、笹の根で真白になっちまった」

英泉は、無表情に庭を見つめたまま、口調だけは熱心に喋った。お安が菓子を盛った盆と、北斎には水、英泉に茶を運んできた。北斎を見て軽く微笑したのは、水しか飲まないのを忘れていなかったという意味だろう。

お安は面長で、眼鼻だちも整い、美人顔だが、眼に暗い翳りがある。いまのような微笑さえも、その暗い印象を隠し切れない。お安が奥に引っこむと、英泉は急に北斎をふり向いて言った。

「ところで、今日はなにか」

「いや、別に用があったわけでない。ただ、近頃絵の方はどうなっているのかと思って、来てみただけだ」

「気になりますか」

英泉は、北斎をじっと見詰めながら、小声で言った。

「いや、そういうつもりで言ったのではない」

北斎は、ややたじろいで答えた。答えてから、英泉の言い方がかなり傲慢なものであることに気付いて、いまいましそうに言いなおした。

「わしはわし、あんたはあんたさ。気にする筈がねえ」

「それならいいのです」

英泉は軽く言い、もうひとつ軽く言葉を重ねた。

「保永堂の依頼で、今度木曾街道の続きものを描きますよ」

北斎は、英泉から眼をそらして、空を見上げた。一片の雲もなく、軒先からいきなり引き伸ばしたように、空の隅々まで紺色がひろがっている。

英泉は、風景など描くべきでない、と北斎は思った。まとめることは出来るだろうが、風景は、女を描くのとは違う。そう思いながら、その考えの中に、嫉妬が混っていないかを慎重に調べた。嫉妬はなく、むしろ安堵のようなものがあるばかりだった。英泉は、必ず躓《つまず》くだろう。

「いつ頃出る」

「秋頃からでしょう。いま下描きしている」

「似合わないな」

北斎は、ずけりと言った。

「風景は、あんたに似合わない」

「なに、頼まれたから描くだけで、銭になればいいのです」

英泉は、また軽く言った。

「先生や、一立斎《いちりゆうさい》さんのように、風景を看板に上げているわけでないし、評判など気にしません」

北斎は、また眼をそらした。英泉にそのつもりがあったとは思えないが、その言葉は、北斎の痛いところを突いた。

年が明けて間もなく、北斎は、永寿堂から富嶽百景を出している。不評だった。版元が広告し、種彦が序文を書き、北斎自身奥付で抱負をひとくさり述べるという、いわば鳴りもの入りの出版だったが、世間は富士に食傷していた。

富嶽三十六景に驚倒した世間だが、墨一色の富嶽百景が、いかに構想、精緻にすぐれていても、二度驚倒することはあり得なかったのだ。よほどの、たとえば三十六景を凌ぐほどの奇想が、そこに展開されていれば話は別だろう。が、六十八歳の老人を襲った、あの目眩《めまい》に似た時間は、百景をまとめる間、ついに訪れることがなかったのである。

不評を、北斎自身予想出来なかったわけではない。だが、奥付に「九十歳、なおその奥をきわめるだろう。百歳にして、正に神妙ならんか」と書いたとき、北斎は、世間に向かって最後の恫喝《どうかつ》を試みたのだった。心の奥深いところに、荒荒しく咆哮するものがあり、それが心を昂ぶらせ、息が切れるほどだったのだ。

だが、恫喝は百景が予想以上に不評だったために、みじめなものになった。落ち目の老絵描きの遠咆《とおぼ》えだという声が、北斎の耳にも入った。北斎の中で、広重をみる感情が、はっきり憎しみの色を帯びたのは、この時からである。

「あれの注文が、溜っているんですがね」

不意に、英泉の声が耳を搏《う》った。異様な、囁くような声で、英泉はそれを言っている。顔が充血したように赤らみ、眼は淫らな笑いを漣《さざなみ》のようにためているのを、北斎は首を振って突き放し、立ち上った。その背に、英泉がまだ言っていた。

「よかったら、先生に少し注文をわけてもいいんだ。どうします？　描きませんか」

九

月が、ひややかな秋の色をしていた。足もとの小石まで、はっきり見える。柳原に出ると、北斎は立ち止まって土手下の道を透かしてみたが、歩いている人影は見えなかった。

だが、右手にならんでいる柳の、幕のように垂れ下った枝の間、木の陰に、手拭いで顔を隠した女たちが、息を殺して立ち、あるいは男をくわえ込んでいるのは間違いない。英泉は、この中にいるのだろうか。北斎は、杖をとめて立ち止ると、太い息を吐いた。どうしても、英泉に会わねばならなかった。

夕方、露月町の人ごみの中で、英斎泉寿に会った。北斎は、若林堂に行く途中だった。泉寿は、英泉の弟子で北斎と英泉の仲をよく知っている。

「困ったことができました」

泉寿は、人ごみを避けて、植木屋の軒先まで北斎を引張りこむと、若若しい童顔を曇らせて言った。

「英泉が、どうかしたかい」

北斎は反射的に言った。夏の初めに会った英泉の、妙に黒かった顔を思い出していた。

「また病気が出ました」

と、泉寿は少し苦笑して言った。四、五日消息が知れないので探している。いずれ戻ってくることは解っているが、二日前保永堂から使いがきて、木曾街道を解約すると言ってきた。驚いて、同門の英春と一緒に保永堂に行ってみたが、保永堂の言い分は変らなかった。

「噂には聞いていましたが、あの人はごつい言い方をしますな」

「絵が気に入らんと言ったろう」

「はあ」

泉寿は、眼をあげて北斎をみたが、その眼に自分のことのように、羞恥の色を浮べた。

「それに、師匠がだらしないと言うんです」

「それで、保永堂は、木曾街道を途中で打ち切るつもりか」

北斎は首をかしげた。

「いえ、師匠をおろして、もう後釜を決めているんですわ」

「もしかしたら、この俺かい」

北斎はおどけた。その笑いは、泉寿の次の言葉で、宙で凍りついた。

「保永堂がそう言ったのか」

「ええ。一立斎先生が後を描くと、はっきり言ってました」

その時の、踏んでいる地面が一瞬傾いたようだった感覚を、北斎は月の光の中で、はっきり思い出していた。

のろのろと北斎は歩いた。

別れるとき、泉寿は「今夜、柳原土手に行ってみるつもりです」と言ったのだ。あるところで、一人の板木職人が、昨夜柳原土手で、女と一緒の英泉をみたと言った。それだけの手がかりだった。雲を摑むようだが、吉原にも、ほかの岡場所にもいないとなれば、ここで見つからないものでもなかった。泉寿はまだ来ない。

「旦那」

樹の間から、影のようにふらりと出てきた女が呼びかけた。みごとに潰《つぶ》れた声だった。和泉橋を過ぎて、左手の籾蔵《もみぐら》が、道に幅広い影を落している場所である。月の下で、女が顔をゆがめたのは、北斎に笑いかけたのだった。声に似あわない小柄で、手拭いの下から、ほつれた髪がはみ出している。

「さっきから、うろうろしているけれど、遊ぶんなら、こっちおいでよ」

「人を探している」

と、北斎は答えた。

「痩せて、眼玉のぎょろりとした、中年男が来ていないか」

「知らないね。いろんな男がくるからね。肥ったのも、痩せたのも。もっともあたしらにつかまったら、大概痩せて帰るけど、さ」

女は潰れた喉で笑った。

「それより、軽く遊んで行きなよ。あたいは、どちらかといえば年寄り好みなんだ。安くて別嬪揃いだから、損はしないよ」

「ほかの女にも、聞いてみてくれ」

北斎は、懐から財布を出すと、小粒を探って渡した。

「ぜひとも、その男に会わなきゃならん」

そばの柳の木の陰で、男と女が忍び笑いするのが聞えた。

「悪いね。こんなにもらってさ。でも、おじいさん、こんなところで財布ひっぱり出しちゃ危いな」

女は言うと、後を向いて、「ちょいと、おとよさん。あんたもう済んだんだろ。ちょいと、出ておいでよ」と呼んだ。すると、枝を分けて男がひとり道に出て来、北斎を見ると、顔をそむけて足早に筋違《すじかい》御門の方に去った。枝の陰で、また女が含み笑いをした。

「なにひとりで喜んでるのさ」

と、小柄な女が言った。

「足を洗えってさ。笑っちゃったな」

言いながら、背のすらりとした女が、道に出てきた。うつむいて帯をなおし、北斎には気付かないようだった。

不意に、杖を鳴らして、北斎は歩き出していた。すぐに息苦しく胸が弾んだが、足をゆるめなかった。

「あら、どうしたの」

小柄な女が言った。

「ほんと。旦那」

紛れもないお豊の声が、背後で呼んでいる。

「遊んでいらっしゃいな。せっかく来たのにさ」

北斎は、恐ろしいものを聞いたように、足を早めた。その後に、いきなり嘲るような笑いが弾けた。笑い声は、無残にしわがれていて、北斎の心を凍らせた。

十

男が四人、その小路にひそんでいる。

北斎と鎌次郎、ほかは鎌次郎が連れてきたならず者だった。

かなり強い風が吹いていて、師走《しわす》に近い夜空を飛ぶように雲が走っている。そのため、高い空にある月は、始終見えたり、隠れたりした。風は、上野寛永寺の持屋敷と、新黒門町の町家にはさまれた、月の光もとどかない小路の底も吹き抜け、そこに蹲った男たちをふるえあがらせた。小路のどこかで、閂がはずれた木戸があるらしく、時時風にあおられて、耳障りな音を立てる。

「まさか、泊りじゃねえだろうな」

何度目かの立小便から戻ると、鎌次郎は蹲っている北斎に言った。古びて、ところどころ綿がはみ出たどてらを着こみ、手拭いで頬被りをして、北斎は巨大な梟《ふくろう》のように膨らんでいる。

「そんなことはない。それより、いま奴が伊勢利にいるのは確かだろうな」

「間違えねえって。銀助は、そういうことははしこい男だ。ソツがねえ。なあ、おい」

鎌次郎は、首をねじむけて、後に蹲っている肥った男に言った。男は、身体に似あわない細い声で、「大鋸町の家を出るところから蹤《つ》けて、見届けた」と答えた。

北斎は立ち上って、小路の出口に行くと、見張り役の男に、「替ろう。お前さん休みな」と言った。

雲が千切れて、下谷広小路の大通りが、月明りで白っぽい。上野の鐘が四ツ（午後十時）を知らせたのはだいぶ前で、人通りは全くなかった。

時時胴震いがこみあげてきた。それが寒さのためか、これからやろうとする悪事のためか解らなかった。とにかく思い知らせてやるのだ。腕一本へし折って、それで広重も終りだ。北斎は、心の中をのぞきこみ、そこに眠たげに埋れている、無頼の血を掻きたてようとした。

若僧が、いい気になりやがって、と北斎は呟いたが、それは低いうなり声にしか聞えなかった。

木曾街道を、広重に描かせたくなかった。街道風景を描くことは、広重にとっては、故郷に帰るようなものなのだ。女描きの英泉が柄にもない風景を組立てるのとは、話が違う。広重は、水を得た魚のようになる。そして、木曾街道は、もう一度市民の喝采をうけるだろう。その予想は、北斎を堪え難い思いに駆りたてる。なぶり殺しにされてたまるか、と北斎は思う。富嶽三十六景――その栄光は遠い。それは何といとおしく、遥かかなたにあることか。いまここに蹲っているのは、老醜の巨体だけだった。すでに、心の底に、暗く咆哮するものの気配を聞かなくなってから久しい。

忍川の橋の手前に、ぽつりと人影が現われた。北斎は眼をこらしながら、手で後に合図した。驚くほど敏捷に、男たちが北斎に寄りそってきた。「あれか」と、鎌次郎が囁いた。北斎は答えないで、ゆっくり近づいてくる人影を見つめている。誰かが、ポキリと指を鳴らしたあとは、ひどく静かな時が流れた。風の音だけが、空を鳴らし、閂がはずれているらしい、どこかの木戸をあおっている。

人影は、顔が見えるところに来た。やはり広重だった。雲が吹き飛んで、月に照らされて、肉の厚い丸顔がはっきり見えた。

鎌次郎が、北斎の尻をつついたが、北斎はその手を押え、大きくみはった眼で、広重を見つめた。早い動悸が、胸を叩いている。

広重は手に折箱を下げていた。錦樹堂で酒が出たのだろう。木曾街道は、保永堂と錦樹堂伊勢屋利兵衛の共板になると聞いている。今夜の招きも、そういう打合せに違いなかった。もてなされたのだ。

　それなのに、この男の表情の暗さは、どうだ、と北斎は思った。ほとんど別人をみるようだった。嵩山房でみた広重の印象は、いま月の光でみる顔に、ひとかけらも残っていないのだ。

　二間ほどのところに広重が立ち止った。同朋《どうぼう》町に曲ろうか、それとも右に行くかを思案しているようだったが、やがて眼を伏せて、新黒門町の角を曲って消えた。あっという間のことだった。

「どうしたい、先生」

「………」

「人違えか」

「いや、あいつさ」

「どうする気だ。向うに曲っちゃ、辻番がいて面倒だぜ」

「やめた」

　と、北斎は答えた。何かが脱落し、心はほとんど和らいでいた。渋面をつくりやがって、と思った。正視を憚《はばか》るようだった。陰惨な表情。その中身は勿論知るよしもない。ただこうは言えた。絵には係わりがない。そこにはもっと異質な、生の人間の打ちひしがれた顔があった、と。言えばそれは、人生である時絶望的に躓き、回復不可能のその深傷《ふかで》を、隠して生きている者の顔だったのだ。北斎の七十年の人生が、そう証言していた。鎌次郎が、また尻をつついている。うるさい男だ。

「銭は約束どおりもらうぜ、先生。この冷え込みの中でよう、たっぷり二刻（四時間）つき合ったんだ。これで、今夜からまた痔《じ》が痛む」

「金はねえ」

「なんだと」

「悪いが、一文無しだ」

「じゃ、明日もらいに行くか」

「来ても同じことでな。絵の注文があればだが、近頃それもない」

「ほう」

鎌次郎は、顔を寄せると、北斎の眼をのぞきこんで笑った。そのままの笑い顔で二、三度うなずき、やがて眼だけ兇暴に光ったと思うと、鎌次郎の軀は、一尺も躍り上った。

「この、クソ爺い」

問答を聞いていた二人のならず者も、すばやく殴りかかってきた。男たちの、怒気で膨れ上った無言の動きは、凄みがあって、打倒され、巨大な芋虫のように地を這いながら、殺されるか、と北斎は思ったほどだった。とくに、銀助という肥った男の足蹴りは、北斎の五体をきしませた。くたばったか。いや、動いている。馬鹿みたぜ今夜は。まったくよう。引き揚げ済まなかった。熱カンで一ぺえおごるから、勘弁してくんねえ——風の中に、男たちの声が遠ざかるのを聞きながら、北斎は這ったまま、手を伸ばして杖を探った。

原庭町の家に辿りついたのは、九ツ半（午前一時）近くだった。家の中は真暗だった。お栄は稽古先で泊ると言って出かけている。戸を開けて、冷え切った闇の中にのめり込むと、北斎は、上り框から、居間まで這った。

行燈に灯を入れ、それから台所に行って、手と顔の血を洗い流した。全身が火照《ほて》って、鈍い痛みが、膜のように軀を覆っている。

続けざまに水を飲んだが、執拗な渇きが、喉に残った。二、三日前、北馬が持ってきた柿が残っていたのを思い出し、吊棚を探って見つけると、皮ごと齧《かじ》った。甘味が、口の中に溢れた。冷たい果肉が、喉を滑り落ちるのが気持よかった。二つとも、蔕《へた》のきわまで余さず喰ってから、北斎は部屋に戻った。

行燈のそばに、やりかけの仕事がひろげてある。北斎は立ったまましばらくその絵を見つめたが、やがて背をまるめて坐ると、そばに積んである夜着を頭からかぶり、行燈を引き寄せて筆をとりあげた。

絹布の上に、一羽の海鵜《う》が、黒黒と身構えている。羽毛は寒気にそそけ立ち、裸の岩を摑んだまま、趾は凍ってしまっている。

北斎は、長い間鵜を見つめたあと、やがて筆を動かして背景を染めはじめた。はじめに蒼黒くうねる海を描いたが、描くよりも長い時間をかけて、その線と色をつぶしてしまった。漠として暗いものが、その孤独な鵜を包みはじめていた。猛猛しい眼で、鵜はやがて夜が明けるのを待っているようだったが、仄《ほの》かな明るみがありながら、海は執拗に暗かった。

それが、明けることのない、溟い海であることを感じながら、北斎は太い吐息を洩らし、また筆を握りなおすと、たんねんに絹を染め続けた。時おり、生きもののような声をあげて、木枯しが屋根の上を走り抜け、やむ気配もなかった。

化《おとり》

一

伯父さんがきた、と彫宇《ほりう》が言った。

仕事場の入口から、彫宇は、わざとみんなに聞えるように言ったのだが、芳蔵と磯太が顔をあげただけだった。彫宇の声は、しゃがれて聞きとりにくいのだ。

彫宇は、甲吉のそばに来て蹲《うずくま》ると、伯父さんがきている、と繰り返した。

「急ぎの用事らしいや。仕事は切りあげていいぜ」

甲吉は、彫りかけている版木から顔をひき離し、黙って彫宇をみた。いい知らせではなかった。ここ暫く顔をみせなかったあの男がきた、と彫宇は言っている。だが、だからといって、咎めるような眼で彫宇をみるのは間違っていた。男とつながりをつけたのは甲吉自身で、そのことで彫宇はむしろ迷惑している。それが解っていながら、彫宇の万事のみこんだような表情に逆らいたいものが、甲吉の気持のなかに動く。男は、多分仕事をもってきたのだ。それは金になる。だが、男が仕事と一緒に屈辱と危険を持ってきていることを、彫宇は知らない。

皺で固めたような彫宇の顔が、眼の前にあった。その赭黒《あかぐろ》い皮膚は、古びた酒嚢《しゅのう》ででもあるかのように、いつも執拗に酒の香を発散している。いまも、その香が新しいのは、さっき台所で冷酒を呷《あお》ってきたからである。

彫宇は、もう仕事場であまり役に立たなくなっている。子供の磯太を相手に、鑿《のみ》を砥《と》いだり、版木を截《き》ったりするだけである。小柄な躰のなかに、いつからか棲みついてしまった酒毒のために、彫宇の指は、甲吉のそばに蹲っているいまも、膝の上でたえず顫《ふる》えつづけ、滑稽なことに、それと一緒に小ぶりな白髪頭まで、小刻みに揺れている。

昔、一度だけ甲吉は彫宇の凄まじい仕事ぶりをみている。版元が、国政の役者絵を回してきたときのことだった。国政は、二年前三十七の若さで歿しているが、二十代のその当時、すでに役者絵の鬼才の名が高かった。

そのころ彫宇の工房には、伊助という男がいて、この男だけが大首絵の頭彫りが出来た。だが、国政の版下絵を貼りこんだあと、伊助は長い間腕を拱《こまぬ》いたあげく、出来ないと言った。版木を受けとりにきていた摺師《すりし》の使いのものが、顔色を変えた。約束の時刻まで、あと半刻（一時間）もない慌《あわただ》しい仕事だったのだ。

その時初めて、甲吉は彫り台に向かう彫宇をみた。伊助が空けた彫り台の前に坐ると、彫宇はそこに酒を運ばせ、版下絵を睨みながらいつまでも独りで酒を呷った。その間に、時時刀《とう》をとりあげてはまた板の間におろす動作をはさんだ。片膝を立て、酒を呷っては彫り台を睨む彫宇の姿を、百目蠟燭《ひゃくめろうそく》の炎が赫赫《あかあか》と炤《て》らし、みていて甲吉は息が詰まった。彫宇ではなく、そこに一匹の幽鬼が蹲っているように見えたのである。

いつの間にか彫宇の刀が板面を剪《き》っていた。指の顫えがとまっている。それを確かめるように彫宇の刀の運びは慎重だったが、やがて刀を捨て、鑿を使うころには、手の運びは流れるように速くなった。おそらく彫宇はそのとき、昔本所北口下水の升階堂で、名人宇七と呼ばれたころの彫りまわしを取戻していたのだろう。滑らかで、一瞬の渋滞もない鑿の動きの下から、みるみる国政の役者絵にまぎれもない、覇気にみちた描線が立ち上ってくるのを甲吉はみた。

その頃は、彫宇の工房は、まだにぎやかだったのである。国貞、英山、豊国という一流の絵師の版下もまわってきたし、人もいた。だがいまは、市中で評判の絵師の一枚絵を扱うことは、絶えてなくなった。注文はないわけでないが、それは摺もの、読本《よみほん》、狂歌本のたぐいでしかない。彫宇の工房が、一流の座から顚落《てんらく》してから、久しいのである。彫宇を見限って、幾人かの腕のいい職人が出て行った。当然だった。彼等の多くは、名人宇七の名に憧れて工房にきた。甲吉がそうであったように。だが彼等は、その工房で一人の酔漢をみたにすぎなかったのである。

工房はさびれ、彫宇は、さらに老いた。

老いた酔どれにすぎない彫宇は、いまは職人に逃げられないように、その気配りだけに懸命になっている。それでも甲吉が、この工房を出ることを、一度も考えなかったのは、いまの磯太の年頃にみたあの夜の、鬼気を帯びた光景のためだったのだろう。それと、はやく連れ合いに死別れ、子供もない彫宇の孤独も、甲吉を、希望のないこの工房に縛りつけている。

だが、あの男がきたことを告げる彫宇の囁きには、媚びがある。それが、甲吉の気持をやり切れなくした。ほとんど肉親に感じる、あの羞恥と憤りがまじりあったやりきれなさを感じるのである。

甲吉の気持がわかるわけもなく、彫宇は、もっともらしく眼配《めくば》せまでして、もう一度しゃがれた声で囁いた。

「はやく行った方がいい」

「しかし親方」

甲吉は不機嫌な顔で言った。彫り台の上には、花鳥の版木が載っているが、まだ半分も鑿がすすんでいない。

「これは、六ツ半（午後七時）までに仕上げる約束だ」

「ま、あとは誰かがやるさ」

彫宇の言い方は楽天的だった。立ち上って、仕事場を見まわした。芳蔵と屁こきと、磯太がいたが、磯太はまだ使えない。

「磯、喜三郎はどこへ行った」

彫宇は、隅で鑿を砥いでいる磯太に訊いた。喜三郎の彫り台には、摺ものの版下が開いたまま置いてあるばかりで、まだ版木も載っていないようだった。

「知らねえよ」

磯太は、ふり向きもしないで言った。声変りしたばかりで、ひどくぞんざいな口調に聞える。

「昼過ぎに、ふらっと消えたきりだァ。変な奴が呼びにきていたから、明るいうちから、どこかでこれだろ」

磯太は、片手を巧みに振って、壺を伏せる手つきを真似てみせた。磯太は、喜三郎を嫌っている。鑿の砥ぎが悪い、台の手入れが粗末だと、しじゅう小言を喰うが、喜三郎の叱りかたが頭ごなしだったからだ。

磯太に限らない。ほかの者も、喜三郎とはあまりしっくりいっていない。喜三郎は、頭彫りを楽にこなすいい腕をもつ版木師だが、傲慢な男だった。磯太に小言を言ったあとで、よく「これじゃいい仕事が出来ねえ」と言ったりする。腕を鼻にかける。

だが、屁こきは無口で、時おり仕事場に、その滑稽な音をひびかせなければ、いるかいないかわからないような男であり、この仕事場で、たった一人まともな世帯持ちである芳蔵は、女のように優しい。この二人が、喜三郎と口論するようなことはないが、甲吉は時時諍《いさか》うことがあった。

喜三郎は、いわゆる流れ職人だった。彫宇の工房にくるまでに、市中の彫師の家を転転と渡り歩いている。ひとところに落ちつけないのは、博奕《ばくち》と女で、そこにいたたまれないような羽目になるのだ、と甲吉は職人仲間に聞いている。

彫宇にきてからも、口癖に「俺は、長くいるつもりはねえよ」と言いながら、もう三年近くなる。彫宇が大事に扱うからである。彫宇は、喜三郎をほとんど甘やかしていた。

「屁こき」

と彫宇は呼んだ。

屁こきという奇妙な呼びかたが通り名になっているこの男は、呼ばれても、眼もあげなかった。

「お前、甲吉の仕事をかわってやるか」

屁こきは臀《しり》を傾けて、一発鳴らした。それが、承知したという返事だった。屁こきは、色の黒い円顔を、陰気にうつむけたまま、立ち上ってきた。屁こきは、人の顔を決してまともにみることがない。もう五十を幾つか過ぎているだろう。だが、誰もこの男の年を知らなかった。

ただ、そのまるく曲った背をみて、この男が長い間、版木彫り職人として生きてきたことを知るのである。

「すまねえな」

甲吉も、この男の隠された名前を知らない。肩を叩いて、仄暗い仕事場を出た。

外へ出ると、いきなり二月の風が顔のうえを吹きすぎた。風が通りすぎたあとに、煙管《きせる》をくゆらして、目明しの徳十が立っていた。

二

甲吉をみると、徳十は軽くうなずいて、大きい掌に煙管を打ちつけ、腰をさぐってそれをしまった。無表情だったが、待たされたことで気を悪くしているようには見えなかった。徳十は、待つことに慣れている。

「仕事だ。蕎麦《そば》でも喰いながら話すか」

そういうと、もう一度甲吉をじっと視た。この掛けもちの下っ引が、いまも忠実な犬であるかどうかを、露骨に確かめたような、冷酷な眼だった。徳十の大きくて長い顔は、いつものように血色が悪く、ほとんど灰色で、それが一層表情を乏しくしている。

徳十は、すぐに背を向けて歩き出した。甲吉は、その大きな背をみるとき、いつも感じる、微かな嫌悪感を押殺しながら、そのあとについて行った。幅のある背の向う側に、徳十が、いまも抱きかかえて歩いている、ひややかで、無気味なものに、甲吉はまだ馴れることが出来ない。

だが、彫宇の工房を出たときから、甲吉は、両国の目明し徳十配下の、人に嫌われる下っ引だった。そうなったのは、二年ほど前、妹のお澄が血を喀《は》いたときからである。その時から、お澄は寝たり起きたりする暮しが続いている。そうなる前の自分を、忘れてしまったようだった。お澄は、元気のよい声で話し、上気したような、もも色の頰をしているが、忘れかけたころに、赤い花片《はなびら》のような血を喀いた。

お澄のことを考えるとき、甲吉の心は、いつもすばやい速さで湿りを帯びた。両親をはやく失ってから、お澄を一人前にそだて、どこかに嫁にやることを、なんとなく生甲斐のように思い込んできたのである。その日が、そう遠くないころになって、お澄は突然生甲斐であることを拒んで、甲吉の新しい軛《くびき》となったようだった。

仕事が遅くなり、疲れて帰る夜の路で、甲吉は、その疲労の希望のなさに打ちのめされて、思わず立ち止ることがある。だが、お澄にそのことを覚られてはならなかった。子供に玩具を買いあたえるように、お澄の手に、いつも日が射すような希望をあたえておかなければならない。医者をよび、薬料を払い、躰に力がつくようなものを喰べさせるために徳十の配下になった。職人仲間のひとりが、話をつけてくれたのである。その男は、博奕のもとでを稼ぐために、徳十の下っ引になっていた。

徳十から渡される手当は、仕事のあるなしで多少違ってくる。だが、大方その時時に入る数枚の二朱銀は、お澄に希望を購《あがな》ってやるために、欠くことが出来ない重みを、掌の上に落すのである。

このことは、彫宇には打明けたが、ほかのものには内緒にしてもらっている。徳十を伯父さんと呼んだのは、ほかの者の手前をつくろう符牒《ふちよう》にすぎない。

徳十は、馬喰町を真直ぐ、神田川に抜け浅草御門を渡った。渡った橋に茅町がつながっている。日が西にまわった町は、人通りが激しい。茅町の表通りは、人形問屋、薬種商、つくり花屋、絵馬屋などが並び、町全体にきらびやかな色彩があった。蔵前が近く、千住街道でもあり、商人、武家の行き来のなかに、旅姿の者や、荷を積んだ馬車も通りすぎる。

人混みのなかを、徳十の幅広い肩はゆっくりすすんで、やがて一軒の蕎麦屋に入った。

うどんかけを二つ注文すると、徳十は、

「仕事の方は、かまわねえのか」

と言った。しかし、そのことを気にしている言い方ではなかった。すぐに、

「綱蔵を知ってるだろう」

と言った。甲吉はうなずくと、仕事の危険さを測る眼になって、徳十をみた。

綱蔵というやくざ者が、賭場で人を刺し殺し、江戸を逃げたのは、半年ほど前である。事件は、小名木川に近い海辺大工町で起きた。浅草橋を中心に、一帯を縄張りにする徳十も、その時、手札をもらっていた定廻り同心島原矢太夫の要請で、両国橋を固めている。夏の終りの夜四ツ半（午後十一時）頃であった。捕物提灯の明るみの中にいた甲吉は、その夜、灯明りのとどかないところにある闇が、異様なほど暗かったことを憶《おぼ》えている。

綱蔵という男を、甲吉は、手がとどくような近さでみた。追われて両国橋を走ってきた綱蔵は、匕首《あいくち》をかざして、一度は甲吉たちの密集に突込む気配をみせた。だが、その気配をみて、捕方が一斉に「おう」と声をあげてどよめくと、その声に気圧されたように後に戻り、次の瞬間欄干にのぼって、暗い川面《かわも》に跳んだのだった。

闇が濃いために、綱蔵の躰は、宙で闇に溶けたようにみえた。

甲吉より、四つ、五つ年上だろう。三十前後の精悍な男だった。二間ほど手前まで迫ったとき、綱蔵は何か叫んだ。声は聞きとれなかったが、提灯の明りに、剝き出した歯が白かったことも憶えている。

川から死体があがらず、その後、私用で旅に出た手先のひとりが、旅先の常陸《ひたち》で綱蔵らしい男をみたという知らせも入って、綱蔵は江戸を逃げのびたことが確かめられていた。

うどんが運ばれてくると、徳十は、「ま、喰え」と言った。

徳十は、おどろくほど健啖《けんたん》だった。若い甲吉が、まだ半分も残しているのに、音をたててつゆをすすり終り、莨《たばこ》をくゆらして甲吉を待った。隅の台で、中年の男と女が、向かい合って蕎麦をすすっているだけで、店は閑散としていた。さっきうどんを運んできた小女が、こちらを向いたまま欠伸《あくび》をしている。

「綱蔵が、江戸にもどっているのだ」

甲吉が喰べおわるのを待っていたように、徳十は煙管から口をはなして言った。

日本橋の、ある太物屋の手代が、徳十にその情報を持ってきた。徳十は両国で絵草紙屋をしていて、その店に出入りするのを、人に怪しまれることはない。にもかかわらず、手代は緊張のために、青白い顔をしていた。清八というその手代は、以前賭場に出入りしていて、徳十に見遁《みのが》してもらったことがある。その賭場で、綱蔵とは顔見知りだった。二、三日前、芝神明町の人ごみの中で、綱蔵をみかけ、思わず声をかけたという、清八の密告は信じられた。

その時綱蔵は、じろりと清八を見たが、あわてるふうでもなく、ゆっくりと人ごみの中に入って行ったという。清八がタレ込んできたのは、賭場で見遁してもらった恩義からでなく、声をかけるべきでない男に、声をかけてしまったことの無気味さからだ、と徳十は見抜いた。

甲吉の仕事は、ひとりの女を見張ることだった。

「女？」

「綱蔵の情婦《いろ》だ。この近くに住んでいる」

見張りは、六ツ（午後六時）から五ツ（午後八時）までの間でいい。その前後は、手を打ってある、と徳十は言った。

上野の鐘が、六ツを告げた。

眼を伏せて鐘を聴きおわると、徳十は、「おい」と小女を呼び、あわただしく金を払って立ち上った。

蕎麦屋を出ると、徳十は通りを真直ぐすすんだが、やがて不意に横丁に折れた。そこは狭い通りで、道はすぐに茅町裏の福井町に突き当り、そこにある銀杏岡《いちょうがおか》八幡の境内に続いている。徳十の足は、ためらいなく八幡の境内に入って行く。

まわりを生垣が囲んだ境内は、ひっそりと人気がなく、狭かった。だが、隅に建つ社殿の前に立つと、生垣のそとに、不意にひろびろとした、枯色の空地がひらけているのがみえた。六年ほど前にあった、茅町の大火の焼け跡のようだった。捨てられ、荒廃した土地だったが、その枯色のなかに、ものの芽の気配があった。

空地の中を、西から東へ黔《くろ》ずんだ道が一本走っている。その道の向こう側、平右衛門町裏のあたりに、仮家のような家と、焼け残った古びた長屋が疎らに建ち、右手には、福井町三丁目と、その屋並の上に突き出ている酒井左衛門尉下屋敷の、高い甍《いらか》がみえた。

徳十は、生垣越しに、空地の先にある家家をじっとみたが、やがてしゃがむと、煙管を抜いて一服つけた。甲吉も、社殿の前の石に腰をおろした。

日が落ちるとみえて、酒井家下屋敷の黒い屋根の上に、高く聳えている雲の先端が、金で縁どったように耀《かがや》いている。風はやんでいたが、水色の空と、金色に縁どられた雲は、まだ冬を残していた。しかし、江戸の空の、はるか南のきわに、盛りあがる雲の一群がみえ、それは蜜柑いろに染まって、春があまり遠くないことも告げていた。

甲吉は、尻の下の石から這いのぼる冷えに堪えて、ぼんやり空をみあげていた。

おい、と徳十が言った。

いつの間にか、徳十はぴったり生垣に躰を寄せている。立ち上った甲吉を、手真似で「来い」と呼んだ。そばに寄ると、彫宇から酒の香が匂うように、徳十の躰から、濃く莨の脂《やに》が匂った。

「あの女だ」

徳十が、顎をしゃくって囁いた。

三丁目の方から、やや小柄な、若い女がひとり、空地に入ってくるのがみえた。女は長屋の前を通りすぎ、その先にある仮屋のような粗末な家が二軒並んでいるところで立ち止った。そこが、女の住いらしかった。女はすぐに家には入らないで、立ったまま、顔を仰むけて寒い空を見あげた。

酒井家下屋敷の上にある黝《くろ》い雲は、いまは扁平な下部を、一面に赫く染めている。日が落ち、闇が訪れる前触れだった。雲を眺めている女の姿が、孤独だった。

女は、家の中に姿を消した。それが、明日から甲吉が見張る女だった。

小柄で丸味を帯びた躰つきと、白い顔が、もう一度ゆっくり甲吉の記憶の中を横切った。その確認のなかに、思いがけなく、ちらとはなやいだものが立ち上ったのを感じたのは、そのすぐ後である。

その微かなときめきを見抜いたように、徳十は背を伸ばして甲吉をふり向くと、冷たい口調で言った。

「あれが囮だ」

徳十の長い灰色の顔は、やはり表情に乏しかったが、眼だけが、別の生きもののように、酷薄に光ってみえた。

三

半月経ったが、何事も起らなかった。

今日も甲吉は、おふみというその女が家の中に入るのを見届けると、身をひそめていた生垣を離れた。あとは八幡の社殿に腰をおろして、五ツになると現われる弥作という代りの男を待てばよい。

そこから、空地とおふみの家がよく見えた。空地は十日あまりの間に枯色が影をひそめ、黄色っぽい草の芽が目立ってきている。そのやわらかな色が薄闇に沈むと、やがておふみの家の小さな窓に、淡い灯のいろがともるのである。

おふみは、鳥越の小料理屋に下働きで通っている、と徳十から聞いている。そこからおふみが家に戻ってくる時刻は、毎日ほとんど変ることがなく、見張りは楽だった。

彫宇の工房で六ツを聞くと、甲吉は仕事を切りあげる。喜三郎や芳蔵には、妹の具合がよくないからと言訳していた。それでも仕事が混んでいる時は、喜三郎が厭味をいうが、甲吉はそれを無視して店を出た。店先で懐の十手を確かめると、顔をうつむけて町を抜け、浅草橋を渡る。道すがら、甲吉の気分は重くなっている。下っ引という仕事を隠して、人ごみの中を歩くことは辛かった。

しかし、八幡の境内に近づくにしたがって、その重い気分が微妙に変った。心の内側にその時辷りこんでくるのは、微かな喜びのようなものだった。境内につくとすぐに、甲吉は、空地に仕かけておいた眼に見えない輪のようなものを、すばやい眼で調べる。その中でまだ遊んでいる子供たち、輪を横切って通りすぎる男女、とりわけおふみの家のまわりを綿密に見、異常がないことを確かめておふみを待つのである。しかし、そうしてひっそりと女が来るのを待っているとき、甲吉は、緊張のなかに疑いようのないときめきが息づいているのを感じるのだった。それは、約束した女を待っているときの気持に、ひどく似ていたのである。

やがて空地の端に、おふみが現われる。おふみは、勿論ためらう風もなく、無造作に甲吉の輪の中に踏みこんでくる。すると、空地にほかに人影をみないときなど、甲吉は輪の中におふみと二人だけでいるという気が、強くするのだった。息を詰めて、おふみが家の中に入るのを見届けると、そのあとに弛緩《しかん》した優しい気分がやってきた。

いまも、社殿の階段に蹲って、おふみの家に灯がともるのを見ながら、甲吉の気持は優しくなっていた。おふみは輪の中にいて、まるで言い交した女のように、従順にその中で満ち足りているようにみえた。

月のない闇が足早に空地を蔽《おお》い、甲吉を足もとから部厚く包みはじめていた。今夜も何ごとも起りそうにない、と甲吉は思った。おふみの家の窓の灯は、つつましく明らんで、そのまわりの闇は静かだった。するとあとは、夜の海の海月《くらげ》のように、眼と鼻だけを残してとっぷりと濃い闇に浸ったまま、弥作というあの陰気な男を待つだけである。

甲吉は、おふみの家の灯のいろを、ぼんやり眺めた。灯の下に女がひとりいるだろう。徳十はおふみを囮だと言ったが、甲吉はその言葉に疑問を持ちはじめている。灯の下にいるのは、ひとりの孤独な女にすぎないという気がしている。見張りについてから、おふみにも、おふみの周囲にも変った動きは何ひとつない。もちろん綱蔵とのつながりを思わせるようなものは、影もなかった。それに男がここにくるという保証はない。見張りはいたるところにバラ撒《ま》かれていたし、綱蔵は、江戸のどこかほかの場所でつかまるかも知れないのである。

そう思いながら、甲吉はまたいつもの夜のように、心がひとつの疑惑に向かって、静かに傾斜しはじめたのを感じた。しかしもしそうなら、おふみはなぜまるで繋《つな》がれてでもいるかのように、女ひとりあの家で暮しているのだろうか。飛ぶ翼を持たないのか。

おふみをみていると、働いているという鳥越の小料理屋で仕事を終えると、わき目もふらず家に帰ってくるように見える。いつも急ぎ足だった。帰ってくると、外敵を恐れる昆虫のようにひっそりと家に隠れて、外に出ることもない。それはおふみという女の性格だというだけのことなのだろうか。それとも徳十が言ったように、そうして息をひそめながら、いつか現われるかも知れない男を待っているのだろうか。人を刺し殺し、行方も知れない男をも、女は待つのだろうか。

時には闇にまぎれて、甲吉はおふみの家のまわりを探ることがある。ある夜、窓越しにおふみが端唄《はうた》を口ずさんでいるのを聞いた。唄声にまじって、水の音と瀬戸ものの触れ合う音がした。窓の内側には、甲吉が考えるようでない、案外に屈託のない暮しがあるようだった。声は、細くてきれいだった。だが唄っている女が、甲吉には哀れでもあり、腹立たしくもあった。

綱蔵は、必ずあの家にくる。追われていると心細くなって、おしめえには眼がくらんだようになって、ふらふらと女のそばに帰ってくるものさ。その証拠に、見ねえ、奴はもう江戸に入り込んでいやがる、と徳十は確信ありげに言ったが、おふみも女の本能のようなもので、それが解っているのだろうか。そしてやはり、いつか男が帰るのを辛抱強く待っているのだろうか。

不意に甲吉は立ち上った。おふみの家の灯が消えている。

その家の窓ひとつだけが、みている前で、いきなり闇に沈んだのである。まわりの家の灯は明るいし、もちろんまだ眠る時刻ではない。理由があって、おふみが灯を消したのだ。そう思ったとき、甲吉の躰を戦慄がとおり抜けた。おふみに、何かが起ったことが確かだった。

懐から十手を抜きとると、甲吉は足音をしのばせて生垣まで走り、暗い空地の向こうを透してみた。おふみの家のまわりに、人の気配はない。綱蔵が現われたときは、茅町の自身番まで走ることになっている。そこに詰めている者が、徳十に知らせる手順が決めてあった。

暗い夜だったが、道が仄白くみえた。やがて、戸が開く微かな音がひびき、その道に、黒い人影が出てきたのが見えた。すぐに下駄の音が鳴って、それはおふみだと解った。黒い人影は、小走りに茅町の方角に動いて行く。おふみは、初めて甲吉の仕かけた輪から脱け出そうとしていた。

弾《はず》みをつけて生垣を跳びこえると、甲吉は野猿のように、空地を横切って走った。その動きのためだけでなく、胸に高い動悸があった。おふみは、綱蔵に会いに行くのか、と思った。事態は、思いがけない方に動いているようだった。走りながら、甲吉は、おふみの行く方角と、自身番との距離を、すばやく測った。しかし、すぐに徳十や、彫宇の顔、お澄の顔などが、脈絡もなく頭の中を横切り、これでおしまいだとも思った。

茅町の裏通りまで走ったとき、いままで忍んでいた八幡様の鳥居の前を、右に茅町に曲ったおふみをみた。

通りから射す微かな明りで、両袖を胸に抱き上げた女の姿が、はっきり見えた。

通りに出ると、甲吉は足をとめ、すばやく眼をはしらせて、おふみを探した。しかし、その必要はなかったようだ。おふみは、四、五人さきの人ごみの中にいて、白い横顔に店先の提灯の灯のいろを受けながら、ゆっくり歩いていた。そのときになって、甲吉ははじめて、町が異様に明るく、祭りのように、人が混んでいることに気づいた。

町の両側の人形問屋は、それぞれの軒に赤赤と提灯を懸けつらね、人の群は、店先にならべてある雛《ひな》人形をのぞきこみながら、緩慢に流れている。雛祭り前の売出しの、今日が初日だと解った。

おふみは、雛市を見にきただけかも知れなかった。そう思ったが、甲吉は女の動きを警戒する気持を解かなかった。いつの間にか、紛れもない手先の心配りになり切っている自分を感じた。

人に押されたように装って、おふみのそばに立った。おふみは、しゃがみこんで人形をみている。細い、素直そうな髪、ほのかに血の色が沈んでみえる頬と耳たぶが、すぐ眼の下にあった。顔を傾け、微かに唇を開いて、人形の品定めをしている横顔に、稚《おさな》い感じがある。おふみは二十前後にみえた。

「いくらかしら」

人形を指さして、おふみが訊いている。澄んだ声に、微かな訛《なまり》があるのを甲吉は聞いた。値が高かったのだろう。おふみは、失望したように小さく首を振って立ち上った。その拍子に、横に立っていた甲吉に躰がぶつかって、「あ」と顔を挙げた。気付かなかった素振りで、甲吉は、おふみのそばを離れた。

鋭い痛みのようなものが、甲吉の胸を貫いていた。ふかぶかと胸を突き刺したのは、おふみの眼だった。疑ういろもなく甲吉をみて、何か話しかけようとした。おふみは何を言おうとしたのだろうか。ゆっくり遠ざかりながら、甲吉は懐の十手の重みを憎んだ。

痛みのあとに、その傷を慰めるように、喜びとも悲しみともつかない感情が、ゆっくりやってきて、やがて重重しく胸を満たした。

雑踏のなかで、足をとめふり返って、甲吉はもう一度おふみの姿を眼で探した。

女を、見張るためではなかった。

四

「何すんのさ、ド助平」

いきなりおたきの声が仕事場にひびき、板の間に落ちた茶碗が割れる音がした。みんなが顔をあげた。体格のいいおたきが、仁王立ちといった恰好で、掌で口のあたりをこすっていて、その下で、喜三郎が胡坐のままにやにや笑っている。版元へ行く、といって彫宇が出た後で、おたきはみんなにお茶を配っていたのだ。おたきは彫宇の家に、女中にきてから、もう六年にもなる。年は二十五、六になるだろうが、縁談らしいものがあったのを聞いたことがない。気性はからっとして陽気だが、大女で器量はよくない。

「なんでえ、生娘でもあるまいし、殺気立つんじゃねえや」

「あたしゃ生娘だよ。大事な躰さ。あんたなんかに口を吸われて、喜ぶような女じゃないよ」

「何怒ってんだい。からかっただけじゃねえか」

「見そこなうなって言ったのさ」

おたきは、言うだけ言ってさっぱりしたらしく、茶碗のかけらを拾いあげると、甲吉をみて、にやりと笑った。

「人によりけりだよ、ねえ甲さん」

あんたには、もうお茶はあげないよ、ともう一度きめつけると、おたきはさっと出て行った。

「ケッ、売れ残りが、何か言ってやがら」喜三郎は、白けた顔で呟くと、仕事にかかったが、不意に鑿を投げ出す音がひびいた。

「ああ、面白くねえや、やめた」

喜三郎は大きな声で言ったが、誰も答えなかった。

「もう俺ァほんとに出て行くぜ。まったくくさくさするぜ、此処はよう。ろくな仕事が来ねえから、手間は高くなるわけがねえ。彫藤だって、佐市だって、此処よりは、よっぽどましな金を払うって話だ。俺ァもっとちゃんとしたところでよ、大首の女でも彫りてえ」

「そうしたらいいだろ」

と甲吉が言った。喜三郎の愚痴は聞き倦きている。つき合う義理はなかった。

「だけどよう」

と、磯太が隅から口を出した。

「あんたは、気が向けば、昼日中からサイコロだろ。こんな気楽なとこはないんじゃないかな」

「てめえ、子供は黙ってろ」

喜三郎は、磯太を睨んだ。

「昼日中からサイコロだ？　じゃ、誰かさんはどうなんだ。な、芳さんよ、屁こきさんもだ。あんたら一番よく解ってら。誰かさんは、だ。まだ日が残っているうちに、はい今日はこれでおしまいだ、とさっと切りあげちまうんだ。あとはどうなる？　おかげでこちとら五ツ、四ツ（午後十時）の鐘の音を聞きながら、つまらねえ残り仕事を片づけるんで、へとへとだ」

「俺のことを言ってるのか」

と、甲吉が言った。

「あたりめえさ。お前さんのことを言ったんだ」

待っていたように、喜三郎が言い返した。喜三郎は、長身で顔も男前の方だが、言い合いになると、口をゆがめ、ひどく下卑《げび》た表情になる。

「そうか。だったらもっとはっきり言うんだな。だが俺は、芳兄いや、屁こきのとっつぁんには済まねえと思うが、あんたには、別に悪いとは思っていないね」

「ほ、そんな口をきいていいのか、え」

「ああ、磯太の言いぐさじゃないが、あんたのサイコロいじりは、夜昼なしだ。あんたがやりかけた仕事だって、ずいぶん面倒みてるぜ。おあいこだろうが」

「じゃあ、聞くが……」

喜三郎は、彫り台の向うで、底意地の悪い笑顔をつくった。

「おめえ、六ツになると、そわそわしてどこへ行くんだい」

「家へ帰るだけさ。それはみんなに謝ってあるはずだ」

「嘘つきやがれ。おめえの家は相生町だろ。その相生町に帰るのによ、なんで浅草橋を渡るんだ。え？　まさか橋を間違えたってわけじゃねえだろ」

「あんた、俺をつけたのか」

思わず、悲鳴をあげるように、上ずった声が出た。無意識のうちに膝を起し、鑿を摑んでいた。こみ上げる屈辱の中を、鋭く走り抜けた殺意に似たものに衝《つ》き動かされたのである。

この男を殺してやりたい、と思った。肩をすくめ、顔を伏せて町を行く、下っ引甲吉をこの男がみたというのならば、だ。

もう一度、低い声で言った。

「あんた俺をつけたんだな」

「甲吉、どうしたというんだ」

芳蔵が立ち上ってきた。

「妙な真似をするんじゃねえぞ」

「なんでえ。おっかねえ面ァするじゃねえか」

喜三郎は、気圧されたように、ゆるんだ口調で言った。眼に、怯えがちらついている。

「何もおめえ、そんな眼で睨むことはねえや。こないだ、ちょいと橋を渡るとこを見かけただけだ。人の後をつけるほど、俺ァもの好きじゃねえよ」

「喜三兄い」

磯太が呼んだ。

「あんたに、お客さんだよ」

誰かが入口に立って、仕事場をのぞいている気配だった。磯太にだけ見えるらしい。喜三郎は、救われたように腰を浮かしたが、ふと思い直したように、「誰だ」と声を低めて聞いた。

「これだよ」

磯太は、小指を突き出して、ひょこひょこ動かしてみせた。そろそろ顔に面皰《にきび》が出てきている磯太は、大人がやるそういうしぐさを真似たい盛りだ。

「バカ野郎、いねえって言え、いねえって」

「お生憎さま。聞えてるよ、あんた」

土間で、女の声がした。男を扱い馴れているような、艶のある声だった。舌打ちして、喜三郎は仕事場を出て行った。上り框《がまち》で、声をひそめて何か言い争っている気配だったが、やがて、女を外に連れ出したようだった。

「済まなかった。とっつぁん、芳兄い」

と甲吉は言った。喜三郎に向かって昂ぶった気持が、潮が退くように消えると、みじめな気分だけが残った。心の中で、どう言いつくろったところで、下っ引は下っ引なのだ。よしんば喜三郎に見られたとしても、そのために喜三郎に怒りを向けるのは間違っている。

「なに、お前が悪いんじゃねえや。あいつは、この頃博奕で負けがこんでるから、気が立っているのだ。しかし、昔はここも、こんなふうじゃなかった」

芳蔵が優しい声で言った。甲吉は、芳蔵のその優しさに責められる気がした。芳蔵が言うように、彫宇の工房には、寒寒と荒廃した空気がある。冗談口や笑い声が、にぎやかに交錯していた昔が、夢のようだった。近頃はみんな黙黙と仕事をし、むしろ何か言えば、それは鋭く尖って諍いになったりする。俺にも責任がある、と甲吉は思った。

「だが、版木師というものは、大体そうしたもんだ。そう立派なもんじゃねえ」

また、ぽつんと芳蔵が言った。芳蔵は、女と出て行った喜三郎のことを考えているのだろう。隅の彫り台で、屁こきが一発鳴らした。それが、相槌を打ったように聞えたが、誰も笑わなかった。

六ツの鐘が鳴っている。甲吉は、すばやく仕事にもどって、あらまし彫り上げている摺物を片付けた。

立ち上って、

「悪いが、今日も」

と言った。芳蔵が、やはり優しい声で、「ああ、いいとも」と言ったが、屁こきは顔をあげなかった。まるで逃げて行くようだ、と店を出ながら、甲吉は気まずく思った。

露地には、霧が漂うかと思うほどの、細かい雨が降っていた。その雨のために、町はもう日が暮れたかのように薄暗かった。

手拭いを出して、頬かむりをすると、甲吉は足早に歩き出した。すると、一軒おいたかもじ屋の軒下に、喜三郎が女と向かい合って立っているのが見えた。女は、美人ではないが磨いたような顔と、ひと目で水商売と知れる粋なつくりが目立つ年増だった。通りすぎる時、女が、「それじゃ世の中通らないよ。いまにひどい目にあうよ」と言ったのが聞えた。

それに答える喜三郎の声は、低くて聞えなかった。

五

傘をさしたおふみが、空地の向うに姿を現わしたのを、甲吉は社殿の階段に腰をおろしてみていた。

おふみは、うつむいて、少し急ぎ足に歩いてくる。その丸味のある躰の線を見つめながら、甲吉は、またいつものように、やさしい悲しみのようなものが、胸を満たしてくるのを感じていた。

夕方になると、おふみは、甲吉が手を伸ばせばとどくような場所に帰って来る。だが、それだけだった。おふみが、いつか現われる綱蔵を待っているとすれば、甲吉は、おふみがもっとも恐れなければならない下っ引なのだ。それが不本意な仮面だとしても、甲吉がかぶっているものは、おふみには鬼面に見えるだろう。雛市の夜のようなことは、二度とあるとは思えなかった。

やがて、綱蔵が、ここかあるいはどこかで摑まり、甲吉がおふみを見ることもなくなるだろう。ついに声をかわすこともなく、二人は別れるのだ。

雨は相変らず、霧と間違えるほどひっそりと地上を濡らしていた。雨のために、空地はいつもより早く暮れようとしていた。いつの間にか草が伸び、空地は一面に青くなっている。仄暗い光の中に、草原に点点と咲いている蒲公英《たんぽぽ》の花の塊りがみえた。湿った空気の中に沈丁花《じんちょうげ》が匂い、どこかで子供の鋭い声や、男の咳ばらいの声がしている。

男が二人、道に出てきて、おふみの前に立ちふさがったのを、甲吉は、しばらくぼんやりみていたようだ。家に入ろうとするおふみを、男たちは、ふざけて通せんぼしているようにみえた。二人が、どこから出て来たかも、甲吉はみていない。しまった、と思ったのは、おふみがあっという間に家の中にひきずり込まれ、道の上に開いたままの傘が落ちているのをみたときである。異常な出来ごとは、しかし、あっと立ち上った一瞬の間のことだったのである。

生垣を跳びこえたところで、草に滑って転んだ。痛みはなかったが、着物がびしょびしょに濡れた。が、それを気にしているひまはない。甲吉は走って空地を横切ると、おふみの家の横に躰をすり寄せ、懐から十手をとり出した。

いきなり、濁《だ》み声がした。

「知らねえとは言わせねえさ。もう若い者が二人も、綱蔵と顔を合せて、話までしてるんだ。ここにたよりがねえ筈があるめえ」

あたりを気にするふうもない、大声だった。おふみが何か答えたようだったが、低くて聞きとれない。

「冗談言っちゃいけねえや。こっちはいそいでるんだ。おうさ、綱の野郎がふんづかまって、娑婆《しゃば》におさらばする前によ、聞いておきてえことがあるんだ。大事な話だ。大金が絡《から》んだ話だ。親分がそう言ってなさる。おう、灯を入れてもらおうか。暗くて話が見えねえや」

甲吉は、懐に十手を押しこんだ。

ひとりは綱蔵かと思った衝撃が消えると、喉もとまで波うっていた動悸は次第におさまったが、この飛び入りのやくざ者二人を、どう始末するかは、厄介な問題だった。甲吉の頭脳は、忙しく回転した。踏みこんで、十手を持った姿をおふみにみられるのは、勿論まずかった。そうしたことが解れば、徳十は甲吉をこの仕事からおろすだろう。しかし、十手なしで、ケリをつけるのは無理なのだ。下っ引として、この種の人間を、二、三度扱った経験からいって、それははっきりしている。

それも、手早く、正面からぐいぐい押すのがコツだった。すると、彼等は、意外にあっけなく引き下った。しかし、手間どったり、背中を見せたりすれば、彼等はためらいなく牙をむくのだ。危険だった。少し模様をみよう、と甲吉が肚を決めたとき、いきなり怒声がした。

「このあまァ、生意気な口ききやがって。かまいやしねえ、親分のとこまで、しょっぴいて行こう」

おふみの声は聞えなかったが、何か物の倒れる音がした。仕方なく、甲吉は入口にまわった。

甲吉が顔をつっこむと、中の人間が一斉にふり向いた。行燈《あんどん》のわきに、肥った中年男が胡坐をかいている。もみあげから顎にかけて、髭の剃りあとが青く、甲吉をみた眼も、その上の眉もまるい感じの男だった。男のうしろに、もうひとり若い男がいる。背を壁につけ、膝を抱いて、その膝の上に痩せた顎をのせるような姿勢のまま、甲吉をみた。いい男で、切れ長の眼は、やさしく笑っているようにみえる。

おふみは、壁ぎわに立っていた。

肥った男が、口を切った。

「愕かすじゃねえか。噂をすりゃ影で、綱蔵が帰ったかと思ったぜ。ところでお前さん誰だい」

「俺が誰でもいいさ」

甲吉は言ったが、声を出してしまうと、度胸が決った。あとは、焦らないで、ゆっくりやればよい。

「とにかく、あんたたちに此処を出てもらいてえのだ」

「お、お、こいつは妙だぜ」

肥った男は、甲吉に胸をむけ直すと、丸い眼をみはって、じろじろみた。

「聞いたかい、巳之。この飛びこみの兄さんは、俺たちに出て行けって言っていなさる。どうするね。それにしても、威張った言い方だと思わねえか、なァ」

巳之と呼ばれた若い男が、眼をあげて甲吉をみた。不意に、その視線にするりと顔を撫でられたような気がした。見返した甲吉は、若い男の、微笑をふくんだようなその眼が、よくみると少しも笑っていないことに気付いて、ぞっとした。気がつくと、その男は甲吉が入ってきた時から、右手を懐につっ込んだままなのだ。多分そこに凶器をのんでいるのだろう。

「一体どういうつもりだい、兄さん。俺たちは、ここの姐ちゃんと大事な話があるんだ。話はまだ済んじゃいねえ。つまり、もちっとここにいたいわけだ。お前さん、何かい。この姐ちゃんの情夫かい。ま、それはどうでもいいんだが、話の邪魔をしてもらいたくねえな。邪魔すると、俺はおとなしい男だが、巳之吉は気が短けえ。お前さんに怪我させるかも知れねえよ」

若い男が、またそろりと眼をあげる気配がした。見なくとも、そこから危険な風が吹いてくるのが解った。無気味だった。

「間違えてもらうと、困る」

甲吉は言って、懐から十手を取り出した。気のないふうに、開いた左掌に、十手の音を立てる。男たちの顔に、すばやい反応が走るのを見きわめてから、ゆっくり言った。

「邪魔してくれたのは、お前さんたちの方だぜ。網張ってるところに、あんたちが飛びこんできたというわけだ。みんな、外で気を揉んでる」

あとは呼吸だった。区切ってから、低い声で「消えてもらおう」と、ひと押しした。

「なんでえ」

肥った男は、素直に腰を浮かした。にやにや笑っている。卑屈な笑いだった。その卑屈さで、十手との間に、無害なだけの距離をおこうとしていた。

「はなからそう言ってくれりゃ、いいのによ。なにも、旦那がたの邪魔する気はなかったんだ。知らねえもんだから……」

おい、と若い男を促した。若い男は、ゆっくり立ち上ると、陰気な眼で甲吉を眺めたが、肥った男につつかれると、不意に視線をはずして部屋を出て行った。

全身に汗をかいていた。それが、冷たく皮膚をつたって流れるのを感じながら、甲吉は十手を懐にしまった。おふみは、まだ立ったままでいる。ぼんやりした眼で、甲吉を眺めているのだった。

おふみに何か言い、うまく事情を言いつくろわないといけない、と思った。だが、甲吉はひどく疲れ、そうすることが億劫《おっくう》だった。馬鹿でない限り、おふみはすべて見抜いたに違いないのだ、という諦めの気持もある。それに、どう言いつくろったところで、十手を持った姿を、みられてしまったのだ、という絶望感もあった。初めてみたときから、おふみに向かって流れつづけてきた、ときめくようなものが、いまは、ひどく遠いものに思えた。俺は下っ引で、おふみは見張られている女だというにすぎない。十手が、そうケリをつけた。

「傘は、土間に入れといた」

甲吉は、重い口を開いた。徒労だとしても、家を出て行くきっかけだけは、つくらなければならない。

「通りがかりに、あんたがひっぱり込まれるのを見たのだ。ちょうど、間に合ってよかった」

「………」

「あのやくざものを、あんた知ってたのか」

おふみは首をふった。無言だったが、おふみの眼が、生気をとり戻しているのをみた。あの夜と同じ眼だ、と思った。すると、甲吉の胸は曇った。もう、この女と、こうして向かい合うこともないだろう。話すことは、もうなかった。

「そうか。もう来ねえと思うが、気をつけるんだな」

甲吉はうなずき、じゃ、と言って背を向けた。

その背に、不意におふみの声がした。

「あたし、見張られているのを、知っていたのよ」

六

それは、ぼんやりした言い方だったが、おふみの声は、無防備にさらした甲吉の背を突き刺した。

うろたえて、甲吉はふり返った。顔がひきつったのは、羞恥のためだったが、その表情を、おふみは誤解したようだ。いそいで言った。

「気にしなくていいの。見張るのは、あなたの仕事だし。仕方ないことだわ。それに、こちらはこちらなんだから」

坐っていいか、と甲吉は訊いた。おふみは心を開いている、と感じた。それがなぜかわからなかったし、またおふみの口調の柔かさは、もしかすれば、単に男と一緒に暮していた過去から来たものかも知れなかった。だが、おふみが心を開いているとすれば、ぜひとも訊かなければならないことがある。

お茶を入れる、と言って、おふみは台所に立った。立ったまま、ふり向かないで、

「でも、今夜は助かった」

と言った。その小柄な後姿に、甲吉は、

「あんたは、此処で綱蔵を待っているのか」

と言った。長い間もち続けてきた質問だったので、それを言ったあと、甲吉は耳を澄ますような気持になった。

「あたし？」

おふみは、くるりとふり向くと、ほとんど咎めるような眼で、甲吉をみた。思い
がけないことを聞いたという口調だった。

「人殺しに操《みさお》をたてて、待っているような女にみえるかしら」

「それはわからないさ。人間さまざまだからな」

用心深く、甲吉は言った。女を測る気持になっていた。

お茶を運んできて、甲吉に出すと、おふみは、いやだわと呟いた。その顔に考え
こむような色が浮び、すると表情は不意に淋しげな翳を生んだ。そこには、雛市の
夜にみたおふみとは違う陰翳の濃い女がいて、甲吉の心をゆさぶった。

「無理ないのよ、そう思われても。騙《だま》されて一緒になったんだけど、ここに二年も
住んでしまったんだし。世間の眼は甘くないのよ、ね。でも……」

疲れたような眼で、おふみは甲吉をみた。

「もうたくさん。あたしは人殺しと一緒になったつもりはないもの」

「でも、あんたは、この家を出て行くつもりはないようだ。ここにあんたがいれば、いつかあの男は、帰ってくるかも知れない」

甲吉は、もう一度深く女を測った。

「ほかに行くところがないからよ。それに、見張っていても、あの人はここには来ないと思うの。一緒に住んだ頃だって、三月も家を空けて平気だったんだから」

それは、徳十に聞いていた。綱蔵の事件があったとき、徳十は近所の口から、すばやくそうしたことを調べあげていたのだ。綱蔵は所詮ひとつところで、じっと暮していることができない男なのだろう。その男をひきつけるものは、もっと荒荒しく、火花が散るようなものだったのだろう。

「あんたは、田舎はないのか」

「お調べみたいだ」

おふみは口に手をあて、甲吉をみて首を傾けて笑った。女の喉が鳴るのを、甲吉は聞いた。

「笑うことはないだろう。田舎のある人は羨ましいよ」

「そうね。江戸には、いいことがなかったわ」

お茶うけがある、と言って、おふみは台所に立った。甲吉に背をみせたまま、ひとり言のように言っている。

「遠い田舎があるの。もう忘れかかったほど遠いところに。でも、もう帰って行けるところじゃないもの」

おふみの孤独を、甲吉は理解した。つきあげてきた激しい感情に堪えかねて、甲吉は立ち上ると、おふみの背後に立った。甲吉が肩に手をかけると、おふみは、あ、と小さい声をあげた。しかしあらがうふうではなく、ぴくりと躰を顫《ふる》わすと、そのままうなだれた。

甲吉は、少し力を入れて、おふみの躰を自分の方にまわした。「手が濡れてるから」おふみは、両腕を脇に垂らしたまま、かすれた声でささやいたが、甲吉がかまわずに引きよせると、そのまま静かに躰の重みをあずけてきた。かぐわしい匂いが、甲吉を満たし、腕のなかにある、重く弾む肉の手ごたえが、男を狂わせた。胸にもたれている顔をあげさせ、口を吸った。小さめな唇は、火のように熱く、男の唇をうけとめると、微妙なわななきを伝えた。

縺《もつ》れあって茶の間にもどると、そのまま畳の上に倒れた。横たわると、おふみは僅かに躰をこわばらせたが、甲吉がもう一度口を吸うと、その躰はすぐに柔かくなり、深く男の胸の中に入りこんできた。

仄暗い行燈の光の下で、男と女はすき間なく躰をよせ合い、さらに深く躰をよせ合おうとしていた。たとい僅かのすき間でも、二つの躰の間にあることを恐れるように。何ものかが、この二人を押し流そうとしていて、その力の激しさに耐えるために、ただ固く抱きあうしかないようにも見えた。男が足をからんだために、女の着ているものの裾がまくれ、白いふくらはぎが露《あら》わになった。それを恥じて、女はさらに強く、男に躰を寄せた。

襟をひろげて、手をさし入れようとして、男は女の顔をみた。女の顔は紅潮し、唇は、はげしい喘ぎのために、すこしまくれ上って、白い歯がのぞいた。眼は、あまりに固く閉じているために、睫《まつげ》は絶えず顫えつづけるのだった。

粗末な袷《あわせ》の下に、女は豊かな乳房を隠していた。甲吉の掌が、柔かくそれを摑んだとき、おふみは一瞬躰をのけぞらしたが、すぐに激しい勢いで、甲吉を抱きしめてきた。すり寄せてきた頰の熱さが、甲吉を愕かせた。悪寒でもするように、女の躰は、ひどく顫えている。

拒まれたのは、甲吉の掌が、裾をわけ、膝を割って、柔かく弾む腿の内側を滑り、その熱い奥を探ろうとしたときだった。ひたと、女は腿をあわせて、甲吉の掌を、豊かな肉の感触の間にはさみ込んだ。

「だめ」

と、女は囁いた。女は、不意に醒《さ》めたようだった。遠いところから還ってきたように、眼をひらいた。顫えがとまり、女の躰が、静かに硬くなるのがわかった。

「なぜだ」

「ここでは、いや」

と、おふみは言った。眼をひらいて、甲吉を下から見上げた。眼は泣いたあとのようにうるみ、横になったおふみの顔は、少し眼が吊上り、顎が尖って、別の女をみるようだった。

躰の中にある火を消しかねて、男は不満そうに言った。

「どこだって同じことだ」

「いや」

おふみは、今度ははっきりした声を出して、半身を起した。横坐りになって、甲吉をみた顔は、やはりもとのおふみの顔だったが、一種の輝きのようなものが、その顔を覆っていた。顔だけでなく、躰全体に生生しい女らしさが滲《にじ》み出し、雛祭りの夜にみた稚い感じなど、どこにも見当らなかった。僅かの間におふみは凄艶《せいえん》な感じの女になっていた。

「あの人がくるかも知れないんでしょ。落ちつかないの」

おふみの声はやさしかったが、甲吉は、潮がひくように、昂ぶった気持が萎《な》えて行くのを感じた。心にそのことが、ひっかかっていなかったわけではない。が、押流された。甲吉はうなずくと、立ち上って身づくろいした。手をのべて、おふみはそれを手伝ったが、やがてゆらりと立ち上ると、もの憂げに肱をあげ、髪をなおしながら、入口まで男を見送った。それは、情事に倦いたような、なまめかしい姿だった。

出ようとして、甲吉はふり返り、熱っぽく囁いた。

「すると、いつ、何処で会える？」

「黒船町の川べりに、知っている小料理屋があるの。そこなら、誰にも気兼がいらないわ。あとで都合のいい日を知らせる」

甲吉はうなずき、もう一度しなやかな女の指に触れてから、外に出た。

雨がやんで、思いがけなく月がのぼっていた。月は、いまのぼったばかりらしく、茅町裏の高い樫の木の間に、ぶら下げたように赤く浮んでいた。雨のあとが、靄《もや》になって、靄は、道も空地も、白い布でかくしたように、その下に埋めている。夜盗のように、靄の這う空地を走り抜け、垣根をこえた。階段をのぼろうとして、甲吉は立ち竦《すく》んだ。

おぼろな月明りが照らす回廊に、黒い人影がひとつ、蹲っている。職人姿の弥作だった。弥作は今夜のように腹がけ、袢纏《はんてん》の職人姿だったり、どこからみても町人のなりをしていたり、あるときは手拭いを頭に被《かぶ》り、荷を担いだ苗売りだったりした。背は低いが、頑丈なつくりの五十男だったが、交代のとき、甲吉が何か言っても、返事を返すことがない。その無言の中に、弥作は徳十に共通する、冷ややかで無気味なものを隠しているようだった。

「早かったじゃないか」

と、甲吉は動揺を隠して言った。弥作は、黙って甲吉の顔をみている。このように、たじろぎもしないで、人の顔を長く見つめることが出来るこの男は、よほど心が冷たいのだ。弥作は、心もち口を開いて、物をみるように甲吉を眺めつづけている。

突然、足が萎えるような恐怖が、甲吉を襲った。口もとをゆるめて、よくみると弥作は声もなく笑っているのだった。おふみの家を出るところをみられた、と思った。だが、恐怖は、もっと直接に、この得体の知れない五十男に向けられていた。

七

開いた窓から、微かな風にのって、潮の香が匂うのは、大川を、いま蒼黯《あおぐろ》い潮が移るのだろう。

足を組んで寝ころんだまま、甲吉は赤く灼《や》けた雲が、次第に色あせて行くのを眺めていた。雲はじきに色あせ、夜が、すみやかに空とその下の町を包むだろう。息をひそめるようにして、甲吉は女を待っているのだった。

おふみを抱いた夜から、十日ほど経っている。昨夜、おふみはひっそりと境内に近づくと、今日鳥越町からの帰りに、真直ぐここにくると囁いたのだ。それを言ったときの、おふみの、緊張のために、少し眼尻が吊ったようになった顔が、生生しく思い出され、甲吉の胸は不意にうずいた。

彫宇に、金を借りてきている。彫宇は黙って金を貸したが、「伯父さんの用は、まだ終らないのか」と聞いた。

もう少しのようだ、と甲吉は答えたが、そう答えたときも、女の胸の白い膨らみを思って、上の空だったのだ。綱蔵は、いずれ摑まるだろう。だが、それはもう、どうでもいいことのように思われた。おふみは、今夜甲吉の女になるのだった。

あの夜、弥作にみられたと思ったが、そのあと、徳十から何も言って来ないところをみると、弥作はそのことを言っていないようだった。多分弥作の来方が早かったのではなく、甲吉が、五ツを踏みはずしたのだ。ほかの時刻は、おふみは誰かに見張られている。しかし、六ツから五ツまでの間、おふみは甲吉だけのものだった。

「灯を、入れましょうね」

不意に声がした。足音もなく二階に上ってきた女が、声をかけたのだ。肥った、中年の女だった。磨いた肌をしている。女は手ばやく行燈に灯をともすと、起き上った甲吉をみた。

「お酒でも、持ってまいりますか」

「いや、あとでいい」

ぎごちなく、甲吉は答えた。こういう種類の料理屋に上ったのは、初めてだった。

「さようでございますか。あの、おふみさん遅いことね」

女は、ゆっくりした口調で言い、赤くなった甲吉をみて、軽く微笑して部屋を出て行った。

さかえ屋という、この小料理屋に来たら、自分の名前を言って待つように、とおふみは言ったのだ。だが、おふみは遅い。鳥越町からくるのに、時間がかかるとは思えなかった。それとも、おふみに何かあったのだろうか。どこかに、ひどく落ちつかない気分があったが、それは待つものにあり勝ちな気持なのだと思い返した。いつの間にか、窓の外は薄暗くなっていて、そこから入りこむ弱い川風が、肌に冷たく感じる。

おふみが来たら、何から話そう、と思った。この間の夜、本職は版木師だということを打明けないでしまったことが悔まれた。真先に、そのことを話さなければならない。そして、彫宇の工房でおぼえたばかりの、頭彫りの腕をもう少し磨いて、いずれは自分の仕事場を持ちたいことも。人を、二、三人使い、彫宇のようにでなく、弟子を育てるのだ。

小窓から、日が射しこむ仕事場で、終日彫る。そこに、おふみが茶を運んできき、仕事の具合を、やさしく訊ねるだろう。その時は、このケタ糞悪い十手は、勿論徳十に返している。

お澄という、厄介な病人を抱えていることも話さなければならない。だが、おふみは言うだろう。病人一人ぐらい、何でもないと。

不意に、甲吉はむっくり起き上ると、窓から大川を見下した。きらびやかに灯をともした船が一艘、川下からきて眼の下を通りすぎたあとは、闇だった。月はまだのようだった。

闇を見つめながら、おふみは来ない、と甲吉は思った。

はなやかなもの思いが、最後の花火のように砕け散ったあとに、牢固として黒い疑惑が残っていた。遅いと思う苛立ちが、少しずつ胸の中で疑惑に変っていったのは、いつ頃からだろうか。窓からみた雲が、灰色に色あせたのをみた時からだろうか。いまは恐しい疑いだけがあった。

疑惑の底に、甲吉はついに黒い罠をみた。罠をかけたものがあるとすれば、それは、綱蔵の情婦しかなかった。

下に降りて、金を払う間の甲吉の苛立ちと、青ざめた顔を、肥ったおかみは、女にふられた男の腹立ちと見ただろう。だが、それを気にする余裕はなかった。

外に出ると、暗い小路を走った。大通りはまだ人の往き来があり、疎らに灯の色があった。一散に走りすぎる甲吉を、立ち止って見送る者もいた。

蔵前から、鳥越橋を走り抜けた。喘《あえ》ぎながら、走っても無駄だろうと思った。恐らくおふみは、甲吉を黒船町にひきつけておいて、その間に平右衛門町裏のあの家を脱け出したのだ。どこへ？　言うまでもなく、綱蔵が待っている場所にだ。その打合せが、ゆうべ出来たのだ。多分鳥越町から、家に帰る途中の露地に、綱蔵自身か、綱蔵の使いの者が待っていて、そうしろとおふみに囁いたのだ。

空地の向うに、そこだけ灯のともらない家が一軒、黒黒と蹲っているのが見えるようだった。そこに、人の気配は死んでいる。

しかし、あれは何だったのだ。走りつづけ、渇いた喉に唾を送りこみながら、甲吉は縋《すが》りつくように思った。腕には、重くもたれてきた肉の記憶が、まだ生生しく残っている。花片のように、わなないた小さな唇。惜しげなくゆだねられた、白い二つの膨らみ。甘い髪の匂い。あれは偽りだったのだろうか。あの夜、おふみは今夜のために芝居したのか。

否、と答えるものがある。

甲吉は走るのをやめて、歩いた。瓦町だった。歩きながら、噴き出ている汗を手で拭《ぬぐ》った。おふみは、黒船町にくるつもりだったのではないか。そして来られないような、何かが起ったのかも知れない。縋るように、そうも思った。不意に、死体になったおふみの躰が、眼に浮んだ。そばに、匕首を握った綱蔵が茫然と立っている。心変りした女を、刺したのだ。

首をふって妄想をふり落すと、甲吉は、また小走りに駆けた。

境内に飛び込んだとき、甲吉は予想もしなかった光景をみて、唾をのみ込んだ。境内は、いつもの夜のように、しんとして人気がなかったが、空地には、闇のかわりに、真昼のような明るさが溢れている。捕物提灯の光が重なりあい、それはおふみの家を半円に、厚く取り囲んでいた。灯の下に、黙黙と黒い人影が立ち続けている。

生垣をのりこえて、空地に入りこむと、甲吉は茫然とそこに佇《た》ちつくした。誰もふり向く気配がなかった。

おふみの家の窓に灯がともっている。それがいつもと変りないのが異様だった。

「綱蔵」

どこからか、徳十の声がした。いつものぼそぼそした調子でなく、野太く、威圧的な声だった。

「遁れられねえぞ。いい加減に出て来い」

「おとなしく出てくるならば、お上にもお慈悲があるぞ」

そう続けた別の声は、島原同心のものだった。

微かなざわめきが、捕方たちの間に起ったのは、間もなくだった。

ひとりの男が、戸を開け、ゆっくり軒下に立ったのを、甲吉はみた。道に出ると、男はペッと唾を吐き捨て、それからぐるりと捕方を見まわしてから言った。

「多勢でお迎え、ごくろうなこった。なあーに、逃げるつもりはねえのさ。逃げるつもりなら、女のところになんぞ来やしねえ。うん、俺ァそんな馬鹿じゃねえ。張ってるのは、解っていたんだ。ま、年貢の納めどきというわけだ。逃げまわるのも倦きたってことだ」

「神妙だな、綱蔵。悪党らしく、いさぎよく縄にかかるか」

「ああ、そのつもりだ。女とも、ゲップが出るほど楽しんだしよ、心残りはねえや。おう、そこの小者。もう、いいぜ。このとおりだ」

綱蔵は、両手をそろえて、前に出した。

「よし、ゆっくり行け。油断するな」

徳十の声がして、綱蔵がせせら笑った。

提灯の輪がせばまり、その赤い灯の真中に、綱蔵の姿が照らし出された。月代《さかやき》がのび、髭ものびていたが、窶《やつ》れたようには見えず、やはり精悍な姿だった。

捕方の間から、四つの人影が離れ、綱蔵に向かってすすんだ。四人は、綱蔵のそばまで行くと、突然すばやい動きで躍《おど》りかかり、綱蔵を地面に押倒した。綱蔵の怒号がひびいたが、捕方は容赦のない動きで、身動き出来ないほど縛りあげた。引き起こされて立ったとき、綱蔵は、羽根のない鳥のようになっていた。倒されたとき、頬を擦りむいたらしく、どす黒く血が流れて、凄惨な顔だった。

「よし、引ったてろ」

徳十の声が、冷たくひびいた。

綱蔵を囲んだ人の塊りが動き出したとき、甲吉は、徳十の前に立った。徳十は、ちらと甲吉をみたが、うん、とうなずいただけで歩き出そうとした。莨の脂が匂った。

「親分」

「………」

徳十はふり向いた。長い、色の悪い顔に、珍しく感情の動きがあった。

「多少は気になるか。女におびき出されて、いいざまだ」

「………」

「もっとも……」

甲吉をのぞきこんだ徳十の眼が、瞬いた。

「お前の動きはわかっていた。それを、お前に言わなかったのは、こっちに都合があったからだ。ま、気にするな。案外今度の捕もので、お前が一番役に立ったかも知れねえ」

それは、屈辱的な言葉だった。徳十の言葉の背後に、甲吉は不意に暗い裂け目をみた。裂け目から、冷ややかで、無気味に光る爬虫類《はちゅう》の背のようなものが、のぞいている。猥雑で、いつも疲労した感じが漂っているような彫宇の工房が、ひどく懐かしく胸をしめつけてきた。

甲吉は、十手を取り出した。

「これは、お返しします」

「そうはいかねえだろ。お澄のことを考えろ」

徳十は、険しい顔をした。その時、遠くで綱蔵の喚《わめ》き声が聞えた。泣くようなひびきが混っていた。「おふみ、おふみ、一緒にきてくれ。俺は死ぬのはいやだ。ひとりで死ぬのは……」。耳を澄まして、その声を聞きおわると、徳十は満足そうに鼻で笑った。それから、甲吉には眼もくれず、徳十を待って立っている者たちに、

「行くか」

と、声をかけた。

みんな去った、がらんとした空地を、もの憂い明るみが照らしていた。いつの間にか、月がのぼっていたのである。湿った夜気の中に、何ごとも起らなかったように、花の匂いが漂った。

月の光が、家の前に立っている女を照らしている。湿っぽい草を踏んで、近づくと、甲吉はおふみの前に立った。おふみは、細紐一本の、しどけない寝巻姿だった。放心したように、その眼はみんなが消えた茅町の方に向けられている。片方の戸がはずれた入口から、行燈に照らされて、乱れた夜のものがぼんやり見えている。甲吉は眼をそらした。

「あんたは……」

甲吉は言った。絶望が、声を静かにした。

「あんたは、やっぱり俺を罠にかけたのか」

訊くまでもなかった。徳十が、さっきそう証言したばかりだ。だが、訊かずにいられなかった。

「あんたが、俺に言ったことは、みんな嘘だったのか」

おふみが、ゆっくり首をまわして、甲吉をみた。眼は大きくみひらかれていたが、甲吉を映してはいなかった。おふみの顔は、少し眼が吊上って、一種の輝きに覆われ、唇はかすかに開かれて、微笑のようなものを刻んでいるのだった。おふみは、甲吉が知らない、遥か遠い場所に立っていた。

深い悲しみに衝き動かされて、甲吉は女の掌をとった。掌は、抵抗もなくゆだねられたが、おどろくほど冷たかった。もちあげて、唇を触れると、甲吉は女に掌を返し、うなだれて歩き出した。

八

喜三郎が、隅で黙黙と鑿を砥いでいる。珍しいことだった。

「芳と屁こきの胴の具合はどうだ。間に合いそうか。甲吉は、あと頭一枚でいいな。ま、明け方までには十分間に合うだろ。あわてずにゆっくりやれ」

彫宇が、しゃがれた声を張っている。蠟燭の炎が、赤赤と仕事場を照らして、みんな無言だったが、部屋の中は活気があった。彫宇は昨日の日暮に、版元から長喜の連作美人絵七枚の注文をうけたのだ。栄松斎長喜は、最近ほとんど新しいものを描いていなかったが、久しぶりに出す大首の美人絵を、版元と打合せているうち、昔升階堂で懇意にした彫宇を思い出したのだった。

「先生には、義理がある。何とか間に合わせなくちゃならねえ」

うろうろと仕事場を歩きまわりながら、彫宇は、うれしそうに喚いた。

住居の方で、おたきが誰かと話している声がしたのは、四ツ頃だった。みんな黙黙と仕事に入り込んでいた。彫宇だけが、羽目板に背をもたせかけて、口をあいて眠っている。

「なんだよ、いけないってのに、家へ入り込んでくる法があるかよ」

不意におたきの声が、甲高くした。続いて人が倒れたような鈍い物音がひびき、おたきの悲鳴が聞えた。

男たちが、一斉に彫り台から顔をあげたとき、仕事場の入口に、男の姿が立った。一人ではなかった。うしろに、四、五人の人の気配がある。

「今晩は」

首を突っこんだ男が、ふざけたように言った。百目蠟燭の光が照らし出した男の顔をみて、甲吉は、頬がすっと冷たくなるのを感じた。男はおふみの家で会った、丸顔で髭の剃りあとの濃い、あの中年男だった。

男は、仕事場の中を、何となく見廻してから、

「爺いが眠ってら。ところで、おい喜三郎、ちょいと顔貸してくれ」

と言った。

その声を聞くと、喜三郎は弾かれたように立ち上った。だが入口とは反対に、後《あと》退《ずさ》りに仕事場の奥の方に、じりじりと逃げた。喜三郎の眼は大きく開き、顔がひき

つっている。その手から落ちた鑿が、板の間に高い音をたてた。

「どうしたい、喜三郎」

眼を覚ました彫宇が、あっけにとられたように言って立ち上った。

「そうさ、逃げることはあるめえ。せっかくこうして迎えにきたんだ。愛想笑いぐらいするもんだぜ」

「おめえは、何者だ」

しゃがれた声で、彫宇が怒鳴った。

「喜三郎に何の用か知らねえが、夜の夜中に、黙って人の家に入りこむ以上は、泥棒か」

「爺いは黙ってろ」

青髭が、凄い眼をして怒鳴った。それから急ににやりと笑うと、つくった優しい声で言った。

「悪かった。夜ふけに、人様の家にきて、怒鳴ったりしちゃ、悪いや。なに、ちょっとだけ喜三郎に用があるんで、ほんの小半刻ばかり、野郎の躰を借りてえのさ」

「親方、助けてくれ」

不意に、喜三郎が叫んだ。羽目板に、べったり背をつけ、喜三郎は、そこに自分の躰をめりこませようとしていた。足はひどく顫えて、いまにもそこに坐りこみそうだった。

「俺は、殺《や》られる」

「穏やかでねえことを、言うもんじゃねえ」

青髭は、さとすように言った。

「表に、親分が待ちかねていなさる。ちょっとの間、おめえと話がしてえとよ。それだけだ。な、みんな、そうだろ」

青髭は後をふり返った。

すると、やくざ風の、屈強な躰つきの男たちが、どやどやと仕事場に入り込んできた。男たちは、わざと彫り台につまずいたり、道具箱を蹴とばしたりしながら、喜三郎のそばに行き、無造作に、羽目板から喜三郎を引き剝がした。

もう、もがく気力も、喜三郎には残っていないようだった。呟くように言った。

「助けてくれ、甲吉、芳兄い。たのむ」

「おとなしくしねえか。てめえも覚悟てえものがあるだろ。男らしくもねえ野郎だ」

と、青髭が言った。

「あれ、野郎洩《も》らしていやがる。しまりのねえ男だぜ。かまわねえから、引っぱり出せ」

死んだ者のように、両足をひきずったまま、喜三郎が仕事場から連れ出されると、彫宇が青髭にしがみついた。

「いま、あれを連れて行かれては困る。大事な仕事にかかってる。金か、おい。金のことなら何とかする。妙な真似はやめろ」

「ところが、金じゃねえのさ、爺さん」

青髭は、彫宇の指を、一本ずつ躰からひき離した。

「いかさまだ。それと、色気が絡んでる。とてもいけねえや」

青髭は、首をふって「あばよ」と言ったが、甲吉の顔に気がついたらしく、立ち止った。

「おや、犬がいる」

まじまじと見た。腹の底からこみあげてくる恐怖を、甲吉は感じた。懐に、十手はない。まるで、裸で凶器をもつ相手にむかい合った気がした。微かに、歯が鳴り出そうとするのを、さとられまいとして堪えた。

「こいつは驚いた。どうするね。兄さん」

と青髭は言った。身構えた気配が感じられた。

「御用だと出すか、例の細長えのを、よ。え。だが言っとくが、いつもうまく行くとは限らねえぜ。どうする？　ものは試しだ、やってみるかい」

「そちら次第だ」

辛うじて、甲吉は言った。十手がないことを、さとられてはならないのだ。背を見せたら、それでおしまいだった。

「妙な真似をすれば、こっちも出ようがある」

ふん、と青髭は鼻で笑った。

「ま、おとなしくみている方が、身のためだぜ。犬一匹消すぐれえ、実をいうと訳はねえのだ」

男は、もう一度笑うと、ゆっくり仕事場を出て行った。

突然、外でどしどしと足音が乱れた。声は聞えなかったが、足音の合間に、誰かがぶつかったらしく、ミシリと羽目が鳴ったり、不意に仕事場の窓の外で、激しい人の息遣いが聞えたりしたが、やがてばったり物音が熄《や》んだ。

遠いところで、人の心を凍らせるような、凄惨な絶叫がしたのは、それから間もなくである。

仕事場の中で、男たちは一斉に膝を立てたが、その姿のまま、凍りついたように動くことが出来なくなった。

「あれは、殺《や》られたようだ」

と彫宇が呟いた。おたきが仕事場に入ってきたが、入口に坐りこむと、しくしく泣き出した。

「どうする？」

芳蔵が、中腰の姿勢のまま、甲吉をみて言った。芳蔵の眼は、はげしい瞬きをくり返している。うなずいて、甲吉が立ち上ると、芳蔵も、屁こきも立ってきた。

外に出ると、ぼんやりした月夜だった。月が虹のような暈《かさ》をつけて、傾いている。どこからともなく匂う濃厚な花の匂いと、湿った夜気があるばかりで、露地には、人影も、あるいはと思った喜三郎の姿も見えなかった。通りを四丁目の先、浅草御門の見えるところまで行き、帰りは横山町の通りを探したが、がらんとした通りは、どこまでも見通しで、生あたたかい春の夜の空気が澱《よど》んでいるだけだった。横山町の角で、三人は顔を見合せ、黙って露地をもどった。

仕事場にもどると、彫宇が、喜三郎の彫り台の前に坐りこんで、酒を呷っていた。そばにおたきが坐っていて、徳利から酒を注いでやっている。胡坐をかいた彫宇の頭は、おたきの肩までしかなかった。

「じゃんじゃん注げ」

茶碗をつきつけて、彫宇は言った。おたきは、おくれ毛を掻きあげ、徳利をもちあげて注いでやった。

「なあに、心配するな」

彫宇は、みんなを見まわして言った。猿のように皺が多く、唇が突き出た彫宇の顔は、もう真赤で、唇はてらてら光っている。その唇から唾をとばして、彫宇は言った。

「甲吉、心配するな。お前が一枚、俺が二枚だ。朝まで仕上げてみせら。一世一代、宇七ここにあり、ヘッヘッ」

彫宇の躰は、大きく泳いだ。立直ると、「もっと注げ、じゃんじゃん注げよ」とおたきに言った。彫宇の眼は、ちろりと美人絵を貼り込んだ版木を睨んだが、その眼は、魚のように赤かった。

喉を鳴らして、ひと息に茶碗の中身をあけると、彫宇は彫り台に向かって、刀を手にとった。だが、彫宇の手は、版木の上で、彫宇の意志に関係なく顫えつづけている。彫宇の躰とは別の生きもののように。

あやうく板を傷つけようとして、彫宇はあわてて刀を下に置いた。じっと、顫える右手をみた。

「まだ、足りねえ。もっと注げ」

彫宇は、茶碗をとりあげてまた言ったが、その眼に、怯えのいろがあった。うろたえたようにあたりを見まわし、おたきの膝の前から徳利をとって、自分で注いで飲んだ。飲みおわると、眼をつぶって、うなだれた。

その眼尻から、やがてひと筋の涙が滴《したた》るのを甲吉はみた。

「親方」

甲吉は言った。

「もう寝てくれ。あとは俺たちがやる」

「何言ってやがる、ひよっ子が」

彫宇は唸った。

「栄松斎長喜は、いい絵描きだ。うん。おたき、もっと注げ。まだ足りねえや」

彫宇の頭は、だんだん胸に垂れて行き、やがて穏やかな鼾《いびき》が聞えてきた。

外に出て、井戸の水を汲みあげ、甲吉が顔を洗っていると、屁こきがきた。屁こきも、眠気ざましに、水を浴びに来たかと思ったが、そうではないらしかった。黙って突っ立っている。

「何か」

甲吉は、顔を拭いてから、屁こきに向き直った。

「頭彫り三枚は、えらいだろうから」

屁こきは、聞きとりにくい低い声で言った。

「俺が、一枚やる」

「あんたが……」

「ああ。もう何年もやってないが」

済まないな、とっつぁんと甲吉は言った。出来るのかと聞く必要はなかった。人は生きるために、いろいろなものを隠さなければならないだろう。だが、この男が隠しているものは、恐らく若い俺など予想もつかないほど多く、底知れないものなのだろう。

そう思いながら、甲吉はもう一度、済まないな、助かると言った。

九

最後の色板を彫りおわると、甲吉は、外へ出た。

露地に、白い朝の光が漂っていた。その靄の白ささえ、寝不足の眼を突き刺してきて、甲吉は軽い目眩《めまい》を感じた。軒下をはなれて歩き出すと、足もとが心もとなく軽かった。仕事場には、芳蔵と屁こきが眠りこけている筈だった。

露地に、微かな硫黄の香が漂っている。鼻腔《びこう》を刺激してくるその匂いは、このあたりに附木屋が多いためだった。その匂いが、ふと甲吉の心を湿らせた。うだつのあがらない町が、いま眼覚めようとしている。

湿った心に、おふみの顔が浮んだ。

もう会うつもりはなかったのだが、ゆうべの辛い仕事の間中、甲吉はおふみのことを考えていた気がする。栄松斎長喜が描く女は、やさしい。娼婦でさえ、可憐でやさしかった。その小さめな唇や、滑らかな頬に、ときどきおふみの顔が重なった。草履の足音をぬすんで、甲吉は彫宇の工房を離れた。通りに出ると、靄の中から、影のように人が姿を現わし、立ち止っている甲吉の前を通りすぎ、また影のように、靄のなかに消えて行った。

八幡様の境内も、草花が点点と散らばっている空地も、やはり靄に包まれているだろう。乳色の空気の中に、ものを煮る匂いが漂い、やがて日が射し、家や、樹の枝の輪郭がはっきりしてくる頃、おふみはいつものように、何気なく家を出て、少しうつむきながら、三丁目の方に歩いて行くだろうか。

甲吉は、ゆっくり歩き出していた。

広小路の方角も、浅草橋からみた大川も、靄だった。橋を渡り、茅町の大通りに出ると、通りに、疎らな人影が動いていた。だが、町全体は、まだ睡たげに横たわっている。ひと月以上も、この道を通いつづけたことが、夢のように思い返された。それは、金のためだったのだが、いまになってみれば、おふみのためだったようにも思われた。

八幡の境内は、ひっそりしていた。その静けさの中に、微かに煮物の香が漂っているのは、まわりの家家の中で、もう人が眼覚め、騒騒しく、活気に溢れた一日が始まろうとしているのだ。

空地にも靄がたまって、静かに動いていた。甲吉は、生垣のへりに佇んだまま、その奥におぼろにみえるおふみの家を見つめた。

甲吉の胸は、不意に膨れ上り高い動悸を打ちはじめた。

靄が晴れ、やがて戸が開いて、朝の光の中におふみは姿を現わすだろうか。おふみがたった一度笑ったとき、鳩のふくみ声のように鳴った喉。湿った手。柔かに胸を圧してきた躰の重みとぬくもり。ひとつひとつの記憶が鮮明に思い出され、甲吉の胸はとどろきをやめなかった。あの夜、情婦でしかないおふみをみた。だが同じ夜、おふみからみれば、甲吉も十手を懐に隠した下っ引だったのだ。おふみを責めることは出来ない。

おふみの家は、まだ戸を閉ざしたままだった。その中でおふみは眼ざめ、台所におりて、いつかの夜のように水の音を立てているだろうか。

日の光が、家家の貧しい羽目を照らし、空地の乱雑にのびた草の上を撫で、そこに夜が残して行った水滴を光らせた。日が射すと、靄はひととき宙に光ったが、やがて厚みを失い、次第に消えて行った。すると、家家の戸を繰る音、子供の泣き声、瀬戸ものを割った音、何か掛け声のような声などが次第に空地に溢れ、町はざわめきに、一刷毛《はけ》ずつ塗りつぶされて行くようだった。

おふみの家は、まだ閉ざされたままだった。

漠然とした不安が、甲吉を包みはじめていた。おふみの家の前を、幾人か人が通りすぎた。近所の家も、すでに戸を開けて、人が出入りしているのが見える。

生垣を離れ、境内を出た。小走りになっていた。角を曲って、おふみの家の前に立ったとき、甲吉は不吉な胸騒ぎがあたったのを知った。家は閉ざされたままで、人の気配はなかった。

戸を叩いた。

その音を聞きつけたのだろう。隣の家から、女が出てきた。隣だけではなかった。そのさきの長屋からも、三、四人の女たちが出てきて、道に立ったまま、甲吉の方をみた。

「ここに住んでいた人は」

甲吉は、ふり向いて女たちに訊いた。女たちは、無言で甲吉を見つめているばかりだった。ほつれた髪が、背後から照る強い朝の日の光に照らされ、金色に光るのがみえたが、表情は定かにみえなかった。

「おふみという人を、訪ねて来たのだが」

甲吉は、もどかしそうに言った。

「留守ですか」

「行っちゃったよ」

と、女のひとりが言った。女たちのうしろにある強い光のために、表情がみえず、黒い影がものを言ったようだった。

「行った？　どこに？」

喉が渇き、声が異様にかすれた。

「知るもんかね」

影のひとつが、ゆっくりした口調で言った。すると、なぜかそのまわりの影がくすくす笑った。

「ご近所の方なら、おふみさんの田舎を知らないだろうか。遠い田舎があると言っていた。そういう話を聞いたことがないだろうか」

「知るもんかね」

また間のびした声が返り、ひとつの影が、腰を折ってくすくす笑った。甲吉の胸を、暗い絶望が押しつぶした。それから悲しみがやってきた。甲吉は、閉ざされた戸に手をかけたが、よくみると板戸は、その下の閾《しきい》に固く釘で止められているのだった。

「空家さ」

「開けたって、無駄さ」

まだ道に立っている女たちが言った。言葉は、なぜかことごとく敵意に満ちていた。

眼で家を見、まわりを見まわしたが、おふみがそこにいた痕《あと》は、何ひとつ残されていないようだった。人気の絶えた小さな家が、ひっそりと立竦んでいるだけだった。多分その内部は、青白い光が澱んでたまっているだけなのだろう。囮であることをやめて、おそらくおふみは遠いところに飛び立ったのだ。

頭を垂れて、甲吉は胸の中にあったはなやかで優しいもの思いが終ったことを理解した。そう思ったとき、まるで待っていたように、そのあとを虚しさがひたひたと埋めつくすのを感じた。

甲吉が道に出ると、女たちが道のそばに塊ってよけた。明るい日射しに照らされたのは、ただの女たちだった。

おふみとの間にあったことが、ひどく遠いことのように思えた。それがあったと信じられないほど、遠く懐しいものに。そう思いながら、甲吉はそのとき、日の光がさんさんと降る道の行手から、肌に馴染《なじ》んだ、色あせた日常が、ゆっくり歩みよってくるのをみた。お澄は花片のような血を喀き、徳十はまた灰色の表情のない顔で、前に立ち塞《ふさ》がるだろう。喜三郎の行方はまだ知れないが、工房では、彫宇が酒の香を覚られまいと苦労し、芳蔵と屁こきは、背を曲げて版木を削り続けるだろう。

背後で、女たちがどっと笑う声がした。その声を聞きながら、甲吉は少しうつむいて歩き続けた。急ぐ必要はまったくなかった。

解説

駒田信二

ここに収められている五篇の作品は、作者が「溟《くら》い海」によって文壇に登場してから「暗殺の年輪」によって直木賞を受賞する（昭和四十八年七月）までの二箇年の間に書かれたものである。

この期間内の作品には、ほかにも「賽子無宿《さいころむしゅく》」（「オール讀物」昭和四十七年六月号）、「帰郷」（「オール讀物」四十七年十二月号）、「恐喝」（「別冊小説現代」八巻二号。四十八年三月）などがある。

五篇の作品の配列は発表順ではない。発表順に並べかえて、それぞれの作品の初出誌名と、文学賞関係の事項とを書き加えておこう。

「溟い海」――「オール讀物」昭和四十六年六月号。第三十八回オール讀物新人賞受賞。第六十五回（四十六年上半期）直木賞候補。

「囮《おとり》」――「オール讀物」四十六年十一月号。第六十六回（四十六年下半期）直木賞候補。

「黒い縄」——「別冊文藝春秋」一二一号（四十七年九月）。第六十八回（四十七年下半期）直木賞候補。「オール讀物」四十八年四月号に再録。

「暗殺の年輪」——「オール讀物」四十八年三月号。第六十九回（四十八年上半期）直木賞受賞。「オール讀物」四十八年十月号に再録。

「ただ一撃」——「オール讀物」四十八年六月号。

「溟い海」は晩年の北斎の姿を描いた緻密な作品である。冒頭に、北斎と鎌次郎というごろつきとを両国橋の上で出会わせ、二人の対話の中で北斎の息子や娘たちのことを、つまりその家族的環境を手際よく紹介し、ついで、また何日か後に、その鎌次郎を北斎の家へ行かせ、このごろ「東海道五十三次」を描いて評判の高い広重のことを話題にさせて、そこから、かつて「富嶽三十六景」を描いて世間をあっとおどろかせたものの、今は「富嶽百景」を描いたが不評で落目になっている北斎が、若輩の広重に対して嫉妬のような敵意を次第につのらせていく有様を、その心の内面をえぐりながら描いていくのであるが、その語り方は既に老練といってよいほどうまい。

鎌次郎というごろつきは小説の結末にも登場する。「木曾街道」の続きものを描いていた英泉が女にうつつをぬかして姿をくらましてしまったので、版元は解約をして後釜をきめた、ということを聞いたとき、北斎は、もしかしたらその後釜というのは自分ではないかと思う。だが、それが広重だとわかったとき、北斎は鎌次郎にたのんで広重を襲わせようとするのである。北斎は鎌次郎と、鎌次郎がつれてきたならず者二人といっしょに、夜道に広重を待ち伏せる。〈若僧が、いい気になりやがって、と北斎は呟いたが、それは低いうなり声にしか聞えなかった。／木曾街道を、広重に描かせたくなかった。街道風景を描くことは、広重にとっては、故郷に帰るようなものなのだ。女描きの英泉が柄にもない風景を組立てるのとは、話が違う。広重は、水を得た魚のようになる。そして、木曾街道は、もう一度市民の喝采をうけるだろう。その予想は、北斎を堪え難い思いに駆りたてる。〉だが、結局、北斎は広重を襲うことをやめ、逆に金のことから鎌次郎ら三人に殴られ蹴られたあげく、描きかけの海鵜《うみう》の絹布のある家へ帰る。「溟い海」を飛ぶ鵜が北斎の心理に重なるのである。

この作品がオール讀物新人賞を受賞したとき、私は選考委員の一人だった。私は「選評」でこの作品を批評した後に、次のように書き加えたことをおぼえている。

〈お豊という女がそれぞれ全くちがった形で三度、話の中にあらわれるが、それが鮮やかに時間の流れをあらわしていて、感心した。〉

お豊は、最初は、両国橋の上での鎌次郎の話の中に、薬研堀《やげんぼり》に屋台を出していた評判の美人だがこのごろ富之助（北斎の長男）といっしょに姿をくらましてしまった女として語られる。二度目は、乳呑み子を抱いて北斎の家にあらわれる。お豊は富之助に捨てられ、北斎にしばらく子供を預かってくれと頼みにきたのだが、北斎はつっぱねる。三度目は「木曾街道」の絵を途中で投げだして姿をくらました英泉を柳原の土手へさがしに行った北斎の前に、お豊は夜鷹としてあらわれるのである。断片的にしか描かれていないにもかかわらず、お豊の姿は小説の中の時間の推移とともに、北斎の心理の推移とも重なる。そこに感心したのである。

この作品が発表されたとき、作者は四十三歳であった。晩《おそ》い出発だったといってもよい。発表誌には作者の「受賞の言葉」が載っていた。

〈本誌の新人賞は、文学に関心をよせるものとして、いつも意識の底に置いてきた。しかし（中略）気付いたら、四十を過ぎていたのである。／今度の応募は、そういう意味で、多少追いつめられた気持があった。その気持の反動分だけ、（受賞の）喜びも深いものとなった。／ものを書く作業は孤独だが、そのうえ、どの程度のものを書いているか、自分で測り難いとき、孤独感はとりわけ深い。（下略）〉

私はこれを読んだとき「追いつめられた気持」「孤独感」という文字に眼をひかれたことをおぼえている。「溟い海」の北斎の内面に作者の血の通っている秘密がわかったような気がしたからである。しかし作者はこの「溟い海」によって日のあたる場所へ出たのである。

第二作「囮」は、版木師でありながら、病気の妹を養うために、人にはかくして目明しの下っ引をしている甲吉という男が主人公だが、下っ引甲吉の抱くうしろめたさには、当時業界紙の編集長を勤めながら作家活動していた作者の気持の反映も、あるいは、あったかもしれない。この甲吉の持つ暗さが、作品のすぐれた底流となる。ストーリーは目明しの徳十が追っている殺人犯綱蔵の情婦おふみと甲吉との関わりあいの顚末だが、おふみという女が正体をさらけ出すことなく、しかも鮮やかに描き出されていて、全体の出来映えからいえば「溟い海」をしのぐ。

「黒い縄」も「囮」と同じく捕物小説の形で書かれているが、主人公はおしのという出戻り女である。もとは凄腕の岡っ引として知られていたが二年前に仕事をやめ、今は息子がやっている植木屋を手伝っている地兵衛という男が副主人公といってよかろう。小説はおしのが部屋で縫物をしており、地兵衛がおしのの家の庭木に鋏を入れているところから語りだされる。この作者はこういう情景描写がうまい。同時にそれが人物の内面描写になっているからである。もとおしのの家（材木屋）の長屋にいた宗次郎を、地兵衛は岡っ引をやめた今も追いつづけている。そのわけは後に明らかになるが、その宗次郎とおしのとの関わりあいを、「囮」と同じように、いや「囮」よりも更に巧妙に、ただちに正体をさらけ出すことなく、作者は語っていく。

「溟い海」のお豊が、背景から出てきたのが「囮」のおふみであり、「黒い縄」のおしのだということができよう。この作者の「女」の描き方は実にうまい。

「暗殺の年輪」は武家物である。主人公葛西馨之介《けいのすけ》の父は、馨之介がまだ子供のとき、権力者である中老嶺岡兵庫を暗殺しようとして失敗し、横死した。しかし馨之介の周辺の者は誰もみなそのことを明らかにいわず、一種憫笑《びんしょう》の眼で彼を見る。それから十八年、馨之介は家老たちから兵庫暗殺をそそのかされて、いったんは断わったものの、父の横死後、母が兵庫に体を売ることによって一家を破滅から救ったということをつきとめ、みんなが自分を憫笑の眼で見て遠ざかっていく所以《ゆえん》を知って、単身兵庫を暗殺するという話である。「暗殺の年輪」というタイトルははじめから結末を語っているようでまずいと思いながら読み進んでいくうちに、小説は徐々に年輪をひろげて行ってかえってこのタイトルがふさわしくなってくる。同様に数多くの人物が登場してはじめはいささかわずらわしく思われる（このことは「溟い海」の場合にもいえる）のだが、話が進むにつれてそれらがみな作品に奥ゆきを与える背景の役割をして生きてくるという構成の、巧緻な作品である。殊に、馨之介の同輩で彼を家老たちに手引きする貝沼金吾、その金吾をも含めて家老たちは馨之介に兵庫を暗殺させた上で彼を殺そうとたくらんでいるということを馨之介に知らせる金吾の妹の菊乃、もと葛西家の下男で馨之介の母の秘密を知っており、今は酒店をやっている徳兵衛と、その娘で馨之介に好意を寄せているお葉、それらの人物の描き方のうまさはこの作者独特のものといえよう。少しも気取ったりひけらかしたりするところのない正しいその文体のゆえに、この作者の作品は一見地味だが、実は梨地《なしじ》の漆器のような緻密な地肌の絢爛《けんらん》たる作品なのである。読者にはそこを玩味してもらいたいと思う。この作者の作品は何度読み返しても倦《あ》きることはない。初読のときよりも再読のときの方が、更には三読のときの方が、作品の味わいは深まる。目立たないところにまで細心な工夫がこらされているからである。

「ただ一撃」も武家物。一見耄碌《もうろく》しているように見える老武芸者とその息子の嫁との心の交流を描いた作品で、舅《しゅうと》に勝利を得させるために体を与え、そのあとで自決する三緒という嫁が美しく描かれている。「囮」のおふみ、「黒い縄」のおしの、「暗殺の年輪」の菊乃とお葉、そしてこの「ただ一撃」の三緒、どの女もかなしく、美しく、読者はこれらの女たちを、これらの女たちを描いているそれぞれの作品を、愛惜せずにはおられなくなる。そこがこの作者の作品の第一の魅力である。憑《つ》かれたような男たち、非情な男たちも、これらの女ゆえにその輪郭がくっきりと浮びあがってくるのである。

私は一人の作家がはじめて作家としての自己形成をなし得た作品を、作家的肉体と呼んでいるが、これらの五篇はまさに藤沢周平の作家的肉体そのものといってよいであろう。


（作家・文芸評論家／一九一四〜九四年）

初出一覧

黒い縄　「別冊文藝春秋」121号（昭和47年9月）
暗殺の年輪「オール讀物」昭和48年3月号
ただ一撃「オール讀物」昭和48年6月号
溟い海「オール讀物」昭和46年6月号
囮「オール讀物」昭和46年11月号

単行本　昭和48年9月　文藝春秋刊

この本は昭和53年に小社より刊行された文庫の新装版です。
「藤沢周平全集」第一巻、第四巻を底本としています。

本書の無断複写は著作権法上での例外を除き禁じられています。
また、私的使用以外のいかなる電子的複製行為も一切認められておりません。

文春文庫

暗《あん》殺《さつ》の年《ねん》輪《りん》

定価はカバーに
表示してあります

2009年12月10日　新装版第1刷
2014年7月25日　第8刷

著者　藤《ふじ》沢《さわ》周《しゆう》平《へい》
発行者　羽鳥好之
発行所　株式会社　文藝春秋

東京都千代田区紀尾井町3-23　〒102-8008
TEL　03・3265・1211
文藝春秋ホームページ　http://www.bunshun.co.jp

落丁、乱丁本は、お手数ですが小社製作部宛お送り下さい。送料小社負担でお取替致します。

印刷・凸版印刷　製本・加藤製本
Printed in Japan
ISBN978-4-16-719245-7

（　）内は解説者。品切の節はご容赦下さい。

久木綾子
見残しの塔
周防国五重塔縁起
五重塔建立に関わった番匠たち、宿命を全うする男女の姿を、綿密な考証と自然描写で織り上げた、感動の中世ロマン大作。取材14年、執筆4年、89歳新人作家衝撃のデビュー作。（櫻井よしこ）
ひ-25-1

藤沢周平
三屋清左衛門残日録
家督をゆずり隠居の身となった清左衛門の日記「残日録」。悔いと寂寥感にさいなまれつつ、なお命をいとおしみ、力尽くす男の残された日々の輝きを描き共感をよぶ連作長篇。（丸元淑生）
ふ-1-27

藤沢周平
隠し剣孤影抄
剣客小説に新境地を開いた名品集〝隠し剣〟シリーズ。剣鬼と化し破牢した夫のため捨て身の行動に出る人妻、これに翻弄される男を描く「隠し剣鬼ノ爪」など八篇を収める。（阿部達二）
ふ-1-38

藤沢周平
喜多川歌麿女絵草紙
生涯美人絵を描き「歌まくら」など枕絵の名作を残した歌麿は、好色漢の代名詞とされるが、愛妻家の一面もあった。独自の構成と手法で浮き彫りにされる人間・歌麿。（蓬田やすひろ）
ふ-1-54

藤沢周平
風の果て（上下）
首席家老・又左衛門の許にある日、果たし状が届く。かつて同門の徒であり、今は厄介叔父と呼ばれる市之丞からであった。運命の非情な饗宴を隈なく描いた武家小説の傑作。（葉室　麟）
ふ-1-55

古川　薫
吉田松陰の恋
野山獄に幽閉されていた松陰にほのかな恋情を寄せる女囚・高須久子。二人の交情を通して迫る新しい松陰像を描く表題作ほか、情感に満ちた維新の青春像を描く短篇全五篇。（佐木隆三）
ふ-3-3

古川　薫
斜陽に立つ
乃木希典と児玉源太郎
乃木希典は本当に「愚将」なのか？　戊辰戦争から運命の日露戦争、自死までの軌跡を、児玉源太郎との友情と重ね合わせながら血の通った一人の人間として描き出す評伝小説。（重里徹也）
ふ-3-17

（　）内は解説者。品切の節はご容赦下さい。

藤井邦夫
秋山久蔵御用控
騙り者《かたもの》

油問屋のお内儀が身投げした。御家人の秋山久蔵と名乗る男に脅された果てのことだという。事の真相は、そして自分の名を騙った者は誰なのか、久蔵が正体を暴き出す。シリーズ第九弾。

ふ-30-17

藤井邦夫
秋山久蔵御用控
付け火

捕縛された盗賊の手下が、頭の放免を要求して付け火を繰り返した。南町奉行は、久蔵に探索の日切りを申し渡した。久蔵は期限までに一味を捕えられるのか。書き下ろし第十六弾！

ふ-30-15

藤原緋沙子
切り絵図屋清七
ふたり静

絵双紙本屋の「紀の字屋」を主人から譲られた浪人・清七郎は、人助けのために江戸の絵地図を刊行しようと思い立つ。人情味あふれる時代小説書下ろし新シリーズ誕生！　（縄田一男）

ふ-31-1

藤原緋沙子
切り絵図屋清七
飛び梅

父が何者かに襲われ、勘定所に関わる大きな不正に気づく清七。武家に戻り、実家を守るべきなのか。切り絵図屋も軌道に乗ったばかりだが——。シリーズ第三弾。

ふ-31-3

誉田哲也
吉原暗黒譚

吉原で狐面をつけた者たちによる花魁殺しが頻発。吉原大門詰の貧乏同心・今村は元花魁のくノ一・彩音と共に調べに乗り出すが……。傑作捕物帳登場！　（末國善己）

ほ-15-5

松本清張
西海道談綺
（全四冊）

密通を怒って上司を斬り、妻を廃坑に突き落として出奔した男の数奇な運命。直参に変身した恵之助は隠し金山探索の密命を帯びて日田へ。多彩な人物が織りなす伝奇長篇。　（三浦朱門）

ま-1-76

松井今朝子
円朝の女

江戸から明治へ変わる歴史の転換期。時代の絶頂を極めた大名人と彼を愛した五人の女たちの人生が深い感慨を呼ぶ傑作時代小説。生き生きとした語り口が絶品！　（対談　春風亭小朝）

ま-29-1

（　）内は解説者。品切の節はご容赦下さい。

宮尾登美子
松風の家（上下）
明治初年、京の茶道宗家後之伴家は衰退し家元も出奔。残された者達は幼き家元を立て、苦難を乗切ろうとする。千利休を祖とする一族の愛憎の歴史を秀麗に描く傑作長篇。（阿川弘之）
み-2-4

宮尾登美子
宮尾本　平家物語　全四巻
清盛の出生の秘密から、平家の栄華と滅亡までを描く畢生の大作。一門の男たちの野望と傲り、女たちの雅びと悲しみ……。壮大華麗に繰り広げられる平安末期のドラマ。宮尾文学の集大成。
み-2-9

宮城谷昌光
太公望（全三冊）
遊牧の民の子として生まれながら、苦難の末に商王朝をほろぼした男・太公望。古代中国史の中で最も謎と伝説に彩られた人物の波瀾の生涯を、雄渾な筆で描きつくした感動の歴史叙事詩。
み-19-9

宮城谷昌光
三国志　第一巻〜第八巻（刊行中）
全十二巻（予定）
後漢王朝の衰亡から筆をおこし「演義」ではなく「正史三国志」の世界を再現する大作。曹操、劉備など英雄だけではなく、将、兵に至るまで、二千年前の激動の時代を生きた群像を描く。
み-19-20

宮城谷昌光
楚漢名臣列伝
秦の始皇帝の死後、勃興してきた楚の項羽と漢の劉邦。覇を競う彼らに仕え、乱世で活躍した異才・俊才たち。項羽の軍師・范増、前漢の右丞相となった周勃など十人の肖像。
み-19-28

村田喜代子
龍《りゅう》秘《ひ》御《ぎょ》天《てん》歌《か》
秀吉軍に強制連行された朝鮮人陶工の頭領が亡くなった。葬儀をめぐり村中は大騒ぎに。涙と笑いの渦の中、骨肉の策謀がぶつかる。「哀号！」の叫びが胸に響く歴史物語の傑作。（辻原　登）
む-6-3

諸田玲子
かってまま
不義の恋の末に、この世に生を享けた美しい娘・おさい。遊女、女スリ、若き戯作者——出会った人の運命を少しずつ変えながら、おさいが待っているものとは。謎と人情の短篇集。（吉田伸子）
も-18-7

（　）内は解説者。品切の節はご容赦下さい。

諸田玲子
べっぴん
あくじゃれ瓢六捕物帖

娑婆に戻った瓢六の今度の相手は、妖艶な女盗賊。事件の聞き込みで致命的なミスを犯した瓢六は、恋人・お袖の家を出る。正体を見せない女の真の目的は？　衝撃のラスト！　（関根　徹）

も-18-8

森福　都
漆黒泉

十一世紀、太平を謳歌する宋の都で育ったお転婆娘、晏芳娥《あんほうが》は、婚約者の遺志を継ぎ、時の権力者、司馬光を追う。読み出したらとまらない中国ロマン・ミステリーの傑作。（関口苑生）

も-19-2

山本一力
損料屋喜八郎始末控え

上司の不始末の責めを負って同心の職を辞し、刀を捨てた喜八郎。知恵と度胸で巨利を貪る札差たちと丁丁発止と渡り合う。時代小説シーンに新風を吹き込んだデビュー作。（北上次郎）

や-29-1

山本一力
あかね空

京から江戸に下った豆腐職人の永吉。己の技量一筋に生きる永吉を支える妻と、彼らを引き継いだ三人の子の有為転変を、親子二代にわたって描いた直木賞受賞の傑作時代小説。（縄田一男）

や-29-2

山本一力
くじら組

土佐国室戸岬で威勢を誇った鯨組。十一人を乗せた船は、巨大なクジラに真下から突き上げられた――。江戸時代の勇壮な鯨漁師たちの心意気と誇りを今に伝える傑作時代小説。

や-29-17

山本一力
いかずち切り

騙りにはまった札差に泣きつかれ、金の奪還に挑むのは「証文買い」の弦蔵。江戸と大坂を股にかけ、智恵と度胸の大勝負！　迫力と興奮のノンストップ傑作時代小説。（高橋敏夫）

や-29-18

山之口　洋
天平冥所図会

華やかな外見のすぐ裏で魑魅魍魎が跋扈する平城宮。権謀術数をめぐらす政治抗争に木っ端役人まで巻きこまれ……。葛木《かつらぎの》連《むらじ》戸《へ》主《ぬし》と広虫の夫婦が幽明境を異にして権力悪に立ち向かう。

や-37-2

鶴岡市立 藤沢周平記念館 のご案内

藤沢周平のふるさと、鶴岡・庄内。
その豊かな自然と歴史ある文化にふれ、作品を深く味わう拠点です。
数多くの作品を執筆した自宅書斎の再現、愛用品や自筆原稿、
創作資料を展示し、藤沢周平の作品世界と生涯を紹介します。

利用案内

所在地	〒997-0035 山形県鶴岡市馬場町4番6号（鶴岡公園内）
TEL/FAX	0235-29-1880/0235-29-2997
入館時間	午前9時～午後4時30分（受付終了時間）
休館日	水曜日（休日の場合は翌日以降の平日） 年末年始（12月29日から翌年の1月3日まで） ※平成25年4月より、休館日を月曜日から水曜日に変更しました。 ※臨時に休館する場合もあります。
入館料	大人300円［240円］高校生・大学生200円［160円］ ※中学生以下無料。［ ］内は20名以上の団体料金。 年間入館券1,000円（1年間有効、本人及び同伴者1名まで）

交通案内

・JR鶴岡駅からバス約10分、「市役所前」下車、徒歩3分

・庄内空港から車で約25分

・山形自動車道鶴岡I.C.から車で約10分

車でお越しの際は鶴岡公園周辺の公設駐車場をご利用ください。（右図「P」無料）

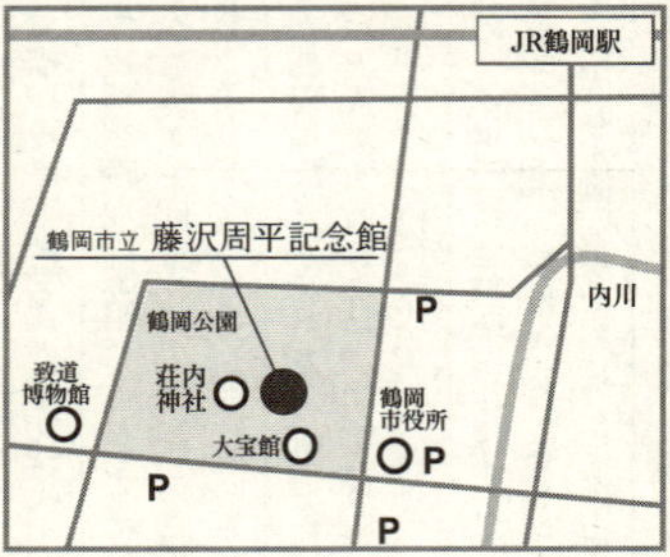

―― 皆様のご来館を心よりお待ちしております ――

鶴岡市立 藤沢周平記念館

http://www.city.tsuruoka.yamagata.jp/fujisawa_shuhei_memorial_museum/